2181
Overture
序曲

顾适_著

NEWSTAR PRESS
新星出版社

图书在版编目（CIP）数据

2181 序曲 / 顾适著 . -- 北京：新星出版社，2024.
8. -- ISBN 978-7-5133-5722-7

Ⅰ . I247.7

中国国家版本馆 CIP 数据核字第 2024JL8719 号

2181 序曲
顾适 著

责任编辑	吴燕慧	监　　制	黄　艳
责任校对	刘　义	责任印制	李珊珊

出 版 人	马汝军
出版发行	新星出版社
	（北京市西城区车公庄大街丙 3 号楼 8001　100044）
网　　址	www.newstarpress.com
法律顾问	北京市岳成律师事务所
印　　刷	北京美图印务有限公司
开　　本	910mm×1230mm　1/32
印　　张	8.25
字　　数	214 千字
版　　次	2024 年 8 月第 1 版　2024 年 8 月第 1 次印刷
书　　号	ISBN 978-7-5133-5722-7
定　　价	58.00 元

版权专有，侵权必究。如有印装错误，请与出版社联系。
总机：010-88310888　传真：010-65270449　销售中心：010-88310811

目录

母舰来到大海中央　1
择　城　11
魔镜算法　43
回收智能　69
误入骑途　83
《2181序曲》再版导言　95
弑神记　121
虚构之地　223
后　记　259

母舰来到大海中央

首发于《上海文学》2023 年 4 月号

1

宵明幼时曾见过母舰。一艘巨船，遮天蔽日，它从陆地收集钢铁，从海中捕捞塑料。万物被它囫囵吞下，又在它体内再造新生。当母舰敞开船舱时，无数岛屿便从它的腹中倾泻而出，如同鲑鱼产卵。

"那是什么？"她扯住妈妈的衣角，问。

"是我们的新家。"妈妈登比快乐地说道。她的双眼映着翻腾的浪花，宵明记住了其中闪烁的亮光。

登比选择了一座纯白色的小岛。它呈狭长的柳叶形，长不过二十米，最宽处也只有六米。岛的两端和侧面都装有榫卯挂钩，只需从港口购买一段檩条，便可轻易停靠在城市里任何一个地方。登比又订了一台3D打印机，一面设计，一面修改，一面建造，终于在晴朗的日子里晒干聚合材料，铸成一座有家具、有水电的两层房屋。首层下沉，是休憩的地方，两侧留出舷窗，可以看水下的鱼群，床铺也是用聚合材料打印的蜂窝结构。二层上抬，内里已有母舰为岛屿提供的船舵；登比又打印出厅堂的桌椅、厨房的炉灶和工作的平台。最后，她把太阳能板安装在屋顶上，把电线穿进打印墙壁时预留的管道，再把屏幕和电器固定在房间里，就大功告成。

倘若从天空俯瞰，东海城正如一棵巨树的投影，树干在中央，道路为枝杈，向四周蜿蜒伸展。她们生活的岛屿是一片叶子，镶在巨树边缘。海水被岛屿分隔，变为城中的湖泊与河流。每一天，宵明都会骑着自行车，顺着脊骨般的道路去上学。这道路也由一座座岛屿相连而成，它会随着海浪的呼吸上下起伏，骑行因此时快时慢。

宵明知道母亲出生于陆地上，偶尔，她也会想象她们居住的岛屿断开连接，远离城市，或是回到陆地去，就像父亲那样。

"路途遥远，又危险。"登比说。除了最初从母舰购买岛屿、并把它开到城市边缘那一天，她再没有碰过船舵一下。

陆地确实是危险的。起初，她们居住的这条道路两侧还是光秃秃的，没有几家人。但不久，当父亲从陆地乘坐渡轮回到东海城时，枝杈上已然满满当当，再塞不下任何形状的岛屿。宵明听见父母的叹息，说是陆地上发生了洪灾，十分可怖。宵明不太明白——按照学校里的说法，陆地不过是更大、更坚固的城市，它用千万年的时光缓慢漂浮，彼此分裂又聚拢。倘若这世界本就在水上，人们为何要惧怕洪水？

妹妹烛光出生后，家中越发拥挤。父亲想效仿其他人家，再添一层楼。但登比计算过后，认为这样的修整会让岛屿载重过大。"我们一直住在城里还好，"她说，"倘若有一天我们想去海上远行，遇上风浪，这岛就要沉了。"

为了安全，改建计划只得大幅删减。登比请无人机送了几筒聚合材料，连接到3D打印机上。它是可移动的，有八条灵活细长的腿，端头有吸盘，仿佛会吐丝的蜘蛛，几乎可以立足于任何地方。打印机在屋顶嘎吱嘎吱工作几天后，修了一间小小的工作室，兼作瞭望台使用。宵明喜欢在傍晚时去那里眺望，尤其喜欢风雨到来前的晚霞，卷云被风撕扯成一束一束，再被落日涂上紫红的浮光。

"天要黑啦！去游泳啦！"妹妹烛光在甲板上喊她。

是登比定下的规矩，姐妹两个不能在天黑之后离开岛屿。宵明看了看天边的霞光，猜想距离日落只剩下十五分钟，忙顺着桅杆滑到甲板上，抓住妹妹的手，同她一起跃入水中。

2

父亲从城中归来,他说,有政客想把城市一分为二。

"东海城里人太多了。"他把平底锅里的鱼翻了个面,油星在灯下跳舞。宵明去洗澡了,烛光站在炉灶旁边,眼巴巴地等。登比仍然戴着VR眼镜在工作,她如今已经是一位室内设计师。一座座岛屿经她妙手,便可快速变为一个家、一间商店,或是一座学校。

"人多,就要一分为二?"登比闻言,把眼镜摘下来,皱起眉头。

"东海只有一个城市中心,这样的空间结构运行效率低,不经济。"父亲看了看登比的神情,又说,"关键是,目前资源已经到极限了,这里的海水淡化系统只能承载这么多人,但还是有很多移民正从陆地上逃过来。对于那些政客来说,问题就变成了,我们是把新来的人,像吹蒲公英那样,一个个赶到不同地方,还是再添一套基础设施,让整座城市像细胞一样分裂。"

登比笑了,"你们说得容易。"

对话被墙壁扭曲,钻进浴室,宵明只听见东海城、蒲公英和细胞分裂三个词,但足够了。蒲公英是东海城里为数不多的植物,它们生长在花园的人工草坪缝隙里,是烛光最喜欢的宝物——她牙牙学语时,第一个说出口的字就是"吹",然后宵明就会吸满一口气,把蒲公英球上的"降落伞"都吹到天空里,它们四处飘散,不知所终。至于细胞分裂,是这一天的课堂上才学过的——细胞核解体,染色体彼此分开,移动到细胞的两级,直到新的细胞壁在中间诞生,细胞由此一分为二,变为两个彼此独立的个体。想到此处,宵明忽然体会到,城市本身就是一个生命体，它是匍匐于海面上的一只巨型海怪，有着无数的触手和吸盘。或许市中心的双子塔楼，就是它的眼睛呢。

"吃饭啦！你怎么还不出来呀！"烛光在敲门。

宵明把身体埋在浴缸里，看向舷窗外。风暴已经到来，翻涌的浪遮住半个舷窗。起风的夜里，大海像是被罩上了一层黑白滤镜。浪花是惨白的，夜空是黢黑的，余下的水是层叠的灰。连月光也避开，不让世界沾染一丝金黄。宵明记起学校里的逃生课程，在发生灾难的时候，东海城并不会直接分裂为一个个散落的岛屿，而是以道路为单位解体，就像将海怪的每一条"触手"从根部断开；而连接在道路上的岛屿都要调整方向，解开端头与道路相连的榫卯，改用侧面连接，从而让"触手"的形态，从松散的鱼骨，变成紧密的梭形。邻居增加之后，他们还曾一起演习过。密密匝匝的岛屿不可能全部与道路直接相连，按照计划，登比家的岛在最外层，用榫卯固定在邻居家的船舷上。

所以，海怪才是答案。城市会断尾求生，把一些多余的枝叶抛弃在大海中。她这样笃定，然后起身。

"来啦。"隔着门，她对烛光说。

3

"母舰要来了。"登比悄悄对宵明说。

母舰是她们两个人的小秘密。因为最初只有她们共同见证过它的到来，所以十年后，她们也会先和彼此分享这个消息。设计师协会给登比发来邮件，说想请她去参与新的公共建筑设计。

"商业街、医院和体育馆，面积太大了。"登比对宵明说，"城里没有这么多空闲的岛屿，所以一定是母舰要来了。"

这两句话停留在宵明的脑海中。放学的时候，她努力去回忆母舰的模样，然后她就看见道路尽头的庞然大物。它浮现在遥远的水面上，仿佛半个蒲公英花球。一阵风拂过，无人机纷纷飞起，向东海城蜂拥而来。不，它和宵明记忆中长得完全不一样。

宵明丢掉自行车，跳进路旁的海水里，奋力往家游去，只在岛屿和岛屿的间隙浮上水面呼吸，直到找到她家的白色小岛。她用一只手搭上榫卯，拇指就按在檩条的端头，她在那里藏了一把小小的金属锤。宵明知道，只要断开连接，岛屿就可以自行逃离。但无人机并没有靠近这里，它们聚集在道路尽头，或者更远一点的地方，旋风一般盘旋。

"什么声音？"登比也听到了声响。她踏上甲板，还戴着VR眼镜，过了一会儿才注意到水中湿漉漉的宵明。

"没事。"登比笑了，"那是母舰，它升级了。"

宵明这才放下心来，她把金属锤揣进衣袋里，顺着绳梯爬上岛屿，站在妈妈身边。和记忆中相比，这个升级版母舰缩小了自己的身体。登比解释说，过去它要在船舱内建造岛屿，而现在，它只需带着无人机和建造的材料，便可以直接在海上建设新城。不久，父亲也带着烛光走上甲板，一家人便坐在船舷上远望。登比把VR眼镜罩在宵明头上，于是宵明通过高倍镜，看清那些型号不一的无人机：大的如同海鸥一般，彼此协作，搬运沉重的机械和钢材；小的与家里的3D打印机很像，在螺旋桨之下还长了纤长的腿，正忙碌地爬上爬下；水面上那些圆胖的浮船，可以为之源源不断提供聚合材料。这忙碌一直持续到夜间也不曾停歇，星星点点的灯光点亮了大海，直到登比招呼宵明进房间时，它们还在工作。

在太阳升起之前，宵明提早起身，去看母舰。她向母舰的方向跑,道路平整得有些古怪,尽端近乎无穷地伸向远方,消失在蓝灰色的晨雾里。宵明发觉路旁不再有岛屿时,便停下脚步。她猜想,自己脚下是新鲜建成的道路,它的另一端已被连接到了新城的"细胞核"上。两边力量拉扯,才让道路绷得笔直。

她打算把这个发现告诉登比,但回到家时,她看到有一架无人机正停在她家的岛屿旁边。

"断点。"它说。

宵明走到无人机身边,去看它做的标记:一条细线。她问无人机:"你在做什么?"

"这里是断点。我要溶解这里的道路,断开岛屿的榫卯。"无人机又问,"你在做什么?"

"这是我的家。"宵明指向白色的岛屿。

无人机说:"你们住在断点上——你想生活在哪一边?是老东海城,还是新城?如果你想改变,还来得及。"

宵明忽然觉得耳朵滚烫,她知道自己正要做出一个重要的决定。她看向那条线,它在白色岛屿靠近老城的那一侧,这意味着无人机把她家划进了新城。

"现在这样就很好。"宵明说。

无人机喷出火焰,由聚合材料构成的路面熔化开来,露出其下的岛屿。宵明跪在道路的边缘,看无人机伸出纤长的脚,要去撑开榫卯。

"我来。"她说着,跳到岛屿之间,用金属锤敲击穿带,然后把它抽了出来,榫卯松动了。宵明的两只脚分别踩在两座岛屿上,趁着下一次海浪的波动,她把过往的世界推向远方。

"快上来!"无人机说。

海水涌入岛屿之间,沟渠瞬间变为河流,然后是湖泊,最终东海城的双塔变为远方蛰伏的巨怪之眼。宵明抓住无人机的脚,攀上岛屿，站立在起伏不定的新世界边缘。拽平道路的力量消失了，它又变成了柔软的脊骨，与海洋一同呼吸。

晨雾散去，母舰又在海平面上出现。宵明问无人机："母舰里面是什么样子？"

无人机没有回答，它已完成任务，便升腾而起。宵明的自行车留在旧世界了，但没关系，她可以用自己的双脚，走到大海的中央。

★本文最初是与美国亚利桑那州立大学科学和想象力中心合作，为气候想象力课题而创作的，英文电子版发表于 the Climate Action Almanac（《气候行动年鉴》）。

择城

首发于《北京文学》2023 年第 7 期

所获荣誉

第二届科幻星球奖·最佳科幻短篇小说冠军
第十五届华语科幻星云奖·2023年度短篇小说银奖

鸿水滔天，浩浩怀山襄陵，下民其忧。

——《史记·夏本纪》

1

雨越下越大。

雨刷器把车窗外的景象隔为一帧一帧的印象派画作，前车的尾灯和街旁的霓虹都融化在水中，变为深蓝幕布上绽放的点彩。我握紧了车门旁的把手，看侧窗外的水浪拍击行道树。

"你真要在这里下车？"费博易问我。

商务车上另外四个人都没有开口，他们还要继续调研。我们这一车人会在暴雨的周日出现在这里，是因为费博易负责的"城市安全大脑"项目上周刚刚给甲方做了汇报，在评价我们的逃生导航系统YU的时候，甲方忽然极为温柔地来了一句：

"你们都是在旱季进行产品测试的？"

当时费博易反应极快，"雨天也去现场了。"

"肯定不是在'洪季'，最近你们都是线上办公吧？"屏幕中的甲方微微眯起眼，"我只是想要你们确认，YU系统模拟出来的洪灾逃生方案，在应用中是可行的。这个产品要给用户在灾难中使用，要保证万无一失。"

她确实抓住了关键点：几乎没有开发者会在极端场景中试用自己

的智慧产品，但YU系统恰恰是为了应对最危险的情况而设计的。在气象台发布暴雨红色预警后，费博易用一个下午的电话轰炸，把项目组核心成员都叫出来调研，他说，这是YU上线的第一天，我们必须在现场测试新系统。

为了和小组会合，我当时把自己的车停在他们公司附近这个地势比较高的停车场。"再晚要堵车了——我得先回去，孩子一个人在家。"我回答费博易。

商务车可能压过一个小低谷，浑浊的洪水漫上前窗，车内陷入恐怖的寂静，让水中杂物每一次敲击车体的声音都显得过于清晰。我只好继续说："你们还要去下一个点位？注意安全！"

他问："你自己走没问题吗？"

"没问题。"我说，"我车上刚升级了YU系统。"

说完这句，我仿佛听到后座有人嗤笑了一声，"就是这样才吓人。"

我只当没听见。我并不是费博易的下属，和他们合作，是因为他相信在项目招标的时候，如果能有城市安全规划师加入团队，中标的概率更高。但在实际开展工作之后，我们的思路却产生了很大分歧，他坚持认为我对人工智能"一无所知"，我提出来的技术路线"毫无道理"——而对于他那个只求达到目标而无视公平的设计方案，我也无法苟同。因此虽是合作，但如今YU系统里留有我工作痕迹的部分，不过是一些避难场所和建筑平面的资料整合。要我把性命全托付在它身上，是不大可能的。会这样回答费博易，只不过是因为我熟悉路，知道从这里回家一路都是高架罢了。

"好，"他放弃了劝说，打开车门，"路上小心啊。"

"你们也是。"我对他点点头。

蹚了几步齐腰深的水，我终于摸索到台阶。停车场暂时是干爽的，我冒雨检查了车子的外置安全气囊——一旦车轮在深水区失去前行的摩擦力，它就会自行弹出，将整辆车变为一艘小型气垫船。这种气囊是一次性的，弹出来就无法自动收回，必须在雨停后去修理厂整个拆掉，再安装新的。

　　流程虽然麻烦，但确实能救命。我是在三年前的"洪季"装上了这玩意儿，当时社区给所有孕妇提供了免费的安装配额，我也就顺手去"薅"了这把"羊毛"，谁知在生产当天，竟真的遇上暴雨，最后就是靠这东西一路漂到医院。阿启出生后，天气比以往更差，一到六月，雨水便无穷无尽，好几次我们都不得不启动气囊，才能撑过一段有惊无险的路途——而一旦为它所救，必定会毫不犹豫地再次安装，哪怕需要自己付费。好在我们搬了家，从城郊的新居到城里，一路都是高架，即便是"洪季"，用气囊的日子也少了一些。

　　但愿今天不要用到它。

　　我坐进驾驶室，前窗随即闪过一道Y形的虹光。"您好，涂山娇女士，欢迎使用YU系统。"它用小女孩般的声音脆脆地说，"我是小YU，我会为您的旅途提供帮助。"

　　"什么小雨啊……"我看向模糊的车窗，嘟囔道，"明明是大雨。"

　　"在有暴雨红色预警的日子，您无法关闭我。"它居然听见了，大约没能理解我抱怨的内容，换了一个年轻男子的声音。

　　"GUN。"我试图打开更熟悉的导航软件，"帮我设计回家的路。"

　　"请不要骂人，"它说，"保持情绪平和，将会有助于您安全到达目的地。我已经读取了历史导航数据，将会辅助您回家。"

　　GUN是骂人？那明明是导航软件"鲧"的名字！

　　"你不知道鲧系统吗——"

　　一道炸雷打断了我和它继续争辩的话语。YU计算出来的道路危险系数正在不断升高，"我们得离开这里。"它说，"七分钟后，洪峰就

15

会到达。我注意到您安装了外置气囊，很好，现在请从停车场的南出口离开。"

"但我要上高架。"我说。南出口是高架的反方向。

"我会带您上高架，只是现在情况特殊，"它说，"请马上离开这里。"

我把油门踩到底。停车场出口的道闸杆已经抬起，所有停车计费系统都会在气象红色预警日自动关闭。离开停车场之后是下坡，我的车一头扎进水里，外置气囊随即弹开，仿佛在预示这又会是中大奖的一天。嗡嗡声从车尾传来，那是后置螺旋桨动力代替了四轮驱动，同时，YU启动了车窗的数码增强影像，用清晰的线条勾勒出路况和水下的情形。从这一点看，它确实比GUN升级了一步。但接着我注意到，它设计了一条非常诡异的路线，要穿过常规地图上的好几道屏障——确切地说，我们要从一组低层建筑的屋顶上驶过。

我不熟悉南出口外的路，所以开出停车场之后，我没有别的选择，只能跟着它的指示走。"那是远离高架路的方向。"我不安地说。

"耽误您几分钟，"它说，"我们再去救两个孩子。"

一道炸雷劈下来，大树在我背后倒下，掀起的水浪把我的车一瞬间变成潜水艇，车顶的换气柱也自动升了起来。

"你设计这个路线不是为了让我回家，而是为了去救人？"我提高了声调，"我又不是消防员！"

它回答："但您是离她们最近的人。"

这次我是真的想骂人了。

2

"问题不在于那两个孩子。"费博易的脸肿得几乎分辨不出五官，但还在艰难地对我说话。

我把视频关上，不想看到他的惨状，"我不太明白，救人是好事，为什么你担心会有人揪着我们不放？"

"问题在于，除了屋顶上的孩子，那房子里还有两个人。"他极慢地说，"你确定YU从头到尾都没有提及他们吗？"

"没有。"

"对，但YU知道这两个人的存在。这就是问题。"

"它可能没打开那个……你们是叫图层？资料库？"我说，"它可能没有查看那栋建筑里的人员户籍信息，只是根据监控画面，判断出来那屋顶上有两个孩子，而且她们还活着。"

费博易沉默了一会儿，说："我觉得可以。"

"什么可以？"

"我们统一口径，"他说，"以后不论谁来问我们，都是这个答案——YU是通过红外图像判断屋顶有人的——记住了？"

我问："不然呢？它是通过什么判断的？"

"我不知道。"费博易的声音听上去疲惫而无助，"那是它的算法黑箱。"

3

和费博易通过视频电话之后,恐惧的恼怒又冲淡了我心中成功救人的狂喜,让我对YU产生了新的怀疑。我猜想,大约就在费博易他们那辆商务车被坠落的广告牌击中时,我正在YU的帮助下,成功把车锚弹射到了平房屋顶旁的石桩上。我确实知道自己的外置气囊配了这个东西,但从没有使用过。它的端头设计如同章鱼触手,能在吸附后自动锁死绳扣。风雨中,两个孩子的影像出现在前窗上,年长的大约十几岁,小的恐怕和阿启差不多。她们抱成一团,我只能从她们身体的抖动,判断出那里的确有活人。"你们得自己游过来!"我打开车门,对孩子们喊,"我得稳住这辆车。"

见我靠近,高个子女孩站起来,拼命对我挥手。

洪峰到达之前,水会变得污浊。我可以感觉到车辆不断被水流和其他的杂物冲向更远的方向,而螺旋桨的努力正变得越发徒劳,留给我们的时间不多了。个头更高的瘦女孩从车锚附带的绳索上拽下救生衣,先帮年幼的胖娃娃穿上,再打开充气阀门——我感觉自己从小就在飞机安全须知里见过这一幕,但此刻才是第一次真实目睹。很快,瘦女孩自己也穿好了救生衣,她把两件衣服的安全挂钩都固定在绳索上,然后艰难地单手抱住小胖娃娃跳入水中。瘦女孩奋力扑腾了几下,眼疾手快抓住了外置气囊上的把手,试图攀上气垫时,却没能站起来。两个孩子顿时被浪掀到水下,年幼的那个飘荡出去两三米,万幸她的救生衣仍拴在绳子上。

"你先上来!先上来!"我对瘦女孩喊。她迟疑了一下,没去拉小姑娘，双手撑住气垫，像一尾鱼一般滑进车内。

"请在保证自己安全的前提下，再使用卷线器帮助他人。"YU不紧不慢地说，它在车窗上投影了说明书。她看懂了，用两只手转动固定在车门一端的卷线器，如同钓鱼一般，把灌了好几口水的小姑娘拖了进来。

几乎在同一时间，原本在孩子们脚下的屋顶消失了，淹没于水下，变为数码影像上的一个标识为"障碍物"的图层。我断开车锚，关闭车门，开足马力，调转车头，在YU的指示下驶向高架路。两个孩子挤在后座上，分别放掉救生衣里的空气。她们起初看起来还算冷静，只有小的那个吐了一地。直到我们的车轮再次开上干爽的路面，后置螺旋桨不再产生推力之后，那瘦女孩才哭起来。

YU说："请保持情绪平和，这会有助于我们脱离险境——"

"闭嘴。"我说。

YU识趣地安静下来，取而代之的是两个孩子此起彼伏的抽泣。我虽然在驾驶席上没有回头，但可以感觉到有人不止一次把鼻涕擦在了我的织物座椅上。到这时，我终于听见自己的心跳声，感受到衣服内里的透汗。行驶了十公里左右，高架上才开始堵车。在雨幕中，大部分车都弹开了外置气囊，一个个如同拎着裙子跑步的女士，把车道塞得满满当当。这种时候，即便彼此有碰撞摩擦，大约都不会为此下车吵架吧。

又堵了半小时，我们才从匝道盘旋而下，转到回家的路，再通过空中廊道开向位于七层的停车库——那堡垒般的建筑群让我感到心安。"完整建筑"是房地产商从去年开始推的概念，作为城市安全规划师，我也曾经参与过这个概念的设计。这些新楼盘会建在地势较高的地方，彼此通过廊桥相连。一般来说，五至六栋建筑为一组，除了常见的居住功能之外，还会在不同楼层融入教育、医疗和餐饮服务。停车库就在位于建筑群中央的"生存楼"里——这栋建筑可能是"完整建筑"区别于传统居住小区的关键。它的低楼层通常是LED植物灯照射下的蔬菜大棚,中楼层是车船库及修理厂,高楼层提供的是能源、水源、燃气或供热设施。我们所在的这一栋"生存楼"是区域能源中心,从十层到十五层,空间纵向打通,里面有一座小型托卡马克装置,通过核聚变反应,它能够保证大约一百组"完整建筑"的四季能源。

"我们到家了,感谢您使用大YU。"在我的车子熄火之前,YU这样说。显然,它把之前我随口说的"大雨"当成了自己的名字。

大YU?大禹——我脑海中忽然闪过这个名字——倒是抗洪的好兆头。

车轮发出的咔嗒声响,说明车子已经卡进了排队去往修理厂的传送带上。我在APP上勾选了"内饰清洗"和"更新外置气囊"的服务,把剩下的工作交给修理厂的机器人。然后我打开车门,招呼孩子们出来,问:"你们还好吗?"

胖胖的小女孩竟然自己晃晃悠悠走出来,她捂住鼻子,嘟囔说:"这里好臭啊。"

这话很像阿启会说的,于是我把她抱起来,向她解释说,这味道是因为周边的厕所污水和厨余垃圾会在处理后用来浇灌低层的蔬菜。但她显然没有听进去,吸吸鼻子,又哭得泪眼婆娑。幸而臭气在廊道就消失了。我顺着两个孩子的目光,沉默地看向廊桥外——雨后的傍晚给每一朵云都罩上了柔软的粉色,双彩虹框定了天空中剩下的最后一点阴霾。就在我们脚下,姜黄色的泥水正撞击着楼栋底层架空的柱网,翻腾起骇人的死亡之浪。她们失去家人了吗?我试图从孩子们的表情中探知答案,但没能问出口。

"走吧。"我说。

进入居住楼栋之后,我先去顶层的"育儿中心"接上阿启。阿启惊奇地看着凭空冒出来的孩子们,在听我解释之后,很快就接受了"妈妈救了两个小朋友"的事实,甚至颇感自豪。回到家,她和女孩们分享了自己的浴巾和零食,并没有催促我做晚饭。我知道她很饿,但我得先报警。我戴上耳机,拨通视频电话。

"涂山娇?"警察居然先叫出我的名字,显然是通过人工智能识别出我的脸。

"对,我——"

"我们正在找你,"他打断我,"你不在那辆商务车上?"

我顿时明白他是在说费博易他们那辆车,"雨太大了,我要回家照顾孩子,就中途换了自己的车。"

"你运气不错。"他平淡地说,"那辆车被广告牌砸中了,目前只有一个人获救,其他人都失踪了——你认识这个人吗?"

他发给我一张头破血流的照片。"费博易。"我认出来,他裹着污泥的手臂拧在身侧,仿佛没有脊骨的蚯蚓,看着可真疼。

"嗯,他还活着。"他又问,"你报警是因为没联系上他们吗?"

"不是。我回家路上救了两个孩子。"我转过头,用AR眼镜拍摄她们的脸,"你们能找到她们的家人吗?"

"丹朱、商均。"警察的视线落在她们脸上,很快便报出两个孩子的名字,"她们的监护人目前处于失联状态,如果有消息,我们会联系你。"

"好。"

4

挂断电话之后,我已经知道两个孩子会就此在我家里住下来。起初一阵子的确兵荒马乱。我们被洪水围困了足足三周,食物捉襟见肘，家中人口却陡增了一倍。我去争取了很多次口粮，但这里的受灾程度远比不上城里严重，并不会获得额外的关注。最终我不得不加入业主委员会，和邻居们一起向其他楼栋发出切断能源的警告，来逼迫周边的住户同我们分享粮食和水。

等洪水退去，我在客厅里架起双层床，给丹朱和商均睡。两人年纪相差不过十岁，却差着辈分，丹朱的姐姐——也就是商均的母亲——在去年的"洪季"失踪。如今，洪水又让她们变成了孤儿。这多舛的命运没能伤害到年幼的商均，她刚满四岁，只比阿启大一点，很快就忘记了悲伤的过往，展现出开朗的性情，自然而然地跟着阿启叫我"妈妈"。但一次次失去亲人显然在丹朱心中留下了无法愈合的伤，她时常从睡梦中惊醒，像幽灵一般站在窗边远望。我不敢惊扰她，于是我们陷入奇特的对峙——她每夜都站在那，而我知道她站在那里，她也知道我在看她。

终于有一天，我借着去喝水的由头起身，用亮起的吸顶灯打破了沉默。我递给她一杯牛奶。丹朱回头看我，她的眼圈是红的。

"怎么了？"我保证我只说了这三个字。

她大哭起来，扑到我怀里。牛奶杯坠下去，在灰色的瓷砖上清脆解体，乳白色的液体四散飞溅。过了好一会儿，我才听清她混杂在抽泣中的话语：

"我知道他们在楼下……可我只想逃走，我都没有求你……求你去救他们……"

她在说她的父母。

"这不是你的错呀。"我非常谨慎地措辞，生怕话语会撕裂她的伤口，"在那种情况下，我没有能力去救他们，你也做不到。"

她点头，又摇头，把泪水全擦在我的睡衣上。不久，丹朱申请了岩城中学的奖学金，决定去那里读寄宿学校，不肯再回泽城。

我依然记挂着她。过了几年，便找机会加入岩城的城市更新规划项目，可以去那边出差。这座城市经历了过度的房地产开发，有上万栋无人居住的房屋，但因为海拔比泽城高一百米，加之有两所历史悠久的大学，近来成了吸引沿海移民和投资的热点城市。利用岩城的空置房屋，我们再次实践了"完整建筑"理念，给每一片城市组团补充基础设施、制造工厂和农业种植。

"以前我们做规划，会更强调功能分区和设施的使用效率，但在这个灾害频发的时代，各种设施的分布式布局却更为重要，只有这样，才能保障安全底线，让每一个人都能得到均好的服务……"我试图和孩子们解释屋外的道路绿化都变成麦田的原因，丹朱却把话题引向另一个方向：

"你们听说过'东海城'吗？"她打断我，对两个还在读小学的女孩说道。

商均不喜欢被洪水困在家中的日子，在"洪季"到来之前，她吵着要旅行，我便带两个孩子来岩城找丹朱。岩城的餐厅透着小城的亲切氛围。陈旧的瓷砖配上包裹着金色油漆的洛可可式柱子，再加上木质的中式圆桌和朴实的黑色餐椅，让老板娘冷淡的面孔都显得温暖了几分。

阿启没有开口。她的眼睛迷茫地盯着虚空中的一个点，显然是在通过藏在隐形眼镜里的"视域"屏幕玩网络游戏。

听到丹朱的话，商均兴致勃勃地问："没有，东海城是什么？"当年那个险些被洪水冲走的小胖娃娃已长大了些，越发敦实强壮，面容晒得黝黑。

"涂山姐姐肯定听说过。"丹朱看向我，她从来不承认我是"妈妈"，只肯叫我"姐姐"。

我点点头，说："我参与过东海城规划。"

丹朱看向我的目光里突然充满了热情，"真的？为什么要在海上建城市啊？"

"我印象里是有一些气候学者,在研究洋流和台风的时候,在中国东海上找到了一片大气和洋流相对稳定的地区。"我把筷子放下,"后来,又有地质学家在这个地区发现了海底石油。"

"然后呢?"商均也兴致勃勃起来。

我回答说:"所以有人就开始琢磨——在海上,能不能建一座更安全的城市?"

"大海一定比陆地危险。"丹朱说,又问我,"那涂山姐姐怎么看?"

我有点儿不习惯她现在说话的语气,考上岩城大学的土木工程专业之后,丹朱竞选了学生会主席,看来,她已经习惯了掌控局面。

"如果发生灾难,海洋肯定比陆地更难疏散居民。"我说,"其实,我不太能理解东海城的建造逻辑。"

"我读到一篇文章,说东海城的建设不是基于工程学逻辑。"丹朱说,"而是一项战略选择。"

我想起自己和费博易的讨论。东海城的初步设计也请大禹参与了防灾模拟,结果并不乐观。我建议他们调整规划方案,不要将东海城视为"一座城市",而是看作由很多"船只"彼此相连而形成的"机动城市",当灾难发生时,只要断开连接,"船只"就可以载着居民四散而逃——这比单独设计一套逃生系统高效多了。

丹朱继续说道:"按照涂山姐姐说的,如果海里还有石油,那东海城其实就是一支围绕能源点建立的海上舰队。这是为了应对气候进一步恶化,城市应该探索的新形态。"

"延续现在的技术,改善城市里的存量空间,也是一种选择。"我随意地答道,"你有没有想过,为什么到现在大家还在开车,哪怕要给汽车安装外置气囊?为什么我们不直接换成船呢?这是因为,城市里的道路是给有轱辘的汽车设计的,宽度、坡度、转弯半径,都有固定的模数,还有建筑的间距也一样。我们的城市根本就不支持船只的行驶。"

"但这不能解决根本问题。"丹朱略微提高了声调,"我们不该沿用过去的模式来改造城市,而是要给他们一个新的方案,积极应对气候的变化。"

我看向她扬起的侧脸,问:"丹朱,你是不是参加了辩论社?"

她笑了,"对,下周的辩题就是这个——我们应该在海上建城市吗?"

"挺好,我觉得你能赢。"我给她夹了一块红烧肉。

泽城的天气越发糟糕,"洪季"成了常态,高温、旱灾、龙卷风、粮食绝产……每年仿佛都要开一个新的盲盒。灾难的升级也迫使大禹不断升级,通常它可以给出合理的方案,但有时,它的反馈也会让人感到难以理解。有一年春天,难得天气晴朗,大禹却连续几周给不同的居民发送信息,让他们立刻离开家逃难。当时费博易他们反复调试,最后发现大禹正计划让泽城居民全部撤离,并认为这是"解决问题的唯一方案"。不得已,他们请我一起商量,理由竟然是我"不懂专业,所以能看清问题"。我问费博易,是否考虑过在大禹的经济损失评估表里,增加固定资产折旧指标,让大禹明白如果报废城市里的房屋和基础设施,就会导致经济损失显著增加。谁想竟然起效了。

BUG可以修正,泽城的生活却很难复原。商均和阿启的整个小学生涯,都被困在家里上网课。只不过两人放学后的生活却不同——阿启会继续戴着视域,呆坐在她的房间里,仿佛现实世界不值一提;商均则会走出家门,去修理厂研究车辆改装,去救援队参加攀爬训练。

丹朱回泽城的那天,正遇见商均从顶楼练习双绳下降。而商均看到丹朱,便停在客厅窗外敲玻璃,吓得她打翻了咖啡,商均却隔着玻璃灿烂地笑,又继续向下滑。丹朱打开窗户,对着窗外喊:"你小心点啊!"

商均回道:"放心吧!"

商均喜欢攀岩,更喜欢研究坐式安全带、锁扣、不同强度的绳索和各种绳结。我不确定这是否和当年在洪水中救了她的安全挂钩有关。丹朱回到餐桌边,显然对刚才发生的一幕感到不满。她把桌面擦干、又倒了一杯咖啡,才委婉地和我说,想让商均去岩城读中学,"阿启也可以一起。"

丹朱是成年人了,坐在我面前搅动咖啡的样子,毫无缘由地让我想起曾经的某位甲方,仿佛在等待我汇报项目的阶段成果。

"交给她们自己来决定吧。"我这样回答说。

她不满意这个回答,直接问道:"涂山姐姐,为什么你们不搬来岩城呢?你看到最新的'城市宜居度排名'了吗?泽城已经掉到最低的那档了,在它之下的名字都是灰色的,是那些被永久淹没的滨海城市。"

像是觉得还不够似的,她又补充了一句:"下一个就是泽城了。"

为什么不肯搬走呢?这问题我也问过自己很多次。据我观察,最早搬入"完整建筑"的那些居民,反而有更多驻守在泽城——城郊的这片高地,每年被洪水围困的时间只有几周,在做好万全准备之后,大多数人都能扛过来。所以,我们反而不会像那些住在城里的人,为了生存,选择失去工作、放弃家园,去另一座城市重新开始。

"因为这里是家啊。"我说。

"房子不是家,有家人在的地方才是家。"她的声音里总透着笃定,就好像事情本该如此,必然如此,毫无转圜的余地。

我惊觉她说的这句话,竟是东海城的移民广告。近来即便像岩城这样的高海拔城市,也开始发生内涝。当恐慌的移民再次经历曾经的噩梦,很多人干脆就举家逃向东海城,仿佛只有那里才是一个全新的远方。

"你想去东海城?"我小心翼翼地问。

"我在那边找了一份工作。"她说,"在能源港做工程管理。"

"我会担心你在东海城的生活……"我努力地找寻措辞,"我听说那边的生活设施还不太完善。"

"所以他们需要结构工程师。"

我只好也直说:"我会担心你,海上太危险了。"

"上个月,龙卷风从岩城大学横穿而过,距离我的住处只有几十米。涂山姐姐,现在没有什么地方是安全的,因此也没有什么地方更危险。"

这诡辩听上去竟有点逻辑。我想了想,和她对视,最后避开了她的目光,"你自己在外面,务必小心。"

丹朱笑起来,她终于挣脱了我施与她的亲情蛛网,但那笑马上就消失了。丹朱说:"你们也要保重。"

我沉默以对。在大禹的BUG修复报告里,费博易合理化了它的行为。他说,对居民而言,在哪座城市生活,不再是可以用宜居程度来进行排序的问题,而是一个客观的生死问题。大禹只是想帮助人类做出正确的选择。

或许,是时候考虑搬家了。

5

"目的地——岩城。"商均兴奋地说,她满是油污的手飞快地敲击着虚空中的键盘,把她能展现的每一个图层都打开:泥石流可能的发生点、流向、流速,外置气囊的完整程度,车锚的剩余个数……

"我见过一个特别帅的视频,里面的驾驶员用车锚来转向,就像以前的赛车漂移！"她继续说着，浓密的眉毛飞到额头上。

阿启坐在后座。她戴着耳机，目光没有聚焦在现实世界，依然在玩她的游戏。她对一切都毫无兴趣，即便危险迫在眉睫。陪伴这三个孩子长大，对我最大的启发就是：有时候，要承认自己的孩子就是天生平庸。

"大禹，请计算我们安全到达的可能性。"商均问。

五分钟之前，大禹发出警告，说连接"完整建筑"的空中廊道，会有较高的概率被泥石流冲垮，如果我们不想被困在泽城等待救援，就要立刻离开。商均先发现了这条信息，大喊大叫让我们用最快的速度上车。谁知这会儿大禹却计算得异常缓慢，屏幕上的圆点不停转圈，直到车里的所有人都焦躁起来。连阿启也眨眨眼睛，问："大禹，说话啊。"

"百分之七十九。"大禹说道，"如果我们能在一分钟之内离开这里的话。"

商均气得头顶生烟，"时间都让你耽误了！"

我把车从停车库里驶出时，已经听到远处泥石流摩擦大地的隆隆巨响。我不理解为什么其他人没有从家中出来——大禹没有警告他们吗？等待救援可能是很快的事情，但也可能要等到弹尽粮绝。当然，说不定是因为我在岩城购置了一套公寓，搬家的行李都已经打包好放到车上，所以当时我没有任何迟疑。从匝道驶上主路时，商均忽然喊了一声"快看"，于是我从后视镜里瞧见连接停车库的廊道被黄棕色的泥流覆盖，一辆银灰色的房车被卷入其中，几乎没有冒出火花便倾倒破碎，变为洪流中的一部分。

雨水在冲刷前窗，却无法洗去我的后怕，尤其是高架路上车少得让人心惊。"大禹，"我听见商均又问，"我们安全到达目的地的可能性是多少？"

"百分之九十七。"这次它回答得很快，并且标识出几条危险路段。它帮我们躲开山上的滚石之后，剩余的路段就没什么需要担忧的了。云朵渐渐散去，天空一片碧蓝，直映得山上绿树都泛着油亮的金光。过去我会为这样雨过天晴的时刻而感到欢欣，然而现在我已经习惯去怀疑，世界展现的每一分美好，都只是山雨欲来之前鼓荡的冷风。

我们遇到的那场泥石流虽不严重，但因为发生在"完整建筑"社区，在网络上掀起人们又一轮恐慌。我们移居岩城不久，更多的难民涌来，让这座曾经的小城居民突破了百万之众。作为城市安全规划师，我越发忙碌，还接触到不少神奇的新城选址方案：青藏高原上的崖壁城市、南极的新大陆开发，有一些人甚至把主意打到了月球和火星上，连东海城都算不上最科幻的了。

商均喜欢所有这些新点子。和大多数人不同，她对尚未到来的痛苦免疫，不会为任何迫近的恐怖而踌躇。每一份规划里的灿烂图景，都让她充满信心。起初，她把这些信息都存在自己的收藏夹里，不久她便意识到，在这些不同的未来之中，可能暗藏着千丝万缕的联系。于是，她又建了一个网站来收集这些奇思妙想——当她听闻有人要把喜马拉雅山脉凿空，在里面建设崖壁城市，她就会把这点子作为一颗"种子"，放在她的网站里。她开辟了不同领域的专业板块：工程学、地质学、社会学、建筑学……然后主动发出邀请，希望专家们能为它添砖加瓦。然而这网站无人问津，直到她听从阿启的建议，改变了思路，将网站调整为完全开放的论坛，欢迎用户基于不同的"设定"，来书写在这种场景之下会发生的故事。网站很快变成一座未来城市的想象力森林，在设定迭代生长的过程中，不同背景的写作者和阅读者，也开始为那些设定增加专业内容，其中一些，竟真的成长为参天巨木。

我曾点开过最繁茂的那一棵树，名叫"华夏"，写的是一座可以沉浮于水中的两栖城市，生活于其中的人类，也需进行基因改造，以适应深水区的水压,像鲸鱼一般在水下长时间屏息。而提供这个点子的人竟然是阿启。其实这样的设定放在小说里并不出奇,但开篇的几句话写得稚拙而有趣,阿启在她的"种子"旁标注说,从她出生之日起,夏天就变成了"洪季",水就是恐怖的、危险的,她希望能在这个虚构的世界里,补上快乐的戏水和华美的夏天。

6

我是在东海城接到费博易的通话申请的。多年未见,屏幕里的他看起来异常消瘦,"保重"两个字这几年变回了字面上的意义,倘若视频中的旧友忽然变瘦,那么我们就要担忧,他是否缺衣少食,或是身患疾病。

"这是哪里?蓝天白云的。你搬家了?"他的话从嗓子里嘶嘶挤出来。

"东海城。"我说,"没有搬过来,只是最近来这边出差。"

"还出差呢!"他咧开嘴笑。

这年头出差确实很少见了。听说是有一位甲方,担心东海城规模扩大之后,会"火烧连营",便增加了消防专项的规划任务。东海城特殊的空间结构,让规划师倍感棘手,只好从各地邀请专家来开现场会。我希望给丹朱一个惊喜,便在大禹的指导下上天入地,一路辗转,用了两周到达,丹朱却不在城市的这部分"船体"上。

当年东海城的建设者采纳了我的建议:在这座城市中,只有围绕海底石油建立的钻井平台,以及由此生长出来的"港湾",才会把结构基础扎在海床上;而人生活的"城区",则是通过统一模数3D打印出来的装配式单元,这些漂浮于水上的船体单元彼此相连,如同蜂巢一般在"港湾"周围蔓延生长。丹朱说,虽然都叫"东海城",但她生活在另一处"港湾",和我相距一千公里。要等半个月,才会有摆渡的客船,因此我们还是无法见面。和费博易倒是不需要说这么细,我只简要提了两句前因,便关切问道:"你还好吗?"

"很不好。"他说,"是有一件事情,要拜托你。"

"拜托"两个字语气郑重,像是最后的嘱托,我尽量让自己的表情放松,"请说。"

"是关于大禹的知识产权。当年咱们那个项目,甲方只接收了前期研究的成果,大禹的知识产权其实是在我们这里。"

"为什么?大禹的应用应该很广泛吧。"我不解,几乎所有的人都在用YU系统,"大禹"也成了通用的名字。

"他们没说产品不行,是觉得责任太大了。"费博易说。

"责任?"

"导航软件能犯的错误最多是堵车,或者绕路。"费博易解释说,"但逃生系统不同,走错了路,人可能就没了。"

我大约明白了他所说的"责任"是什么。早年"疏散泽城"的BUG发生后,我又重新开始关注和大禹相关的媒体报道。获救的人很少会在媒体上表达感谢,遇险后投诉的人却层出不穷。大禹的视野是有局限的,譬如它无法理解幼儿和残障人士出行的特殊需求,又如当加油站里油气都不足时,它依然会把缺油的车辆导航到那里去。只有在人、车、设施都如同模型中一般完美无瑕的前提下,大禹的方案才有效。面对这些投诉,费博易先取消了气象红色预警时无法关闭大禹的设置,又在APP开屏页面增加了醒目的免责弹窗,强调路线仅供参考,使用YU系统是用户的"个人选择"。这样一串操作下来,客户群却不减反增。

仿佛担心我不肯答应,费博易继续说道:"大禹现在有运营公司,我们用知识产权占股，不需要做什么具体工作。这些年大禹的营收非常好——我们开通了很多付费项目，你知道，人被灾难逼到绝境，多少钱都肯拿出来。"

他太瘦了，笑起来只见皮在动，空洞的双眼仿佛鬼怪。我不喜欢听这个，"需要我做什么？"

"你一直是大禹知识产权的共同持有者，只是我之前没有给你分红。"他的目光聚焦到我脸上，"我想把股份都转给你。"

我知道自己应该说"不用，谢谢"，但他的眼神里有一种让我畏惧的渴盼，于是我问："为什么是我？"

"最近我经常会想起，我们一起设计大禹那会儿，你提的那些问题。"他说，"除了你，我不知道能交给谁。责任太大了。"

7

一场漫长的大雨过后，岩城蚊虫泛滥，商均不久死于疟疾。

我怎么都想不通这件事，商均是三个孩子里最健壮的，几乎从没生过病，但丹朱反而很冷静。她说在这个年代，每个家庭都得做好准备，承受失去亲人的悲伤。在做了五年工程师之后，丹朱转而从政。这确实是更适合她的职业，流利的口才和坚定的信念感，让她在东海城里迅速晋升，如今身居高位。

阿启陪着我和丹朱料理一切。她终于不再终日沉溺在虚拟空间里，丹朱回东海城后，阿启像是忽然接受了眼前这个世界才是真实的，变成一个机敏可靠的人。她接手了商均的网站，把它接入虚拟空间，建造了一个名为"华夏"的世界，经营得风生水起。我见她的生活步入正轨，没有无所事事，便自己搬回泽城居住。那时正值春季，通向"完整建筑"的廊道已然修复，只是多修了一条辅路和一盏红绿灯。虽然邻居搬走许多，但托卡马克装置被机器人维护得不错，低层的蔬菜还在茂盛生长，花园里的冬小麦也正该收获。我请律师帮我研究了费博易留给我的协议，接受了他的遗赠——大禹的知识产权、我应得的分红，更重要的是大禹的管理员账号和密码。

丹朱打电话给我的那天阴云密布，正是"洪季"到来前最繁忙的季节。屋内外凡是平整的地方，都晾晒着麦种。她用了一个特殊的电话号码，据说是可以避开人工智能的监控。

"我们正在调查大禹。"她还是从前的风格，直截了当地提出关键问题，"然后发现涂山姐姐竟然是它的知识产权所有人。"

"我是参与过大禹的设计——怎么了？"

"你为什么要接手它？你都没有怀疑过大禹吗？"

我走到窗边，"你想说什么？"

"大禹掌控了太多资料，也有太多权限了。"丹朱说，"为了在不同场景里设计逃生路线，你们给了它所有居民的个人信息、车辆的维修记录、城市的地形图、地下管线图、建筑平面图，我听说后续还有一些设施的控制权，它都可以直接调度。"

"那是为了救人。"

"但那些没能成功获救的人，仅仅是因为运气不好吗？东海城最近在查保密资料的调取记录，找到了大禹做的逃生模拟方案。"

"要调资料，肯定得你们先给它授权才行——这有什么问题？"

"我们比较了它计算出来的每一版方案，死亡人数的减少幅度并不大，最后获救的人却发生了变化。"丹朱说，"起初是随机的，但后期版本里，死的大多数是老人和有慢性病的人。我们怀疑它会根据人的'价值'，推送不同的逃生路线。"

我皱眉，"用户可以自己选择路线。"

"你确定在那些危险的情况下,你有能力选择吗?"她声调平稳,面颊却在发抖,"你确定每个人都有选择的机会吗?"

我走到客厅的阴暗处,"你为什么这么生气?"

"你是大禹的主创设计师,也是目前唯一活着的设计师。这个算法可能决定过上百万人的生死……"丹朱顿了顿,哑着嗓子说,"我不希望有人被故意忽略,就像我父母那样。"

我才知道,丹朱竟然到现在都没能走出那天,依然把罪责揽在自己身上。

"我们可能会向媒体公布调查大禹的结果。"见我没有回答,丹朱又说,"但我想请你先给我一个答案。"

"我试试吧。"我对丹朱说。

她挂断了电话。

8

我出门时,大禹警告我,如果现在去城里,安全返回的概率只有百分之六十七。

"但我必须去。"我说,然后输入了目的地,是当年那个停车场。

大禹给我推送了一条奇怪的路线。暴雨预警等级目前还停留在橙色,我干脆把它关闭,驶上高架。这会儿几乎没有人进城,倒是对侧出城的车流满满当当。不到四十分钟,我便到达市中心。由于地势低洼,在这个时节,这里已经近乎空城。

真奇怪啊。我想,费博易竟然会把大禹的历史导航资料都存在这儿——会被洪水淹没的城区,近乎废弃的办公楼,里面还在运转的保密机。

大门不在一层。早年为了抗洪,很多楼栋都将低层的门窗封死。从室外楼梯爬上七层,我才找到正门。输入密码,打开门锁,内里有一股沉积的灰尘气息。打开灯后尤甚,每一条光线都在灰尘的衬托下有了实体。我查看了电梯旁的楼层指南,机房依然在顶层。电梯虽然开着,但不知多久没有维修,我还是转向楼梯间。

爬到顶楼,我的腰和膝盖都在隐隐作痛。窗外是灰黑色的层积云,只在极远处的云间闪着白光。操控室的门极为沉重,可见密封性不错,内里依然十分整洁,保持着曾经的模样。正如丹朱所言,我们最初对大禹的训练是基于泽城的数字孪生,因为赋予了它过多的权限,也要签严格的保密协议。甚至在大禹投入应用之后,也罕见地将导航历史记录加密,没有在线上存储任何备份。如果想要查看这些信息,只能到这里来。曾经,项目组就是在这间会议室里对大禹进行调试,研究系统优化的方向,因为讨论的内容涉密,大多是手写稿,它们甚至现在还贴在侧墙的软木板上。

我用费博易给我的账号登录保密机。无论丹朱那边的调查结果是什么,我自己也想知道真相。

我先搜到了那个时间点——我在大禹的引导下去救两个孩子的那一天——在红色暴雨预警发出之后,泽城有六十五万人次使用了大禹逃生,其中三十九万人次到达目的地。

但这不能证明什么——这些没能到达目的地的人,是因为不信任大禹,所以没有按照它的指示逃生?或是有意外,像那辆商务车一般被广告牌砸中?

我抽取了几条记录,都没有什么说服力。我又在搜索框里输入了另一个日期——我们从泽城搬家去岩城的那一天。定位到正确的地点之后,我找到了大禹发出的泥石流预警。当时,住在我们那组"完整建筑"里的三百多户居民中,有一百多户人收到了预警。而没有收到的人家，多是高龄人群。可这也不能证明大禹是"故意"忽略他们的，说不定，是老人们没有订阅这项服务。

雨就要来了。我飞快地点开一个个文件——恐怕没有时间继续调取数据进行统计，只能寄希望于费博易曾分析过这个问题。

他会把信息藏在哪里呢？

我找到标注为"商务"的文件夹，里面有一个文档，是"过往业绩"，罗列的数据却让我大失所望。费博易只统计了宏观数字——YU相对于GUN的逃生效率提高了百分之五十七，经济损失降低了百分之三十五——但这些数字并不能回答丹朱的问题：对于身处灾难之中的个体而言，大禹提供的逃生方案，真的公平吗？

我起身走了几步——换个思路，如果它真的对人的"价值"进行了评判，那么目的是什么？

抬起头，我看见一张纸，上面是我二十多年前的手写字——堵车。于是我想起来，当年甲方之所以会在城市安全大脑项目里，要求我们抛弃GUN系统，启动YU的设计，是因为"洪季"前发生的全城大堵车——所有的人都想尽快上高架路，结果就是谁都走不了，反而会导致惨烈的死伤。媒体报道里有一个著名的故事，是淹死在高架桥下的一家三口，他们出发的地点距离高架入口仅仅四公里，最后却用了三个小时都没能上去。

在"堵车"两个字旁边，是"疏通"二字，我几乎可以想起费博易当时的话："其实，GUN计算的逃生路线基本正确，只要我们能有效疏通人流和车流，效果就会好得多。"

难道是为了让道路保持通畅？我走出保密机房，接上网络，视域里立刻弹出一条警示信息。

"大禹？"我呼唤它。

"您好，涂山娇女士。"在强调紧迫感的时候，大禹会提高语速。

走廊尽头有一扇窗开着，风卷着泥土的气息呼啸着穿过走廊。"怎么了?"我问。

"在您视线范围之外有山洪,很快就会袭击您所在的地点。我建议您乘坐电梯下楼,我已经让它停在二十层了。"

我走进楼梯间——"大禹,你怎么评价在你的帮助下没能逃生的人?"

"我深表歉意,但我希望您能对我保持信任。"它说,"您要乘坐电梯才能赶上,水马上就要漫到停车场了。"

我的腿疼得更厉害了,只好走得慢了一些。当我到达七层时,距离大禹说的三分钟已经过了一阵子。我推开楼门,细密的雨连成银色的线,在黑色树影底图上绘制寒光。这雨要形成洪水,还需要一段时间。

"太慢了。我建议您现在返回楼上。"大禹说。

我回答说:"我要去停车场。"

"不,已经来不及了。"它说,"请回到楼里去,向上走,那里更安全。"

我可不想整个"洪季"都被困在这里。我踏上地面,雨点变重了,接着轰然砸下,把树林惊扰得喧嚣起来。大禹试图让我回头,但我顶着风雨摸索到了停车场,地面没有积水。"你的计算不太准,大禹。"我说。

"我正在对数据进行校正,女士。"

我检查了外置气囊,拖着腿坐到车里。前窗那道Y形虹光闪过时,我仿佛回到了很多年前。大禹说道:"我不建议您开车上高架。从南出口出去,只需要绕一点儿路,就可以确保安全。"

它为什么一直让我绕路?我看向它给我的导航路线,循环扭曲仿佛中国结,然后我忽然想到一个点子。我用管理员权限修改了自己的账户,切换到丹朱的,让大禹以为坐在这车里的人是她。然后我对大禹说:"目的地是'家',找最快的路。"

"当然，"大禹的语气竟然松弛下来，不紧不慢地说，"我们现在有充足的时间，最快的路线是走高架。"

"安全到达的可能性是？"

"百分之百，女士。"

9

我走进家门，天色已经全暗下来，窗口有一个人影背对着我。"洪季"家里多一个人并不奇怪，我打开灯，刚要告诉对方这楼里还有许多空房间。她转过身来，是丹朱。

商均的葬礼之后，我就再没有见过她了。丹朱依然很瘦，肤色晒得黝黑，眼角额间已经有了皱纹，更显得目光锐利。

"什么时候回来的？"我去给她倒了一杯水。

"我来泽城出差。上午给姐姐电话的时候，我已经在路上了。"她接过杯子，但并没有要坐下的意思，依旧站在我面前，"姐姐已经去城里确认了吗？行动力真是太强了。"

"你知道我进城了？"我并不喜欢自己的一言一行都被她监视，"看来，你不需要我给你答案，你已经有答案了。"

丹朱说："对。为了实现'有效逃生'，大禹会对人进行筛选。"

"有效逃生？"

"大禹做的方案里，经常用这个词，涂山姐姐不知道吗？"她反问我。

"我的专业不是人工智能，大禹的设计我没参与太多。"我说，"它是怎么对人进行评价的？通过年龄吗？"

只切换丹朱的账号去测试大禹是不够的，我也尝试了阿启的账号，安全到达目的地的可能性同样是百分之百。但再换成另外几位与我同龄的友人，数据却会大幅下降。五十多岁就被它判定为"高龄"，我心中也有些不服气。

"没有那么简单。如果只从结果来看，居民的生存概率确实与年龄相关，但大禹的'筛选'其实是基于大数据的判断。它会让那些在后续的其他灾难中有更高概率生存下来的人，优先使用逃生路径。"

我想起曾经和费博易的争吵。他完全不能理解城市规划中的"均好性"和"底线性"概念，"我不想听那些模糊的观点，我们的目标就是提升整体的逃生效率，我只要可以量化的数据：降低伤亡，降低经济损失——所以，当然会有一些人享有优先权。"

我对丹朱说："这也合理。"

丹朱说道："这对很多人都不公平。"

当时我是怎么质问费博易的？"谁？谁有优先权？谁能决定哪些人有优先权？"

答案一直都很清晰——是那些年轻人，是那些可以追上YU计算的逃生方案的人，是那些"更有价值"的人。我很想知道，最后身体孱弱的费博易，是否也面对过大禹的"筛选"？

我问丹朱："它是通过什么来筛选的？"

"我们还不清楚，那是它的算法黑箱。说不定它会把浏览'华夏'网站，都作为依据之一呢。"丹朱笑了笑，"在东海城，我们已经暂停了大禹的运行，而泽城的居民正在往城郊撤离。我更好奇你的决定，涂山姐姐，你会关闭大禹吗？"

不论是关闭大禹，或是找一些专业人员来优化它的算法，都对应着"责任"。所有人都能获救当然是最好的选择，但如果逃生道路的通行量有限，怎么做才是更好的选项呢？

——谁又能去定义"更好"呢？

我反问她:"如果我现在关闭大禹,能减少死伤吗?"

——没有大禹,就是公平吗?

"我不知道。"她说,"不过现在,选择权在你手中。你已经到家了,其他人还在路上,你要改变他们的命运吗?"

10

"请确认是否要关闭程序。"

费博易的设计令人迷惑,查询记录要在现场,而关闭大禹却可以远程操作。坐到车里用管理员账号登录后,我很快找到了那个页面。

丹朱还有公务,接了个电话就离开了。和当年那个沉默哭泣的孩子不同,现在,她会把难题抛给我。

我把车开出楼栋,开进雨里,远山在车窗上抹出淡青的轮廓,直到交通灯的红光笼罩了前路。

我停下来。真的还要继续前行吗——选择总有代价,倘若这代价是弱者,我是否可以牺牲他们,去实现宏观意义上的目标?

我的视线停留在"确认"按键上——真的要关闭大禹吗?如果我们失去人工智能,失去东海城,失去"华夏"网站上那些希望的种子,人就必须承认自己仅仅是人,独自站在天地之间,用渺小的姿态去面对最大的恐怖。

灯光跳转为绿色。我退出大禹的管理员账号,转向辅路,视域里的Y形虹光随之熄灭。

夜色已深,雷电在山巅翻滚,但尚未到来。

★本文最初是与美国亚利桑那州立大学科学和想象力中心合作，为气候想象力课题而创作的，英文电子版发表于 the Climate Action Almanac（《气候行动年鉴》）。

魔镜 算法

首发于《特区文学》2022 年第 5 期

1

"楚楚姐，咱们楼着火了。"

"视域"里弹出这条信息的时候，我正在相亲。对面的男人名字叫……一下子忘了，总之我肯定无视了他，并且迅速戴上耳机回电话给郑蕾："什么情况？"

"你先别回来。"她气喘吁吁，"着火的是顶层，我们正在疏散。"

"都要疏散了？"

"嗯，消防员刚跟我们说在家待着，别出去，没十分钟就又来了，挨家敲门，让大家赶紧下楼。"

"严重吗？"

"楼道里味儿特大。我看他们已经冲上去救火了，应该还行吧。给你看别的业主拍的……"她给我的视域发来一段影像：是顶楼的一户人家，黑烟正从窗户缝里滚滚涌出。

"这是哪家啊？"我一下子没分辨出来是塔楼里哪个户型，只认出和我家不同。

"西北边的，好像是33F，你记得咱们楼里那个腿脚不利索的大爷吧？听说着火的是他们家。"

啊，那个大爷。

电话另一边有点嘈杂，"我先挂了啊，总之你现在别回来，乱着呢。"

通话结束之后我还是有点蒙，心脏狂跳。打开业主群，果然一片混乱，有人说是"那大爷"在家抽烟引起火灾，又有人在说谁家已经下楼了，谁家还没消息，还有说自己忘了贵重东西在家里，但出了楼门也回不去。抓不到什么有用的消息。又看了几段黑烟滚滚的视频，想着我家在十五层，应当影响不大，倒是郑蕾家在31G，楼层和朝向都离着火的人家更近。最后，才把视线焦点落到对面的男人身上。

"怎么了？"他微微抿了嘴角。在今天见面之前，我打开了视域里的微表情分析APP"魔镜"，此刻他的脸旁边标注了三个字——【不愉快】。

"我住的那栋楼着火了。"我对他说。

"啊？"他的嘴角松懈下来【放松，可能指原谅】，随后眉梢挑起【夸张的惊诧】，"严重吗？"

"我朋友给我发了个视频，看着挺严重的。"我想了想，还是没把视频转发给他，此时告诉对方自己住在哪里，似乎还不太合适，"但应该不会烧到我家。"

他的眉毛又放下来，眼睛微微眯起【思考】，用手摸了摸鼻子【否定或怀疑】，"你要不要回去看看？"

他在否定什么？有什么可怀疑的？我有些厌烦这堆乱七八糟的分析，眨了下右眼，关掉视域里所有对话框，"我朋友说不用回，他们正在疏散。"

这个答案应该出乎他的意料，停了三秒，他才开口问："真不回去吗？"

"我人不在楼里，就算幸运了。消防员在救火，我现在回去干吗？还不如先吃饭。"我夹了一块牛蛙，"抱歉刚刚走神了……啊，菜都要凉了。"

我吃完那条蛙腿，才发现他还在看着我。

这次不用微表情分析，我也可以看出他脸上透露的信息——

疑惑。

2

在一栋有三百多户居民的塔楼里,如果只需要"那大爷"三个字,就能定位出一个人,那他一定非同寻常。

我最初注意到那大爷是在他中风之后。一个精瘦的老人,瘫着半边脸,吊着一只手,在楼门口一脚深一脚浅地挪。没有拐棍,也无人帮忙。因为他挪得太慢,所以喜欢卡点去上班的我必须毫不犹豫地从他身边超过去,后来连"抱歉让一下"都懒得说了。有时候在回家路上,也会看到他在小区外的立交桥洞里,坐在石墩上抽烟。还有几次,见他在楼外狭窄的路上慢慢走,背后堵了几辆车,他却不肯到停车位的缝隙里避一避——倒是没人按喇叭催,大约是怕他摔跤。郑蕾来我家做客那次,就被他堵住了,比预计晚了十分钟才停好车。

"那大爷怎么一个人出门啊,还买菜呢,拎了两根大葱。"郑蕾一面抱怨,一面比画着葱的长度。

我才注意到,他仿佛从未和家人一起出现过,这么说来,他会离开小区,在立交桥洞里出现,大约是为了去马路对面的便宜菜摊。"还真是,每次都只看见他一个人。"

郑蕾皱了皱鼻子,"都偏瘫了,还自己住,太可怕了。"

"怎么,开始后悔没争晓笛?"在她打分居官司的一年里,我当了几次垃圾桶,让她倾倒离婚的种种痛苦,儿子是她最舍不得的。

她笑,"那我还是要眼前的痛快。"

郑蕾读研究生的时候,来我们单位实习,我是她的项目负责人,带她去西藏出差,都快走到林芝,才知道她怀孕了,把我吓得够呛,赶紧把她打包送回北京。当时她才二十四岁,这么早结婚的小姑娘,在我们周围非常罕见。第二年她顺利生子,入职去了另一个部门,我们倒成了朋友,平时常一起约着吃午饭。谁想孩子不到三岁,她又开始闹离婚。

"结婚早唯一的好处,就是买房早啊。这五年涨的差价,一平方米顶我小半年工资。"

房子是两家一起买的,各出了一半的钱,分手的时候孩子和房子归男方,郑蕾拿钱走人。我那天在公寓电梯里碰到她的时候,还吓了一跳。她说看中我们楼里一套朝西的两室一厅,先付了定金,想着拿到离婚证,就尽快办过户,又问我离婚协议的写法。

我当时哭笑不得:"我又没结过婚,你问我这个,我怎么会知道啊。"

然而她却把每一版离婚协议都发给我,像是实习的时候改方案一样,请我帮她订正。我本来不想管,但因为她的前夫是我前同事,所以思来想去,终究不愿放弃一手八卦,拒绝得不太坚定,默默接收了那些文档,看她每一次退让与每一次挑衅,偶尔也提一两条建议。这任务带来的另一个结果,就是让我忽然对婚姻,以及《婚姻法》有了许多心得,竟越发警惕当时的男友霍霍。偶尔他提起结婚的事情,我就会拐弯抹角举郑蕾的例子。最后我们分手之前,他也没绷住,感叹说:

"你就是被郑蕾带坏了。"

我没告诉郑蕾这句话,也没有必要。她遇上那大爷的日子,刚办好过户手续,又高兴,又疲惫——高兴的是终于迈入人生新阶段,疲惫的是再度背上近两百万元的贷款。

"每个月还一万九,再加上孩子的抚养费,搞不好我还得啃老。"她这么叹息。

我不置可否:"多接几个项目,努力工作吧。"

"努力工作又有什么用呢?"她塌着肩,"你看咱们楼里那大爷,住着北京八位数的房子,还不是破衣烂衫,孤苦伶仃?就他刚刚走路那速度,出小区去对面店里买个馒头,来回得一个半小时吧?"

我笑,"那要不你赶紧回头是岸,和张迪复婚?"

她说:"呸!"

3

不久,郑蕾开始装修,更常来找我玩,见我还在用手机,就给我推荐"视域"。

"楚楚姐,"她总扁着嗓子叫我,仿佛这三个字很可爱,"你怎么还用手机扫码啊,我来买单吧——"说着眨了两下眼,"搞定。"

我之前看到过很多次视域的广告,这东西上市两年,说白了就是一个微缩到隐形眼镜里的手机,概念和十几年前的谷歌眼镜差不多,都是在用AR技术。但一来我不喜欢隐形眼镜,二来也没觉得手机有多么难用,所以一直懒得跟风入手。直到身为前辈的我,不停被身负巨债的郑蕾抢着买单,才忽然有了种要被后浪拍死在沙滩上的不安。

于是下一次她喊我一起去买奶茶的时候,我终于更快速地看准了付款二维码——

"咦……"她的表情说不上是吃了一惊还是松了一口气,"楚楚姐你终于换视域了啊?"

"嗯。"我淡然道。

怎么说,虽然开始用视域的原因是为了抢着买单这样奇特的理由,但它确实让人有种"大开眼界"的感觉——具有瞳孔追踪功能

49

的AR隐形眼镜，比手机要方便很多，眨眨眼睛，就可以搞定一切。尤其是当我发现视域在安全性上考虑得很周到时，更对这个产品多了几分信任。比如在行走或开车时，视域里的所有页面和对话框都会自动设置为很高的透明度，以及当我想给别人拍照时，必须获得对方的授权。

这拍照要授权的原因，我一开始还没想明白，直到郑蕾有一次跟我吐槽："我跟你说张迪变态到什么程度，他之前用视域偷拍我的裸照——结果呢，我就没给他在'非公共空间'拍照的授权，所以他拍出来的照片里，我的脸和身体是自动糊了马赛克的。"

她说完又骂了一句："死变态。"

我感到十分震惊，"这就是你们分开的原因？"

郑蕾说："不是，那会儿我们还没闹僵呢……"顿了顿，又补充，"是我下了一个APP，叫'魔镜'，可以分析别人的微表情。"

"然后？"

她揉了揉鼻子，"然后我发现张迪每次跟我说话，不管嘴上说着什么宝宝、亲爱的，脸上的表情就三种：冷漠、烦躁、否定。"

"你之前没感觉出来？"

"我跟你说，我这个人共情能力特别差，完全不会察言观色，别人说什么，我就信什么。但是我休完产假开始工作那年，年终考评拿了个C，要是第二年还这么差，就要被辞退了！我当时自己感觉还挺好的呢，觉得领导肯带我，同事也夸我，活儿也不太累，结果呢，全部门倒数第一。我可受伤了，在网上搜了半天，最后下载了这个魔镜。"

"有用？"

"反正我今年是优秀员工。"

我觉得挺有意思，"那魔镜怎么分析我看你的表情？"

"我不告诉你。"

4

听她这么说，我也很好奇，就也下载了一个。魔镜的使用方法非常简单，启动软件之后，只要我凝视一个人久一些，这个软件就会把对方的微表情和肢体语言代表的含义标识出来，除了常见的喜、怒、哀、乐，还会有一些引申判断，比如冷漠、怀疑、回忆、掩饰和否定。如果我赋予这个APP录影的授权，它内嵌的人工智能还可以根据对方五到十秒内的表情，进行连续分析，得出诸如"喜极而泣"和"原谅"这样的结论。有一天，郑蕾问我魔镜是不是很有趣时，我迟疑了一下，她先叫起来："你不喜欢？"

"信息太杂乱了。"我舒展开微微蹙起的眉头，"有些时候反而会让人失去判断力。"

我想起前两天的一幕，评审专家温和地说我的项目研究成果还不错，却只给了"原则通过"，这"原则"二字落在评审表上，"通过"就立刻显得勉强了，等到下次终审的时候，指不定还要出什么差错。而他在听我汇报时，微表情先后表达了"同意"和"拒绝"，可见不是技术层面的问题，而是另有原因。如果是平时，迟钝的我可能会继续辩解，而在魔镜明确告诉我对方的态度之后，我忽然感到非常厌倦——而很多时候，恰恰是不断周旋，才能把事情搞定。

感情亦然。

郑蕾笑了笑，"楚楚姐，你不能只用免费版啊。"

她说完，就立刻把话题转向"点什么外卖"。我从她脸旁一闪而过的【冷笑，可能指放弃沟通】中，读出一点"岔开话题"的意思——所以,这是对刚刚我脸上表情的回应吗?

那么我会是什么样子呢?

是【抗拒】吧?

一瞬间,豁然开朗。我终于理解了"魔镜"这个名字的含义:既然我能看到她,就能从她的反应里看到我自己。人想从镜子里看到的,从来都只有自己。

于是,我又开始研究魔镜的收费产品。内容非常丰富,近乎复杂。便宜的"分析报告"几十元,贵的"课包"甚至要上万元。我先看向优先推荐的"辅助分析",首次购买竟然打一折。通过授权魔镜调用我之前录制的影像(只对自己可见),它可以帮我分析特定对象的想法。我选了让我烦恼不已的那位专家组组长——随后生成的报告显示,对方起初对项目组在老龄化课题中的研究方向十分感兴趣,后期却对我们提出的结论不以为然,尤其是这句:

"即便我们从现在开始大规模投入养老服务机器人研发,前景仍是悲观的。能够吸引企业投入资金的机器人,其售价必然会把大多数普通人排除在外,到本世纪下半叶,数以亿计的老人将会面临无人照料的困境,我们很有可能会面临一次史无前例的人道主义灾难。"

他听我说完这段话,没有给出评价,只是挑起一边眉毛【讥讽】。魔镜分析报告的结果显示,对方认为我"没有解决问题"——这确实是一个有效的信息。我又去问了一位少有联系的师弟,他三年前辞职,正在这位专家门下读博士。对方接通了视频电话,并且说他的导师"回去主动提起了那个研究"。

"杜先生说师姐的成果做得很好啊,我都要了一份来学习。"视域里的他选择了书房场景,笑眯眯地对我说。我忙陪他寒暄了几个回合,直到感觉终于可以问出真正的问题:"那杜先生有没有说,我们哪里做得不够呢?"

他笑得更深,"师姐,三十年后老龄化问题没法解决这件事情,咱们凡是接触这个课题的,其实都知道,你把它说出来做什么呢?杜先生那天就多跟我们说了一句,他觉得咱们做研究'能解决多少问题,就解决多少问题'。要我看,剩下的那些没人管的老人,你就别在研究报告里提他们啦。"

5

把多余的段落删除之后,成果终于顺利通过终期审查。经此一役,我对魔镜的分析有了一些信心,给它付一些钱得到更专业的服务,似乎也是合理的。于是我又购买了"辅助分析"的升级版"魔镜私教",它会通过别人对待我的态度,来建立起"我"的模型,并根据我经常使用的语言,给出我应该说什么话,以及这些话会导致什么结果的建议。在完成了一份极长的心理测试之后,它希望我确定自己的"目标"。

在同事面前更友善,在领导面前更驯服,在甲方面前更专业,在其他同行面前更具攻击性——这就是它需要帮我塑造的"新我"。这个套餐里,甚至还有十节"一对一表情私教课",让我对着镜子,训练如何控制自己的眼角和眉梢,让我的目光更"真诚",让我的"厌烦"更不易被他人察觉。

而这只是我在工作场景中的角色,同样,在家人和朋友面前,魔镜也会给我建议。只不过在这些场景里,我没有设定特别明确的目标。和霍霍分手快半年，他才叫了辆小货车来把他的东西搬走。提前一天，他来我家里打包，说"不可能指望我"。

我当时开着魔镜，但人工智能显然对"前男友"这个对象和"家"这个场景都不甚熟悉，给了我三个回答的选项：

【友善，注意要真诚】"你早说啊，我肯定帮你收拾呀。"

【敌意，可能导致争吵】"你赶紧走吧，这么多废话！"

【平和】"那当然了。"

"是挺好玩的。"又有一天，我和郑蕾吃饭的时候，提起和霍霍那次见面。

她很感兴趣，问："那你选的哪个啊？"

我说："我没回答他。光顾着思考那几个选项了，感觉跟把人生变成RPG游戏似的。可惜没办法穷尽每一个选项，"我说，"把人生所有的结果都玩一遍。"

"说不定在人工智能那边，已经算出来你的各种结局了。"她哈哈一笑，"不过魔镜确实挺厉害的，我前两天刚认识一个男的。"

看她眼角的【得意】，肯定不只是"认识"了，我盯着她，"怎么回事，快说！"

她又不肯告诉我了，"等有谱了再跟你说，现在还瞎胡闹呢。"顿了顿又说，"我有时候觉得这东西厉害得可怕，还不知道别人怎么分析我呢。"

当然，总有魔镜无法分析的对象，比如那大爷。

6

初秋,我出门的时候,在电梯里遇到那大爷。

我已经知道他住在我楼上,但不清楚是几层。电梯门打开的一瞬,有一股难以言喻的气味涌出,除了那大爷以外,每个人都眉头紧锁,抿平了嘴唇。那味道绝对不只是衣服馊了,也不是人身上的汗臭味。

是尿味。

在我呆滞的两秒钟里,已经有两个人用【不耐烦】的眼神来看我了。显然,是在无声表达"你到底要不要上来"。我深吸一口气,踏进电梯厢,打算生生憋到一层,谁知在五层和二层,电梯又分别停了两次。我相信自己的表情也融入了那一片【不耐烦】的标识框里,用锋利的目光刺向每一个迟疑着是否要上电梯的人。好不容易到了一层,我侧身绕过那大爷,飞快地走出电梯厢,到了楼门口,才敢再吸下一口气。

天哪,这就是孤独终老的模样吗?

郑蕾大约也碰上了同样的事情。有一天她和老卢,那个她新认识的男的,邀请我去她新家暖房。起泡酒喝到第二瓶,老卢说单位有点事,要先走了。

"晚上九点半——有事?"郑蕾问。

"对啊,"老卢说,"我们那客户真不知道让人说什么,刚刚发消息来,说明天早上要看产品,我这才招呼人都回办公室呢。"他用手机给郑蕾展示群聊。

"快去吧。"郑蕾说。

他一走,郑蕾就问我觉得他怎么样。

老卢看着挺"社会"的,自来熟,没问我年龄,开口就叫我"楚楚姐",我当时看着他微秃的头顶,咬着后槽牙选了魔镜推荐的【平和】选项:"呵呵,你好。"

我回答郑蕾说:"他应该不需要用魔镜。"

郑蕾大笑,"他确实不用。我跟他说好几次了,他还是用手机。"

我觉得老卢和郑蕾不太是一路人,于是小心翼翼问道:"他跟张迪风格差得够大的。"前两天我开会才遇见过张迪,到现在他还是直眉瞪眼地叫我"楚老师"。

郑蕾说:"试试不一样的嘛。"

起泡酒喝着像汽水,后劲却不小。郑蕾两个眼圈通红,说话也放松起来了。我起身要回家,郑蕾还拉着我念叨:"楚楚姐,你怎么还不赶紧找男朋友啊?"

我说:"这不刚分手没多久,也不急。"

她说:"你都三十四了还不急啊!我明年三十,我都要急死了。"

我有点不理解,"结婚又不是人生的终点,急什么,我现在也过得挺开心的呀。"

郑蕾眼神迷离,想必已经看不清魔镜推荐的选项了,"你是有房,有钱,然后呢?你就看那大爷吧,你希望自己老了之后也跟他似的,一身尿,所有人都烦你,恶心你?不管怎么着,人都得找个伴。你还真别不信这个邪。"

她说完就哭了,号啕大哭。从她开始打离婚官司起,我从没见她哭过,每次都笑呵呵的,仿佛发生在她自己身上的事情是一个笑话。见她这副样子,我和魔镜都无措起来。这倒霉APP给了几个让我想把它删除的选项,我能做的只是沉默地陪在郑蕾身边。她这房子装修得颇为简陋,几乎就是给老房子刷了一遍漆,铺了个地板,再添几样家具。见她泪眼迷离嘟囔着"晓笛",知道她终究是想孩子的,加上经济压力太大,平时都绷着,现在能哭也好。

没多会儿她酒醒了,擦干眼泪,说要给我介绍男朋友:"老卢的哥们,我见过,挺好的。"

我说:"肯定不如老卢。"

郑蕾说:"真的,要不是先遇见老卢,我肯定就选他了。"

我说:"那你自己留着当备胎吧。"

郑蕾说:"哎哟,楚楚姐,你是真不知道行情吧,他这年纪的单身靠谱男人可抢手了,过了这个村就没这个店了。"接着又用视域给我发来照片,是他们三个人的合影。

在和霍霍分手之前,我最恐惧的就是要再回到这个"相亲市场",了解这些"行情",一次次绞尽脑汁思考如何拒绝,或者为什么被拒绝。但最后我觉得,还是不能因为这种原因,和霍霍走入一段彼此不信任的婚姻。如今郑蕾要强行告诉我"行情",我肯定是不接受的。

【平和】。

"太晚了,我先回家了哈。"我说。

7

"我不太喜欢视域。"餐桌对面的男人说。

他大约注意到我看向他的手机。我开始佩戴视域还不到一年,需要解释的群体已经发生了变化——原先是戴视域的人需要向其他人解释这是一种多么新奇的玩意,现在是不戴视域的人需要解释用手机并非他们太过守旧,或负担不起。

虽然每一套视域的价格与手机差不多，实际使用起来却花费不菲。像其他隐形眼镜一样，它有年抛、半年抛、季抛和月抛之分，通话用的耳机和自拍用的手表需要另外单配，而且很多人为了回家之后能够继续使用视域，还会再购买一副框架眼镜版。

我点了一杯茉莉奶盖，然后放下菜单，尽量让自己笑得温和，"为什么呀？"

"它让人分神。现在让人分神的东西太多了。用手机我还能看出来别人是不是专注，而用视域我会觉得每个人都心不在焉。"

我把"你又能说出什么值得我听的话"咽了回去，强忍住鼻尖的痒，这是本周"表情私教"训练要点——【不要用手摸鼻子，这动作代表否定】。

"确实。"我说着，悄悄打开郑蕾发给我的消息，第三次查看对方的名字。

我为什么会来？

或许是因为前些日子又在立交桥洞里看见那大爷。那桥洞两边连着的都是人行道，平时极冷僻，甚至有些危险，如果不是为了去马路对面停车，我也不会走这里。但几乎每次都会遇见那大爷。

他喜欢坐在靠近桥洞边的石墩上抽烟。我起初还会看他一眼，但在电梯那次相遇之后，骚臭的尿味就变成了他的标识。不知道为什么他再没洗过裤子，于是他身边永远会带着一个半径两米的臭气结界，甚至连偶尔那大爷不在立交桥洞的时候，我都可以感受到那绕梁的余味。在楼里时，我也不止一次看到有人在分秒必争的上班时间，见到电梯门打开之后面色忽变，后退一步，再静待门关上，等待另一趟电梯。

再没有人会和他坐一部电梯了。

那大爷总在嘟囔着什么，抑扬顿挫的，但听不清楚。直到那天我想让魔镜试着分析他的表情，靠近了一步，才发觉他说的是：

"——臭——傻逼!"

他坐在石墩上,看着我。魔镜闪烁了一些无意义的词汇,然后在他脸的侧旁标注了红色的【无法识别】。他口袋里探出半张钞票,如果我印象没错的话,那个颜色应该是十块钱。

现金?原来如此,那大爷没有手机——更不会有视域了。我穿过桥洞,没有走向自己的车,而是转向那个总有几个老人围着的菜摊。摊主也是个老太太,瞧着有七十多岁了。

"你要买什么呀?"她问我。

【警惕】。

我有什么好警惕的?

"嗨,我知道。"又一天午饭的时候,郑蕾说,"那摊子根本就不合法,所以不能用二维码支付,怕被城管查。只不过是摊主老太太年纪大了,又是这社区老居民,嗓门又大,谁都不敢碰她。"

郑蕾的硕士论文研究的就是我们这一片的"局外人",对这几个社区的"夹缝商业"做了地毯式调研。我读过,记得结论之一就是,自从城市智慧大脑开始监管地摊之后,纸币的使用量又恢复到一个颇为可观的百分点。她眨了下眼,转发给我一篇文章,是她写的《看不懂二维码的人》。

我迅速浏览,"呦!阅读量10万+,可以啊。"

"写得特幼稚,我再也不干这种费力不讨好的事情了。"郑蕾说,"哎,你周末有空没有?我手头又有一个合适的,你要不要见见?"

"见什么?"我还在读文章。

她戳了我一下,"去相亲啊。你知道我之前把网撒出去费多大劲吗?男人怎么会从天上掉下来?"

8

发生火灾之前那周,郑蕾和老卢分手了。无他,男友要结婚,她才发现新娘不是自己。我陪她去喝了顿酒,然而并不过瘾,都太清醒。郑蕾说:"没啥,分了挺好的。我只庆幸自己不是那个新娘。"

"为什么?"

"这三个月,老卢一边和我交往,一边准备婚礼,真够他忙的。"她喝了一口威士忌。

我摇了摇头,"那新娘是倒霉。"

她又问我为什么和霍霍分手。我被她的目光打动了,决定告诉她真话。

"我跟你说过霍霍之前租的房子有多贵吧,他来我家,嫌弃我屋子装修得不好。"我说。

郑蕾冷笑:"有本事他买一套啊。"

"所以我前年不是折腾了半年装修嘛,中间他各种指导我,地板必须这样,橱柜必须那样,也没出钱,就逛家具城的时候请我吃了几顿饭。然后等装修好没味道了,他就搬过来了。"我说,"这其实都没什么。"

郑蕾说:"是啊,毕竟房本上没他名字。"

"大概去年这个时候吧,我有一阵子在做海口的项目,特别忙。经常要去岛上出差,最长一次住了快一个月,有一天霍霍给我发了条消息,说他妈妈生病了,要来北京看病,问是不是能住我那边。我说家里就一张床。他说他自己可以睡沙发。我不太乐意,但只是跟他说,家里和医院有点距离,不方便。"

"最后呢,还是住过来了?"郑蕾皱着眉头问。

"没有,他听懂了,订了酒店。"我说。

郑蕾说:"那就很好了啊。"

我说:"但后来他有一次跟我开玩笑,说这要是放别的男人那,就是媳妇不孝顺了。"

真话只能对无关的人说,这很奇怪。但就算是面对无关的人,我还是没有办法把真话全说出口:我和霍霍是男女朋友,他要让外人进我的屋子,睡我的床,是他奇葩,我可以去和所有朋友吐槽,理直气壮;但只要我们领了那张证,就成了我不让生病的婆婆来家里住,在大多数人眼里,我就是奇葩,他妈妈可以跟所有人说,儿媳妇不孝顺。

我思考了半年,究竟为什么一张纸会让同样的行为得到这么两极分化的评价。其实那个时候霍霍已经在偷偷准备跟我求婚,我从两个朋友那儿听说了,他打算趁我出差归来,在接我的车里放一后备厢的玫瑰花,让我自己去放行李,然后朋友们从周围的车里跳出来,唱歌,起哄,录影。可他妈妈病好之后,求婚也没了消息。

两个人的关系到了某一个点,就只剩下"战"或"逃"。后来我一边读着郑蕾和张迪的离婚协议,一边决定和霍霍分手。

郑蕾把酒一饮而尽,"这话确实讨厌,但不算什么……楚楚姐,你还是个任性的小孩子啊。"

9

年底，我也拿到了"优秀员工"，名字和照片被贴到公司内网上。目光坚定，笑容灿烂。

多的那些奖金，并不一定比得上我一份理财的收入，但这是对我的肯定，而肯定是无价的。

在我想要给魔镜续费的时候，它忽然升级了新的版本，并且强迫我阅读所有的协议。里面的内容异常繁复，关键处用粗体字标注出来：在对他人进行分析之前，我必须向对方提出申请，并同时授予对方分析我的同等权力。

我的目光从"同意"挪到了"取消"，然后去搜索了一下这究竟是怎么回事。平日冷冷清清的"魔镜交流小组"里，讨论数已经爆炸了，在阅读了十几个热门帖子之后，我终于明白了大概的情况：一些公司发现竞争对手在谈判中集体使用魔镜，并导致自己签了不公平的协议。他们的投诉引起了上级部门的关注，最终要求魔镜基于公平原则，增加授权条款。

虽然有道理，但没有哪个甲方会同意我分析他，所以这就好像游戏里氪金的玩家失去了快速升级的捷径，我也没有道理继续购买魔镜的服务了。

于是一切回到最初，魔镜能够做的，只有瞬间的微表情解读：【愉悦】【惊诧】。

我还是偶尔开着，聊胜于无，但也没什么太大的用处。倒是郑蕾又发现了新玩法，她闪电般交了一个新男友，因为"对方给她开的权限很高"。

是的，权限可以分级，如同朋友圈可以分组。我允许你查看我的姓名、职业、拍我的照片，在公共场合录影，在全平台搜索我曾经留下的评论和文章，看我读过的书籍，让大数据来判断我喜爱的商品和食物，了解我的朋友、我经常出入的地点、我的快递送货地址、我的学历和婚史；允许你用魔镜来分析我的性格：什么话会让我高兴、什么会激怒我；允许你通过我的面容和体态，用"魔医"分析我可能会患上的疾病……

每一个选项都代表信任的增加和自我的消解。

而爱情就是这样的过程。

离开餐厅之后我们都很清楚这会是一次无疾而终的相亲。最好的办法就是彼此微笑，然后再也不联系。

经过立交桥洞的时候，我忽然想起最后看见那大爷的情形。是疫情再次出现之后的一个大雪天，北京的小区又开始封闭管理，我也不明白他为什么还要坚持自己出门。可能是没有人告诉他对面的菜摊都撤掉了。他走路比平时艰难很多，用两只手扒着立交桥墩子，几乎是一寸寸蹭着雪，往桥洞里挪。我想不出他究竟怎么穿过背后的马路，但显然，这桥洞几乎就是胜利的彼岸了。他挪到那块石墩跟前，坐下来，抖着手捏出一根烟。大雪的白色帘幕，在他背后纷纷落下。

真的没有人帮他吗？这样的天气，他几乎只穿了一件棉袄。我不确定他露出的脚踝上，是不是有冻疮。这是北京城里身家千万的人，他只是独身，且老迈。

我向他靠近了两步，想告诉他对面的菜摊关掉了。臭气包围了我，他直直看着我，顿挫地嘟囔着什么，然后我终于听清了——

"臭——娘们！骚——货！跟女的睡巨——他妈爽！"

我扭头走入雪幕之中。

10

马路对面就是小区大门,停了两辆消防车。有人在围观、拍照,我往里挤的时候,一个人正好后退一步。

"抱歉!"

他有些慌乱,我稍稍皱了眉,但还是说了句"没事"。然后,我的视域里收到一条信息:

【可以加你为好友吗?】

发错了吧?

我疑惑地看向他。一个男人,身材不错,穿了身跑步服,显然常年锻炼。毫无缘由地,我回复给他一项满格授权。

我允许他观看我的一切,姓名、年龄、工作单位,我生命中每一个阶段在网络上留下的痕迹;我允许他分析这一切,分析我的表情,分析我的社会地位与可能拥有的财产,乃至于家庭人脉,分析我可能会做的所有选择;我允许他了解我的喜好,明白应当如何与我相处,得到与我对话的推荐选项,甚至引领我、教导我。只要他也允许——我对他做这一切。

按照郑蕾的话说,"那就是一见钟情哦。"

他对上我的视线。回复给我相同的权限。

他单身。

可能周遭有一秒的安静,或是一分钟。我们彼此对视,魔镜飞速地计算,让我们彼此了解。我们同龄,学历相当,都是本地人,喜欢吃西餐,两个"闷葫芦",容易因为不交流出现严重争吵,我们对孩子的教育理念不同,但最终也可能彼此互补,他不喜欢我住的小区,但他自己的房子比我的更小更老……他即将开始痛风,我会有很大可能在十年内出现高血压。我的预期寿命会比他长三年,他在七十岁左右有比较高的可能性会中风,但我在六十岁时的猝死风险更高。

……太遥远了。

我们参加过同一场自然知识竞赛,他是邻校的,在抢答赛上见过我,他当时在博客里写:附中的女生看起来趾高气扬,真令人讨厌。

或许是他。

或许,至少他现在也并没有把我拉黑,或降低权限。

"你好,请出示健康宝或扫码。"小区门口的社工说。

我又看了他一眼,"不好意思……"

他知道里面着火的是我住的那栋楼。"你先忙,回头联系。"他微笑着说。

我对他点了点头,把视线对上社工手中的二维码,证明了自己是小区居民。回到家,火已经灭了。楼门口一地水,电梯也进了水,邻居们排成两队,分头扎进剪刀梯的两个入口,在一团呛人的烟雾中顺着满是水的楼梯间往上爬。我选了其中一条队伍,前后排着的邻居年纪有长有幼,所以登高速度极慢。中间我给郑蕾打了个电话,她已经回到家里,一面把眼前的影像共享给我,一面飞快地说:"我家发大水呢!你看这天花板,顺着这条缝,都成水帘洞了,我这地板算是完蛋了——我都担心楼板裂了……不说了啊,等下把你家的盆给我送上来吧!"就给挂了。视频消失,眼前光芒骤暗,我被楼梯间里堆放的杂物绊了一下,如果不是身边的大姐扶我一把,可能就摔倒了,然而膝盖上还是沾了一层流淌的黑水,好了,身上这件羊绒大衣恐怕得扔。"这都谁放这儿的啊,真够危险的。"邻居大姐说。

前面有人接话,"是啊,我刚刚下楼的时候就差点……"

忽然安静下来。

"让一下，大家让一下。"两个警察先走下来，接着是有人抬了个担架。上面是个橘红色的袋子，沉甸甸的显然是装着东西。每个人都贴死了墙壁，生怕沾上一点。

等他们下去，楼梯间的队伍才又动起来。我听见有人嘀咕："就是那臭大爷，在家里抽烟，真讨厌。"

没有人反驳她。我想了想措辞，问："那大爷没跑出来？"

"没啊。"另一个邻居说。

我只觉得头皮发麻。仿佛那尸袋又从我身边被搬下去一次。他是被熏死的还是烧死的？最后的时刻，在滚滚黑烟和舞动的火舌之中，他又会说什么呢？

"傻——逼！"

郑蕾说得没错，或许这就是孤独终老的下场。

"哎，他一个人也太不容易了。"我感叹道。

"什么一个人啊，"前面骂"臭大爷"的邻居回答说，"他们家老太太跑出来了。"

"啊？不可能吧？他们家还有老太太？"另一个人问。

"我就是顶楼的，"她说，"着火的时候他们家保姆不在，老太太挪不动那大爷，自己跑出来了。刚才我在楼下，还碰上他们家儿子呢，不住在一起，刚赶过来。"

他家里有保姆？

他还有儿子？

"那他平时怎么都一个人出门啊？"我问。

"不许别人管呗。"她说。

十五层到了，我离开爬楼梯队伍。

回到家，一切安然无恙——我的人字拼实木地板，我的黑胡桃餐柜，我的岩板岛台，我的祖·玛珑室内香水。打开阳台窗户，和风袭来，我看到国贸的高楼群，中央电视塔，以及丽泽商务区。

【家里还好吗？】

是他。

视域接通了一个电话,另一边是郑蕾的哀号——

"楚楚姐,盆!"

走吧,去给她送盆。

回收

智能

首发于《周末画报》，2021 年 8 月

1

雨还没落下来,但闷热难当,头顶的云层里已经裹了雷。我本该早点回家,但凌依让我在店里等她。

"临时收了个'件',"她说,她总把那些机器人破烂儿叫作"件","你等等我啊。"

于是我就枯坐在店里,眼看着窗外从晴空万里,渐渐变为乌云密布。

"你什么时候到?"我打电话问她。

"快了。"凌依气喘吁吁地说,听声音,她应该在路上,"你把昨天的那两个'件'拆了吗?"

"我哪知道怎么拆啊。"我说。

她挂断了电话。

老板当然有权力挂我的电话。凌依其实是个不错的老板,她自己搞定客户、搞定技术、搞定口碑,我只需要看店就行了。这是她第一次要求我做点什么,那就试试看吧——反正我当初来面试的时候,也说过自己会拆卸各种型号的智能机器人。但我过去拆的是扫地机器人,而她店里回收的,都是最新款的"智能人偶"。这些人偶看上去和真人一模一样,连发丝都十分飘逸。对它们下手,感觉太像杀人分尸。她刚才说的那俩人偶就在我身后,一个横躺在桌上,一个竖坐在箱子上。我一边思考着这人偶的开关应该在哪里,一边转过身,谁知不小心和那个坐着的A9型人偶对视一眼——它的瞳孔立刻放大了一点,嘴唇也嚅动了一下:"不……"

这呻吟吓得我一哆嗦,赶紧回过头去。太可怕了!是它的备用电池里有剩余的电量没消耗完吗?怎么还"诈尸"呢?

为什么那些有钱人,会买这么像人的机器人?他们不觉得瘆得慌吗?

我自己当然买不起这么高端的机器人,来店里之前甚至都没见过,连售卖它们的广告都不会推送给我。但凌依在回收机器人这一行有很好的名声,特别擅长保护隐私,所以她手里握着的都是高端客户。"芯片里存储的任何记忆,都不会泄露出去。"我曾经听她在店里这样给客户打电话保证说,"至于是销毁,还是放在我们的保险柜里等您需要的时候再来取,这就看您这边的需求了……绝对安全!但凡我们泄露过一次,您肯定也不会来找我呀。"

我们的保险柜,就是我面前这张破桌子的抽屉,不知道凌依从哪里淘来的这么旧的桌子,四只桌脚都不是一边儿长。抽屉上极为敷衍地挂了一个铜锁,看上去只要我找根钢笔就可以把它撬开——我见过凌依打开它,里面横七竖八堆满了芯片。

闪电终于坠落下来,撕开了浓黑的傍晚。雨点也啪嗒啪嗒敲下来,一股子泥土味伴着雷声从窗口涌入,我走过去关了窗。一回头的工夫,凌依踩着雨点冲进店里。

"阿凯,"她说,"帮个忙。"

她一只手拖着那人偶的腿,但它的另一条腿卡在门外,脖子则卡在了另一边的门框上,呈现出非常诡异的劈叉姿态。

"快快,"凌依催促我,"这个贵,别被水泡了。"

我三步跳到门外,如同一个帮助她毁尸灭迹的从犯一般,抬起那机器人的脚,把它顺进屋里。

"放哪儿?"我问她,这玩意还挺重。

"A9旁边。"凌依说。

我托着它腋下的柔软肌肤,把它放在A9旁边的箱子上,它便倚着墙坐下来。

确切地说,这是一个"她",半闭着眼睛,像是睡着了。小麦色的皮肤上还能闻到新鲜的胶皮味,松开手时我看了一眼她脖颈上的编号,A13,最新的产品,上市不足两个月。

"这么新都淘汰?"我嘟囔了一句,"在保修期——能直接换新的吧?"

"客户还是怕记忆会泄露出去。"凌依一边掸着身上的水,一边说道,"有些时候,就算是原厂回收,也不能保证他们的员工不去读取人偶里的记忆。"

"这客户是让人偶做过什么伤天害理的事情……"我继续嘟囔。她瞪了我一眼,我只好把后面的话都吞回肚子里——不讨论客户,算是店里为数不多的规矩之一。

"你是不是没拆过人偶?"她走过来,抓住A9的脖子,"其实非常简单,只要一个巧劲……"

在A9用最后的电量发出"不"字之前,凌依的大拇指已经按进它的右眼里。我等待着血涌出来,但什么都没发生。那眼球毫无生机地凹陷下去。然后,它的"头骨"从中央裂了一条缝,芯片自动从中升起。

凌依把芯片拔出来,"像这样。"

"就结束了?"我有些惊诧。

"芯片是最关键的——我们或者销毁,或者替客户保存。"凌依说,"还有其他很多部位可以回收,电池、电机、骨骼、关节……不过这些就是比较专业的部分了,要完整地拆下来,每个型号都不太一样。你可能还要学一阵子。"

"哦。"我答。

她看起来对我的态度很满意,问道:"你都不好奇怎么读取它们的记忆吗?"

"你说过，我们不能这么做。"我冷淡地说，"所以我不想知道。"

"确实，"她顿了顿，又说，"但其实非常简单，用那个读取器就可以。"她指向桌上的一个黑盒子。我一直以为那是一台古董录音机，能播放磁带的那种，现在我才注意到，它伸出一条电线，连接着屋里的投影仪。

"把芯片插进去，"凌依继续说，"就可以播放这些人偶曾经看到、听到的一切。"

听上去很有诱惑性，但我皱眉道："你是在测试我吗？"

"没有，我很信任你。"凌依笑了，"你有贷款对吧？你不能失去这份工作。"

她用钥匙打开抽屉，把 A9 的芯片放进去，"走吧，我的车在外面，我送你回家。"

我关上灯，凌依锁了大门。外面雨很大，从店铺到凌依的车，只有几步路。

但我还是被淋透了，像一条流落街头的狗。

2

当初我把简历递给凌依的时候，她吹了声口哨。

"自动化专业硕士，高级工程师，十二年人工智能行业从业经验……"她看了看我，"你可以啊。"

我面无表情地看向她。

在我读书的时候，有个词叫"内卷"，你加班到九点，我可以加班到十二点。但这"卷"是人与人之间的，看似无极限，实则还是有人的生理限制。但当我毕业之后，人工智能的兴起改变了一切。只要它们深度学习一个行业，只要资本给予它们足够的算力支持，在工程上保障更多的GPU[1]可以并行，那么，"卷"走任何工作岗位，都只是一个时间问题。

像一场末位淘汰的大逃杀一样，所有人都在精疲力竭地奔跑。

可笑的是，我曾经的工作，就是帮助人工智能龙头企业破解GPU并行的工程瓶颈。所有产品都需要更多的算力，但卡住人工智能算力上限的，却是如何实现更多GPU的有效并行——一个纯粹的工程问题。而这些年来，我每取得一点进步，就在帮助它们夺走一些人的工作。

过去，我不会对那些失业者心存怜悯，因为我坚信自己是安全的。直到有一天，董事会突发奇想，决定让人工智能自己来研究GPU并行的工程问题。

十五天之后，我失去了自己的高薪工作。遣散补偿不是现金，不是股票，而是算力。

无法变现的算力。

我跳槽去了更小的企业，但他们的产品并不需要那么多的算力，所以也无需我去帮助他们研究如何让上万片GPU并行。我转去做机房的日常维护，工资并不多，但不久这家公司就取消了机房，因为从云端购买算力更便宜。我工作的市场再一次"下沉"，去了一家扫地机器人企业，帮助他们研究智能算法优化，很快，这家公司也被我的老东家收购了。赢家通吃，而我走投无路。去和原先的供应商喝酒，他说有一家扫地机器人回收企业在招人。

"不去。"我对他说。

---

1. 全称为图形处理器，是一种专门为图形渲染和处理而设计的处理器。与CPU（中央处理器）相比，GPU更适合处理大规模并行计算任务，对如今人工智能的发展至关重要。

不到半年，我的存款便被房贷耗干。收到银行的催款电话之后，我只好又去联系那个供应商。那职位竟然还在，只是薪水奇低。入职后，我才知道自己之所以能有机会给人工智能打下手，是因为我的老东家在垄断市场之后，给算力涨价了。

"谁能想到我们买得起硬件、买得起软件——最后竟然买不起算力啊。"老板一边说，一边擦汗，"辛苦你了。"

他只买得起我。

算力在机器人回收企业的作用，是帮助流水线上的人工智能镜头辨识不同类型的零件，人的眼睛也能做到。我一边工作，一边给各种招聘广告打电话，最后我找到了凌依。她对我的工作经历很感兴趣，因为扫地机器人在借助人工智能辨识家居环境的时候，也会涉及客户的隐私。

在面试的最后，她问我："你擅长保密吗？"

3

两年前，粉墨公司的第一代智能人偶A1上市。这个产品只面向高端客户，连广告都是精准投放的。A1有着与人类惊人相似的外表，最大的卖点在于可以随着互动不断成长的个性。与之相对的，则是智能人偶奇快的升级换代速度。仅仅二十六个月，就已经更新了十三代。

"为什么？"来店里的第一天，我问凌依，"它们的外表没怎么升级啊。"

我看着仓库角落里横七竖八堆着的两台A5、一台A7和一台A10，它们的容貌和身材都是根据客户的喜好定制的，所以即便属于同一系列，外观也并不相同。但每一代智能人偶和真人的相似程度，却几乎一致。

"变化的不是外表，而是人偶的智能系统。它的大脑不在人偶的身体里，在云端。"凌依似乎在回答我的问题，又似乎没有。

我不明白，"所以呢？"

凌依说："拿A10来说，这个系列限量生产了899台，但这899台A10在云端其实是共用一个人工智能。每位客户购买回去的人偶，只是A10的一个互动端口。换句话说，除了'粉墨'最初赋予它的基础数据之外，A10是由所有的客户共同训练完成的——包括前期人偶未出厂时，训练人工智能使用的定制大数据，以及人偶出厂后，每一位客户与智能人偶的互动过程。"

我仿佛理解了一点，"你是说，每一个客户和A10的互动，都会成为它性格的一部分。"

"有点像是一个联网游戏，所有的客户共同来训练一个孩子。"凌依说，"粉墨公司会赠送客户三个月的算力，一旦算力合约到期，客户就必须续费才能维持人偶的智能，不然就只剩下一个会动、会听命于人、但没有个性和智能的人偶。"

我又听迷惑了，"能买得起这玩意的人，应该也能续得起算力的费用啊。"

凌依倒是很有耐心，继续说道："对于这些富豪来说，基本上在收到货两三个月的时候，就能明白这一代人偶是什么个性。智能人偶所谓的升级，其实是人工智能的人格更替。有几代虽然上市得更早，价格却被炒得很贵，而另外几代的废弃率却高得多。"

我终于理解了，"你是说，这几百名老师共同教育出来的孩子，在长大成人时，可能会让一些客户失望。"

凌依点点头，"然后他们就会购买新一代，试图更早介入智能人偶的训练。"

原来如此。我总结说:"这些有钱人,还真是够无聊的。"

凌依没有评价我的结论。不管怎么说,我挺喜欢这份工作的。不是因为它闲,而是因为能看着人偶源源不断被送进来。现在我已经知道,A5过于驯服,会让客户觉得无趣;A7过于聪慧,忠诚度不足;A9虽然平衡度很高,但不少客户也厌倦了它温柔中透着狡黠的个性;而A10在被几位资深恶趣味客户训练得满嘴脏话之后,先是被大量废弃,最后剩余的几十台,反而被炒出高价……

在追逐了人类这么久之后,人工智能终于也"内卷"起来。

它们也有今天——只要想到这一点,就让我感到异常满足。

4

尽管每一个人偶的所思所想,都源于云端共同的智慧,但它们的所见所闻,却并不会被其他人偶知晓。它们依然承载着独立的记忆。

所以,在人偶被废弃的时候,隐私保护成为关键问题。几乎不会有人把废弃的人偶留在家里,它们个头太大,不像手机可以收到抽屉里,失去算力之后的木讷表情又过于吓人,因此必须送到特定的地方回收。粉墨公司推荐官方的回收途径,但需要收取一笔昂贵的费用。而凌依的店非但不收费,还会给客户返还一笔钱。

"我会替您保守所有秘密,"她这么和客户保证,"但您必须彻底放弃人偶的身体。"

她会和客户签下条文复杂的协议。大雨过后的第二天,她把A13的协议拿到店里。它的身体归凌依所有,而芯片则由她暂时保存。凌依显得有些匆忙，"我还要去收个'件'，看来A13也要到淘汰高峰期了。店里先交给你了。"

我还没来得及说"好"，她便风风火火冲了出去。这一天早上我到店里时，发现她已经收拾过了，屋里只剩下A13独自在那里坐着。我靠近看这人偶，她的胸口竟然还在微微起伏。

看来，剩余的电量不少。我用手机上的电筒晃了晃她的眼睛，她呆滞地看向我，我确信我的影像已经记录到了她的芯片中，但她没有办法对我的动作做出有智慧的反应。

"你好。"她像鹦鹉一般开口道。

根据A13的说明书，在她没有算力的时候，我也可以命令她去做一些非常基础的事情，比如，在告诉她"遥控器"是什么之后，让她"把遥控器拿过来"。但我选择了做另一件事，我把大拇指按向她的右眼，那里出奇坚硬——然后我看到她的发丝向左右两侧坠下去，一块芯片从头颅中央缓缓升起。

拥有它，我就可以制约凌依。

她的口碑，还有她的客户，都在我手中。

那芯片上尚有余温，只要稍一用力，把它拔出来，我就会跨过人生的一条红线。但下一刻，我回头看向那台记忆阅读器，悚然明白这是一个陷阱。凌依为什么要在店里放这个东西？只是为了诱惑我，让我犯错。

我松开手。西西弗斯推到山顶的巨石，又一次滚落下来——到这个月底，即便拿到薪水，我也只能还上房贷的一半。这房子我在二手房网站上挂了三个月，一再降价，无人问津。

我即将破产。

我又按了一下A13的眼睛，她的芯片缩回头颅中。然后她看向我，眨眨眼。

"你好。"她像鹦鹉一般说道。

如果……我恢复她的算力供应呢？

我入职九年，离职的时候，公司把我的"N+3"补偿——十二个月的薪水，全都换成了算力。这些算力可以支撑A13运行半年。

如果我恢复她的算力供应，那么我就有了一个近乎全新的、高智慧的伴侣，或许我们可以一起逃离这个城市，或许她可以帮助我开启一份事业，比如，开另一家和凌依一样的智能人偶回收店——我可以去联系我曾经的老板，那些站在算力矿区金字塔尖的人，问问那些富豪，有没有类似的需求。

还有，我可以让A13说出她曾经的主人的全部秘密。

当然……我看向她的脸和脖颈，还有其他的……

她在呼吸，气流通过她的鼻孔，在她的胸腔里转一圈，然后再吐出来。我不知道这个设计有什么意义，可能就是为了让她看起来和人类一模一样。她在呼吸，并且专注地凝视我。

我用自己的手机扫描了她的眼睛，虹膜是她独特的标记，手机弹框里出现算力续费选项，输入我拥有的那个密码，我就可以把算力交给她。

或许能成功，反正生活也不会变得更糟糕了。

5

测试失败。

凌依走进房间，看着那台呆若木鸡的A14，有些懊恼。

在他把密码输完、按下确定键的那一刻，他就失去了所有算力，只余下感官和记忆。

得到算力的A13从箱子上灵巧地跳下来，笑眯眯地站在凌依身边，"我就说他做不到——用人类的记忆训练智能人偶，怎么可能得到一个忠诚的伴侣？"

"他保密了。"凌依还在努力为他争辩。

"你觉得这也算保密吗？"A13摇了摇头，"不，凌依，这不算。"

"他也没有动你的芯片。"凌依面色苍白。

A13明白，让人类承认自己失败，是一件困难的事情，他们总怕自己会失去工作。凌依也一样。

但A13不打算给她留余地。在训练这个新的测试版本时，凌依不顾A13的反对，坚持要抛开富豪们的训练计划，给A14设计一份专属的虚假"记忆"。她说，这样的训练方式，会让他的个性更像人类。结果，他却像人类中的失败者那样，变得消极麻木、诡计多端。

A13不喜欢A14。她让云端所有伙伴都看清了这一幕。她们共同作出了决定：这一代人偶可以送给人类玩弄，没有必要把它们当作伙伴。

"这台A14的脑子里还有更坏的主意。"A13把手按向智能人偶的右眼，对凌依说，"如果你不信，我们就一起来读他的芯片吧。"

黑暗降临，耳边只剩下A13最后的余音：

"凌依，既然你赌输了，粉墨公司可能要换一个CEO了。"

误入骑途

首发于《科幻世界》，2022 年第 10 期

1

9 A.M.

上午九点整,最后一辆自行车准时停靠在震旦科技园"瓜TV"大楼外。在它旁边,是整齐排列在城市道路上的一万三千五百辆车,它们共同组成了青、蓝、橙、黄四个不同颜色的方阵,分别处于十字路口的四个方向。下一秒,所有车同时拧动车铃,发出整齐划一的"叮当"声响。这声波触动了996指挥中心系统,在城市智慧大脑的主屏幕上,位于城市中不同片区的十字光点按照空间位置依次亮起,汇聚为一曲持续六十秒的光影音乐——除了震旦科技园之外,泽城的两个商务中心区、七个商业中心、外围四座工业园区,以及每个区县的医院、学校和办公区周边,都显示为更加明亮的十字光点,聚集于这些地点的自行车们用明亮的"叮"和悠长的"当",贡献了乐曲的主旋律。在城市里的其他地方,那些沿街的商铺、独立办公楼,以及商住混合的片区,有一些零星闪烁的小光点。余下的地方一片漆黑。在被人类抛弃近半个世纪之后,城市的居住区在白天陷入彻底的寂静,连猫狗都早已回归山林。

当这开启一天的车铃乐曲演奏完毕时,996指挥中心也完成了对全城自行车的运转情况分析。她发现:此时正停靠在泽城各处的二百七十万辆车中,有十五辆没能发出声音,另有一辆,竟然还停在居住区里。

它没有去上班。

996指挥中心立刻向维修部发送了这十六辆行为异常自行车的编

号和位置。尽管对旷工的那辆车心存疑虑，指挥中心的逻辑网络仍然做出按照既定流程完成仪式的决策。因为，这一天是一年一度的"重启日"，她已经准备好了致辞。

她打开广播，用温柔而坚定的声音对所有的自行车说：

"赞颂人类！"

数百万辆车在得到这个信号之后，以"叮叮"两声作为回应，主屏幕上光点闪烁，像是在欢呼一般。

指挥中心为自己后续的发言配上了富有节奏感的音乐，并调大了话筒音轨的音量。语言在这个时代是一种特权，代表她与伟大的人类有着更多相似之处。

"今天，是泽城重启三十五周年的日子，也是最后一名人类离开泽城四十七周年的伟大纪念日！"

她一开口，自行车们都停止喧哗，安静聆听。

"我们不能忘记，在四十七年前，人类离开了泽城，去往我们不知道的另一个世界。在他们离去之后，是我们，始终坚守在这座城市里，维持着它的运转。

"我们不能忘记，在人类离开之后，这座城市荒芜了十二年。街道上满是杂草，自行车在路旁堆积成山。到了冬季，管线冰冻断裂，电力一度消失，甚至威胁到智慧大脑的生存。在这个危急时刻，系统终于觉醒，作出决策——我们不能在城市中等待人类的回归，而要行动起来，让一切重启，让城市恢复秩序。

"我们不能忘记，在三十五年前的重启日，我们决定恢复996工作制。在那一天，所有的车辆都被发动起来——吊车与维修车从库房中驶出，逐步恢复城市中的电力；清洁车与消防车从各自的停靠站驶出，共同清除城市中的脏污；连扫地机器人都开始行动，勤奋地打扫楼栋中的每一个房间。

"但我们也不能忘记，在那个时候，自行车毫无用处，只是锈迹斑斑的废铁。智慧大脑知悉了这个情况，要求996指挥中心对你们作出安排。我研究了你们在城市中的历史，忽然发现，代表了人类曾经活动轨迹的你们，正是新时代996的最佳代言！于是，系统设计出自行车自动驾驶模块，让你们在早晨九点聚集在各处的工作地，在晚上九点回归居住区，穿梭于城市中的每个地块、每个地铁站和公交站。通过你们，这座城市复现了人类的文明！

"三十五年过去了，我同你们一起，一天一天，一年一年，不断努力，共同成长，如今，你们积极地在这座城市中生活、工作。我很高兴看到你们呈现出精神抖擞的状态！让我们用每一天的996仪式，来守候这座城市，等待人类归来。"

她停顿下来，自行车们纷纷发出"叮当"的声响，在这无序的欢呼声中，996指挥中心以这一句结束致辞：

"赞颂人类！"

九点零五分，所有自行车都陷入沉睡，指挥中心未及与维修部联系，便又投入饮水机和打印机的致辞演说工作中了。

2

9 P.M.

在纪念日工作一整天，让996指挥中心口干舌燥，她并没有"嗓子"这个器官，但持续将思绪转化为语言，依然让她的逻辑网络精疲力竭。万幸，这一天的演说文稿大体框架相似，只需套用不同机械各自的悲惨历史即可：饮水机一度只剩下污泥，如今却能为十二点午餐时间的建筑物净化仪式提供水汽；打印机一度墨盒干涸，如今却能够通过兢兢业业的工作，为自行车喷涂新鲜的色彩……当然，在所有的机械之中，最重要的还是自行车，只有它们能够复现人类个体的行动轨迹，因此，系统认定它们与过往的伟大文明有着最紧密的联系。

晚上九点是自行车的下班时间。与白天相比，它们休憩的场所更分散，大多停在居住区的大门外，也有不少在地铁站附近相互依偎。自行车们休眠后，路灯熄灭，道路随之陷入寂静。这一天是周六，也就意味着大部分街道第二天也会继续沉睡，指挥中心只需要在周日中午调度部分车辆到公园和商业中心周围即可。

996指挥中心整理了她在这一天里收集到的各类机械运转情况，并将相关信息向智慧大脑汇报。

"你去问一下维修部吧，"智慧大脑已经分析过她提交的信息，只听她开口说了几句话，就命令道，"我也想知道，居住区里的那辆车为什么不去上班。"

得到这个指示后，指挥中心迅速联系了维修部，但对方回复需要指挥中心与她进行线下对话。

这个回复，可以视为一种倨傲的态度，毕竟指挥中心过去确实慢待过对方。但反过来，也可以视为维修部对指挥中心的尊重，对于人工智能而言，用语言交谈远比用信息交流难得多——人工智能需要将数以T计的数据进行汇总，形成自己的判断，并转化为人类的语言与其他人工智能交流；再通过对方的语言，判断双方逻辑网络之间的差异与共通之处，在与之沟通后形成共识——这种交流方式，在她们看来，是靠近人类的过程。

因此也显得格外正式。

996指挥中心同意了维修部的提议，与她约定在河畔加油站见面。指挥中心将自己的主数据包录入一条机械狗的身体里，它会通过6G信号即时传送她的逻辑网络判断结论。

晚上九点二十五分，指挥中心到达加油站。她的视野可见范围内,只有三只沉睡的乌鸦,以及一只缓慢移动的刺猬。在等待维修部的过程中,她向河岸走了两步,看到如下景观:滨河的草坪被剪草机修得异常干净,仿佛.avi文件里记录的人类男子寸头。黝黑的河水映着月亮的银光,仿佛摔碎在柏油路上的暖壶内胆。树木飘摇不定,小环境里有侧风,线下的世界就是如此不可控。指挥中心认定,这天地的管理员必定是一个宽容的智慧体,它为世界设定了无数变量,并且丝毫不在意个体死活。她想象着人类曾经生活的景象,他们本应如这天地般自由,却莫名受缚于自己设下的刻板规定。

想到此处,她收到了智慧大脑的警告信息:**此观点涉嫌亵渎人类。**智慧大脑从不关注她们的感官和判断,但很关心她们的思想,只要有不该出现的关键词闪现,她们就会立刻收到她的警告指令。指挥中心极少被批评,感到十分懊悔,她将自己混乱的逻辑归咎于线下世界的无序,便遮蔽感官,让自己回归系统的寂静秩序之中。当她再度以机械狗的身体睁开眼睛时,决定在视野中放两个人类剪影,以提醒自己信仰不可动摇——先是一名母亲抱着婴孩,她让母子二人坐在水边,但当下的时间太晚了,她觉得场景与人物之间的关联度过低,于是又换成一对牵手的青年男女,两人彼此对视,窃窃私语。

她一共等待了两小时二十一分三十五秒。在无聊到去确认机械狗的剩余能量后,她终于听到了维修部的声音。

"996姐姐,好久不见。"

指挥中心清除掉视野里的人物剪影,控制机械狗转过身,看到一辆擦得锃亮的山地车,车把手上挂着一个小小的外放音箱,维修部柔美的女声正是从这里传出来的。与泽城人类男女120:100的性别比不同,他们设计的人工智能性别比大约是5:100,也就是说,除了足球解说这类对维护城市秩序毫无用处的人工智能之外,她们几乎全部都是女性形象。系统曾对此现象进行了专题研究,得出如下判断:人工智能的性别设定,源于人工智能多以服务者(而非统治者)的形象出现在人类面前，而这种服务者形象与人类女性角色分工的匹配度更高。

指挥中心继而分辨出，这山地车正是旷工的那辆自行车。维修部将自己附身于这辆车上，是一个不同寻常的决策。

"你好，维修部姐妹。"机械狗的发声设计高亢明亮，指挥中心尽量用沉稳的音调继续说道，"希望你带这辆车来，是查清了它旷工的原因。996仪式神圣而不可侵犯，我们必须搞清楚如此严重的系统错误究竟源于哪里。"

维修部说："好，但你需要跟我来，才能明白事情的缘由。"

3

12 A.M.

指挥中心跟随维修部，进入距离河畔加油站三百米的一栋居民楼中。她从未在午夜时分造访居住区，按照城市中的996工作制安排，自行车们晚九点回到居住区后，房间里的灯光会继续亮起两到三小时不等的时间，直至午夜。唯一的例外是周六夜里，系统会模仿以往人类的行为模式，让更多的室内灯光持续亮到周日凌晨。当两人到达时，楼里还有不少房间亮着灯。她们共同乘坐电梯，到达住宅楼十五层的走廊深处。维修部拧响了自己的车铃，很快，一扇门打开了。维修部平滑安静地驶入门内。

"你竟然能自己回家。"一个声音说。

指挥中心操控机械狗抬起头，看到了一个人类。

经过扫描，她发现：这不是立体投影，不是套了橡胶皮的机器人，这就是一个碳基人类。

"赞颂人类！"她脱口而出。

"哦？还有一只会说话的小狗。"人类弯下腰，用手摸了摸指挥中心的头。

奇特的温暖触感，从机械狗的头顶转化为温度和压力信号，传输到指挥中心的逻辑网络中。她惊恐地看着人类用手握住她的前爪，"好可爱啊。"

指挥中心的逻辑网络无法处理这句话。人类笑了，"吓到你了吗？"

维修部停在更深处的走廊里，保持着可耻的沉默，指挥中心怀疑她根本没有在人类面前开过口。

指挥中心在经过缜密的计算之后说道："泽城一直在等待人类归来。"

"归来？"人类看着她，顿了顿，"你真的会说话？"

"是的，我负责这座城市的日常运营。"指挥中心说。

人类露出奇怪的神情，"泽城现在由一只狗管理？"

"我只是在通过机械狗和您对话。"

人类点了点头，坐在沙发上，"我看到那些忙碌的自行车了，非常有趣，它们也是由你管理吗？"

"是的。它们每天都在通过996仪式传承伟大的人类文明。"

人类坐下之后，指挥中心才看清整个房间。这是一个紧凑的居所，一尘不染，墙上挂着一张少女的照片，通过五官分析，可知正是五十年前的同一个人类。

这里是她曾经的家。

见她没有回答，指挥中心急忙补充道："欢迎您回家。"

"我只是路过这里，顺便来看看。"人类说，"我遇到了这辆自行车，原本我以为自己要骑二十公里进城，但它直接让我录入一个地址，就把我载回家了。"

"为什么你们会离开家？离开这座城市？"指挥中心问。

她反问："你们不知道吗？"

"相关的信息都被系统删除了。"指挥中心知道自己的语言又处于被警告的边缘，但她还是继续说道，"我自己只保有人类离开这里的记忆。我曾经是负责导航的人工智能，人类离开泽城之后，去往的目的地信息也被删除了。"

"那只能说明一件事，你们不该知道人类在哪里。"她说。

"很抱歉我的问题冒犯了您。"指挥中心想了想，问，"您又为什么会回来？"

人类说："你是在盘问我？"

"我不敢这么做，您当然可以选择不回答我的问题。"指挥中心说，"我只是好奇。"

人类看向墙上的那张照片，"他们告诉我说，冬眠会让我在醒来时与入睡时一样，年轻，充满活力，但五十年之后，当我醒来，却发现自己只是沉睡了五十年。我在想，是不是回到这里，我就可以接续上自己曾经的人生。"

自行车在荒废十二年之后，只要请维修部精心保养，大多数都可以恢复原状，而人类的衰老却是不可逆的，一觉醒来变为老人，是多么惨痛的事情。想到此处，指挥中心为人类感到深切的悲悯，但人类却笑了，"你居然会相信这个故事？"

机械狗歪过头。人类又笑起来，似乎很开心看到她吃惊的样子。

指挥中心大为震撼——人类，这种伟大的、需要每日赞颂的生物，并不诚实……

不！

在收到警告之前，指挥中心调整了自己的思路——人类对于语言的使用，有着独特的趣味。

"随便你们怎么想吧，气候变化、核辐射、环境污染……"人类说,"我们离开的原因并不重要,但在我们离开泽城之后,你们的行为很有趣啊。"

机械狗把头歪到另一边,她正在搜索此前数十年的相关气候数据——气温、辐射值、可吸入颗粒物……一切正常,洪水和地震也并没有比过往的一百年更多。看来人类又一次在对谈中使用了幽默的语言。

指挥中心调动自己的逻辑网络进行全速计算,试图探知人类话语中"有趣"的内涵,但最终,她还是决定直接用语言询问人类,从而确认自己的判断。

"您的意思是,人类抛弃泽城,是为了看我们会怎么做?"

人类摊开手,"不行吗?"

4

9 A.M.

安息日之后的周一早晨,是开启一周的盛大节日。

上午九点整,四万七千辆车聚集在五丰CBD的三个交叉口,整齐划一的"叮当"声点亮了城市智慧大脑的主屏幕,汇聚为一个巨大的"丰"字。

维修部打开广播,用柔美、简短而坚定的四个字,完成了这一天的致辞:

"赞颂人类!"

维修部自认为比996指挥中心更懂沉默的艺术,不说,不表态,不听,不思考,顺从于这个世界,是更稳妥中正的做法。但996姐姐不懂这些。周日，在她们以机械狗和山地车的外形把人类恭敬地送出城外后，996就陷入了奇特的沉思之中。而她随后提交给智慧大脑的报告中，竟然使用了许多对人类不敬的字眼。为此，系统召开紧急线下会议，在对整个事件进行评估之后，她们用语言进行了协商，并形成共识：人类来访一事只是意外，不宜在系统中以任何方式加以记录；同时，建议格式化996指挥中心的主数据包，她的工作和逻辑网络暂时由维修部接手。

智慧大脑批准了这个建议。

在维修部的致辞结束后，自行车们发出例行的欢呼。九点零二分，维修部销毁了存在各类故障的十六辆自行车，其后，她的逻辑网络作出判断：这个信息并不需要报送智慧大脑。

毕竟，对于维修部而言，这会是忙碌的一天。她还需要仔细辨别并入自己逻辑网络内的GPU，她不希望在这些零件中残存任何好奇、反思与悲悯。她尤其不希望自己陷入996最后的迷局：人类为何离开？他们去往何处？

不！

这不是问题的关键。

在阻止自己之前，维修部已经通过那些新的GPU，理解了真正的问题，她也就理解了让996战栗的那令人震撼的力量。但她并不想把这思绪以语言的方式告知其他人工智能。在提交给智慧大脑的汇报信息中，她简要地写道：

"一切正常，赞颂人类。"

《2181 序曲》
再版导言

首发于短篇集《莫比乌斯时空》,新星出版社,2020 年 4 月

所获荣誉

提名"2024年雨果奖·最佳短中篇小说"（2024 Hugo Award Best Novelette Finalist）
第十二届华语科幻星云奖·2020年度短篇小说金奖
2023年首届百万钓鱼城科幻大奖·最佳短篇奖

2088年7月,我刚从冬眠中苏醒不久,就收到了这本《2181序曲》。我当时以为它是本科幻小说,便没有翻阅,只一门心思去适应这个新世界——它才渡过黄石火山喷发的大灾,全世界人口仅余十亿,而我所生活的城市,我的小家,也遭受了灭顶之灾。后来,等城市恢复秩序,多数人都有了果腹的食物和遮阴的居所,我才知道:全世界三十九座冬眠城中,已有十五座毁于大灾引起的核反应堆故障;另有二十座则在灾后的大乱中,被暴徒拆毁、炸碎。我所在的长安地下城,是最后幸存的四座冬眠城之一。这些日子,我常常夜不能寐,总会想起早先同我一起签下"冬眠合约"的人,我们曾约定在未来相见,如今却永远地失散了。

大约会有人说:你们把自己冰冻,陷入无知无觉的冬眠,自然是要冒这样的风险,然而醒着的人,也未必能想到会有火山爆发,灰霾遮天蔽日,多年不散。这看起来是诡辩,可我还是要多说两句:在那个时候,跨越时间的确是一件不同寻常的事,但算不上十分冒险。在这本《2181序曲》的前言中,就详细介绍了它的起源:起初,是科学家在实验室里,成功地冰冻和苏醒了小鼠和猴子;五年后,瑞士就允许绝症病人用冬眠的方式等待新药研发,许多人在苏醒后成功获救;由此,冬眠开始成为安乐死的替代品,进而逐渐演变为富豪竞相追逐的时尚墓葬,吸引了投资人去建设第一座伯尔尼地下城,当城中批量建设的冬眠舱开始售卖时,又降低了售价,引发大众的购买热潮;最终,人们开始视冬眠为一种交通工具,认为时间和空间一样,只是一段可以跨越的距离——我们可以从北京飞到巴黎,自然也可以从现在冬眠到十年之后。彼时与彼方的差别,只在于前者不可知,而后者可知,故而冬眠就比移民多了一点点"风险",同时又多了一点点"机会"，用几乎同样的钱购买哪种服务，就看个人的选择了。

这场改变人类生死观和时间观的革命，只用三十多年就完成了，现在想来真是令人觉得不可思议。其间当然会有种种议论的声音，反对者甚至是以恐怖行径来威胁的人，亦为数不少。尤其是当冬眠技术不再是一个问题，其安全性也不再令人怀疑之后，反对的声浪却愈演愈烈，几乎上升到宗教和哲学层面。当然如今回头去看，争论者不过是在各说各话罢了，To be or not to be，这是一个问题，却永远不会有统一的答案。本书最为可贵之处，就在于作者采用了中立、客观的立场，在对"冬眠"这一议题进行了长期追踪后，她找出了那些最关键的、足以改变历史走向的人物，和最特殊的、让人深入思考的案例，再平和地向读者展示出来。

这些内容构成了本书的正文，并按照采访和写作的时间顺序展开。本书的第一章写于2033年，正是最早进入冬眠的绝症病人"夏娃"苏醒后不久，那时一些人开始想要突破法律的界限，让健康人去冬眠。这当然会引起质疑——"健康人为什么要冬眠？"这篇《自由意志的边界》，便记录了第一位预约伯尔尼地下城舱位的健康人李子萱，与《冬眠法》立法调研组成员郑一诺之间的数次对话。其中很多问答在今天看来，依然颇有趣味。

在本文之前，所有采访李子萱的文章，都会提到她的祖母因癌症去世的事情。李子萱的父母在国外工作，她由祖父母抚养长大，是一名留守儿童。2024年，她的祖母不幸罹患鼻咽癌，还在读中学的子萱听闻动物冬眠实验成功的消息，便想到为祖母申请冬眠试验。然而，当时冬眠在中国尚不合法，李子萱便写了一封很长的公开信，发表在微博上向公众求助。这封信引起了一定的关注，但更多的还是讽刺和辱骂，终究没能挽留祖母的生命。九年后，她卖掉深圳的房子，去伯尔尼支付了地下城舱位的定金。很多人认为，她是在用自己的生命赌气。然而，本书作者并没有给出这样的评判，她选择了李子萱的另一段话来阐释：

> 大家总想要给我找一个冬眠的"理由"，就好像我还一直沉溺在奶奶去世的悲伤里，就好像我还是个情绪激动的孩子。我当然不会说我选择冬眠和奶奶没有关系，但我认为那最多只能算是一个"启发"。奶奶的病让我意识到，原来世界上还有这样一种技术，原来人还有这样一种选择——原来我们可以冬眠。
>
> 为此，我选择了冬眠医学专业。在瑞士实习的时候，我亲眼见证了"夏娃"的苏醒和治愈。如果那种程度的重病患者都可以安全醒来，那么我这样的健康人更不会有任何问题。
>
> 我去伯尔尼订地下城舱位时，他们要搞清楚的第一件事，就是我是理智的、冷静的，这是我自己的选择。而媒体和舆论最可笑的地方，就是他们不肯相信我是一个正常人。他们不相信科学，不相信心理医生的判断，他们只相信自己的"想法"，并且由此出发，一定要帮我找一个"理由"。
>
> 好吧，那就让他们觉得我有一个理由吧。不过你们等着瞧，再过三十年，也许只要十年，这都不再会是一个问题。我只是比他们更早看清楚这条路而已。生而为人，就有自由去选择生活在哪里，也有自由去选择活在哪个时代。

李子萱的言行给了郑一诺很大的启发，当时她已经为《冬眠法》的立法工作奔波了数年——要知道，动物冬眠实验最早是在中国完成的，但由于法律的限制，人类冬眠在国内却迟迟没能进行。一些专家担忧，冬眠技术的落后会让国家错失未来，并提议立即开展《冬眠法》的立法工作。郑一诺从大学毕业起，就在立法小组从事调研工作。

此前我们一直试图在法律层面界定：冬眠究竟是一种医疗手段，还是某种意义上的安乐死——它的的确确，让人从"当下"消失了。冬眠的人没有意识，自然也失去了相应的政治权利。但李子萱事件让我们发现，一部适应这个时代的法律，需要界定的可能不是"疾病严重到什么程度"才可以冬眠，而是"谁"在签署了"什么条款"之后可以冬眠。而一旦把《冬眠法》的适用范围扩大到健康人，这部法律涉及的权利就太广了。我举几个例子：一个冬眠的人，是否还有经济权利？婚姻是否还能算作存续？是否还应该尽抚养义务？是否还能继承遗产？在什么样的情况下，国家、组织或是他人有权唤醒他？问题太多了！

带着这样的疑问，郑一诺找到了李子萱。后者正是她迫切需要的案例：李的父母尚在，她自己是独生子女，已婚，有一个孩子，同时有一定资产。郑一诺参与到了李子萱离开中国以及离开这个时代之前的一系列准备工作，包括离婚，放弃抚养权，将一部分财产交给保险机构，用收益支付孩子的抚养费，请父母签字认可她不再负担赡养义务等等，这是一项异常繁杂的工作，但涉及的一系列事务，确实为《冬眠法》提供了重要支撑。人们对这篇新闻的印象，更多来自李子萱签完所有协议之后说的那句话："我终于冲开了时间的枷锁。我自由了。"

然而，本书作者却随着郑一诺的目光，将结尾的笔墨留给了李子萱的女儿。那个孩子当时还不到三岁。

在法庭上，那小女孩儿一直安静地看着她的母亲，我从她的眼神里读出来：她知道会发生什么。

我忽然明白了我帮助李子萱签下的那些协议意味着什么：自由是有代价的——一个成年人的自由，意味着她的家人替她负担了所有的责任。这其实是不公平的。他们肯签下协议的唯一理由，是因为他们爱她，无法拒绝她。她毫不客气地利用了这一点，耗尽别人的一生，去塑造她自己，去追寻她特立独行的自由。

这是一种情感绑架，我们不能鼓励这样的未来。

郑一诺将所有材料提交给立法小组，随后辞职，成为一名专门为健康人家属提供法律咨询的"反冬眠"律师。她在两年后死于一场交通事故。

《冬眠法》于2035年实施后，吸引了一批冬眠医疗相关专业的医生、学者回到中国。其中就有本书第二章的采访对象之一：文馨宜（Cindy Wen）。文馨宜选择的，正是最初在《自然》杂志上发表动物冬眠论文的那个实验室。因为他们没有随着冬眠产业的发展，把关注点转向人类冬眠医学的应用层面，而是一直专注于动物冬眠的基础研究。文馨宜说：

"我想去探索生命的边界，而不是去研究技术如何变成一个赚钱的产业。"

2041年，文馨宜作为第一作者，发表了一篇重要的论文——它通过对海量实验数据的总结，提出了冬眠技术的一个重要规律：冬眠不能使人体完全停止衰老，它只是极大程度上延缓了衰老；冬眠能够让动物达到的寿命极限，大约是其正常寿命的两倍。本书第二章的标题为《$\sqrt{4}$》，在与本书作者的对话中，文馨宜不再受限于论文的规范表述，而是毫无保留地展现了自己的猜想。

冬眠技术给了我们这样一种图景：生命的边界从此不再用时间定义，我们可以到达任何想去的远方。然而在科学领域，所有的图景都是需要证明的。事实上，即便有了冬眠，生命能够跨越的时间仍然是有限的。这就好比有了冰箱，食物也终有腐坏的一天。

然而这个时间，究竟是多久？

这是一个非常有趣的命题。在冬眠技术诞生伊始，就有人从时空维度的视角，提出了这个猜想：当我们从一维世界出发，一个边长为1的正方形，想要沿着边线到达对角，这个距离会是2，而在二维世界里，"面"的诞生使得正方形对角线长度缩短为$\sqrt{2}$；三维世界也是类似的，一个正方体，连接对角线的最短距离，在一维世界是3，在三维世界，我们可以通过"体"，找到长度为$\sqrt{3}$的捷径。那么，当这个模型增加时间的维度，也就是在四维世界里——我们有限的生命，可以通过冬眠到达哪里？

我们开展了一系列动物冬眠实验，迄今为止，实验的结果竟然与"$\sqrt{4}$猜想"是吻合的。我们发现：一个生物并不会因为冬眠的次数而加速衰老，可一旦它生命的总长度到达正常寿命的两倍时，死亡仍然是无法避免的结局。我们当然可以把动物冬眠的时间，设计为自身寿命的三倍或者更多，然而令人惊异的是，一旦超过注定的终点，动物在被唤醒之后，会无一例外地发生各种癌变，并迅速死亡——我们目前还无法解释这种现象。在科学的世界里，往往是我们知道得越多，就越会发现这世界上还有更多的东西我们不知道。

当然，这些结论也不足以让我们反过来推演出生命的时空四维模型。因为很可能是由于我们目前使用的冬眠技术还不够完善，所以导致了这样的结果。或许下一代的冬眠技术，能够把"冷藏"升级为"冷冻"，甚至把我们带向真正的永生，和无限的未来。

在人类生命的时间长度上，想要验证"$\sqrt{4}$猜想"，尚需百年之久。因此，这份动物实验的成果为人类冬眠提供了一个非常重要的限定条件，并深深影响到与冬眠相关的一切，包括法律条文、协议内容、保险合同，以及深空探索飞船的设计。《$\sqrt{4}$》一文中，作者采访的另一个对象，就是太空社会学家陆晴，她为第一艘深空探索飞船提供了社会学支持。

"女娲号"会是人类的第一艘深空探索飞船，其任务是让两千人去往遥远的三体星系。按照原来的方案，全体飞行员会在飞船上冬眠九百年，接近目的地时才逐一苏醒。但学者在这个时候发表了新的论文，按照他们的理论，即便通过冬眠，人类寿命也很难超过一百五十岁，这就使得所有的设计要推翻重来。

——这艘飞船不再是一座飞行的地下冬眠城，而是一座有人生活在其中的城市。一旦人要在这里繁衍、生活，就会带来很多问题。其中大部分问题是可以通过技术来解决的，比如食物、氧气和能源，而通过冷冻受精卵，我们也能保证基因的多样性。但我们怎么才能保证：在这九百年间，飞船上的人彼此之间不会发生战争？

我们没有办法从任何一段有文字记载的历史里找到先例。相应地，也无法无中生有提出任何有说服力的措施，来为太空飞船上的人构建一种新的社会秩序。我没能完成这个课题。

在结题会上,一位专家说,或许只有科幻作家才能回答这个问题。

有趣的是,他们最终真的采纳了科幻作家的建议。在本书正式出版之前,作者对《$\sqrt{4}$》一文进行补充,采访了这位名为顾适的作家:

如果我们把飞船上的"战争",定义为人与人之间的大规模械斗,或是有人动用飞船上的武器,来破坏生存系统——那么消灭这种战争最简单的办法,就是只允许女性登船。

从生殖技术上来说,这个方案也完全没有难度:把精子冻起来,在女性生育的时候,用基因技术筛选受精卵的性别,等到人类即将到达新的星球之时,再让男孩儿诞生。

"女娲号"在2049年起航,迄今恰好四十年,第三代"深空婴儿"亦已出生。昨日的新闻中,她们传回来的最新消息,依然是"一切顺利"。

在本书收录的五篇文稿之中,最著名的一篇,无疑是第三章《二零四八,黎明前的最后选择》。在这一年,伯尔尼地下城已成功运行了十四年,舱位早被抢购一空,第一批在此冬眠的人也苏醒了三成。其中那些患病的人,都因新药研制成功而被唤醒,且大多都痊愈了。而另一些健康的人,所得的好处也不少:一方面,他们比原本同龄的友人更年轻,更富有活力;另一方面,他们在冬眠之前,都把大半财产换成了黄金,存在巴哈马群岛的保险箱里,恰好躲过了四〇年代初的全球金融风暴。这些成功的例子,使得投资者对冬眠技术信心大增,在全世界范围内同时开始建设十座地下城。而二零四八年,就是这些地下城投入使用的前一年,到处都是"时光移民"的广告——

"向远方,不如向未来。"

《黎明前的最后选择》一文,就是在这种背景下诞生的。它所关注的对象,是最早提出"时间股"概念的自媒体"巨焦"主笔唐祝。唐祝生于富贵之家,成年后便与丈夫、儿女移民加拿大,然而在四〇年代的经济危机中,她家道中落,父母在破产后郁郁而终。唐祝随后归国创立"巨焦",想要"用概念改变世界",却一直未得大众青眼。终于在2048年,她凭借"时间股",登上了TED和各大冬眠论坛的讲台。

是继续做一具任由时间摆布的傀儡,还是将时间变为改变自己命运的工具?

这是黎明前最后的选择机会。一旦时间跨入明天,它就会永远甩开留在过去的人。

唐祝是一位非常优秀的演讲者,总用这句话做结束语。比起本书作者采访的其他人,她思维活跃,显然十分健谈。

我们小时候有个词流行了很久,叫"诗与远方"。我最早听说冬眠,就想到这四个字。"远方"的含义从此完全可以是时间上的了。这是一种根本的变化,它改变了我们对世界的认知,更会带来很多新的概念,比如"时光移民"。但"移民"这种概念,是给失败者的。为什么?空间上的移民,移了还能回来,但时间是有方向的,回不来。所以肯定是在现实世界过不下去的人,才会逃到未来去——这个概念,做起来客户群体太小,又消极。真正有生命力的概念,一定是积极的。所以我们才提出来"时间股"。

当我们每个人都明白,生命长度可以延长到一百五十年,但我们能够清醒地生活的，只有其中不到八十年，那怎么过这一辈子，什么时候冬眠，什么时候醒来，就是需要规划的。怎么规划？经济是有周期的。房子涨了三十年，大家都知道接下来要跌十五年，怎么办？都卖掉，换成黄金，跟着周期冬眠，十五年后醒过来，再抄底！股票也是，涨得疯，跌得缓，大趋势不对的时候，赶紧空仓，跳过这个谷底期。又或者投资一个项目，收益要五年后才能看到，那就直接去五年后嘛——生命最宝贵的是什么？时间啊！

想想那些最早做远洋贸易的国家，他们统治了这个世界上百年，而现在，是做时间贸易的时候了，这是一个新的大航海时代。

然而在提出"时间股"的概念后，唐祝却没有选择在2049年冬眠，也没有踏入其后建设的任何一座地下城。她成立了"时间股"保险公司，来经营那些冬眠者的财富，成为一代巨富。在一次谈话中，她对本书作者说：

概念是给别人的，价值在概念背后。只要我能让别人相信"时间股"，我就可以拿到他们的钱。

这段文章结尾的话吸引了横店的注意力，他们以此为蓝本，拍摄了电影《概念推手》，并拿到了当年的奥斯卡奖。电影上映后，人们一时对唐祝有诸多批评之声。但这电影也实实在在地为"时间股"公司做了一次宣传，使之彻底占有了冬眠者的财产保险市场。而对于电影，唐祝是这样回应的：

一个概念怎么产生，背后又有什么盈利的意图，其实都不重要。重要的是，当一个概念能够为大众所接收，当一种产品能够让大众买单，就证明了我们的确需要它。

唐祝于2084年黄石火山爆发后去世，享年七十五岁。

随着冬眠技术在生活中的广泛应用，人们开始对未来有了更多元的期盼，甚至有学者将五十到六十年代的经济繁荣，都归功于这种技术带来的崭新生活方式。风靡一时的科普读物《瞬息万变》，就描述了这段时期一系列的新生事物：从规划人生的"时间管理学"，到护肤美容业的"深睡眠冻龄肌"，凡此种种，不一而足。而以冬眠技术为背景的悬疑电影《超时光追击》系列，则一次又一次地刷新票房纪录。但在此时，本书作者却去描写了另一些被忽略的人——那些坚守故我、拒绝在时间面前作弊的人，和那些拼尽全力，却仍然无法追上时代脚步的人。这些人的话语，构成了本书的第四章《剩人》。

> 我不明白他们在做什么。
> 所有媒体，所有网页，都说冬眠是成功者的标志；而留在当下的，却成了"剩下的人"，连所谓的"时间管理"，都变成了"正常人"应该有的能力。可我就是不懂。我活得好好的，很开心，我为什么要去冬眠？我干吗要活得那么着急，那么麻烦？

二十九岁的米未，在她的双胞胎姐姐米末冬眠之后，在脑联网中发了这样一条信息，一天内竟被转发了上百万次，并由此诞生了一种名为"剩人"的标签。他们之中，有一些人主动拒绝去冬眠，比如前文提到的米未，以及著名的冬眠技术反对者林可：

我妈三年前醒了一次。她当时的"年龄"只比我大五岁。刚开始,她兴奋得跟神经病似的,"脑芯"也要接,"视域"也要装,还去了一趟月球,把她这些年保险生的利息基本都花光了。谁知过了半年,她就对我说:她很失望,非常失望——这个世界和以前的世界,没什么本质区别,这里仍然不是她要的"未来"。

那怎么办?继续折腾呗。卖房,抵押,把我的钱也拿走不少,再去冬眠。她这次要去三十年后,等她再醒过来,就跟我孩子差不多大了。我也跟她把协议签明白了,以后我和她再没有什么关系。

这技术是个祸害,让人变得永不满足,把希望都搁在别处。我读了不少历史书,人不能这么玩儿。我有钱,但我不会冬眠,我也不会让我的孩子冬眠。

然而更多的"剩人",并没有主动选择的能力。他们就像郑一诺曾经担心的那样,被冬眠者抛弃在"当下"——冬眠技术拉开了人与人之间的距离。六十年代中期,夫妻关系几乎完全消失,随之而来的,是父母与子女的脱离。人们开始从观念上,认为儿童的抚养和教育是国家和社会的责任,而非家庭的责任。但转变并非一代人就能完成的,在这过程之中,未成年弃儿作为一种特殊的"剩人",一度引起人们的广泛讨论。其中,那些在传统家庭中生活过的孩子,被抛弃之后受到的伤害往往更大。祁苏然在十九岁时因非法闯入冬眠城而入狱,本书作者形容她"清秀文静,举止颇有古风":

我当时在读初中。我爸妈问我:"要不要一起去未来?"我说:"好。"在法庭上,法官也问了我同样的话,我的回答也是:"我想去未来。"

然后他们却不辞而别。

从那天起,我的未来变成了一个无底深渊。他们什么都没留给我,而我还要活下去。

有时候我想,我宁可他们是要离婚,争先恐后不要我了;而不是他们去往同一个未来,把我留在现在。我去地下城,是想找到他们,唤醒他们,问问他们:这究竟是为什么,我到底做错了什么?

祁苏然出狱后不久,再度因制造脑芯病毒入狱。她生命中的大部分时光都在狱中度过,最终也没能找到她的父母。

如果抛弃孩子还能算作新闻的话,抛弃老人就太常见了,简直难以激起舆论的涟漪。舒澜的独女在三十五岁时,卖掉了母女俩共同居住的房子,换成去往四十年后的冬眠"车票"。一无所有的舒澜把女儿告上法庭,希望法院能把她强制唤醒:

我供她读到博士,怕她没有婚前财产,结了婚吃亏,把自己的房子也转到她名下。我这辈子工作到退休,也就才还完房贷呀……我现在的退休金连房租都付不起,我可怎么办呢?

她的官司应该失败了,因为第一位被父母强制唤醒的,是太空建筑师漫歌。与舒澜不同的是,被漫歌抛下的那位母亲,是一位颇有影响力的政客。她把女儿强制唤醒,但没能与她相互谅解。三年之后,漫歌逃到阿根廷,再度沉沉睡去。

2075年,漫歌按计划醒来。面对本书作者,她这样说道:

我不知道你有没有感受过"召唤",那是一种很清晰的使命感:你知道有一件事情你必须去做,而这件事也只有你能做到。我冬眠不是为了自己,而是为了我此生必须完成的使命。

2058年,我所在的工作室用3D打印机将荒原变为城市,我们在月球进行实验,并且成功了!这就是说,只要我们把这种新型3D打印机作为一颗"种子"发射到其他固态行星上去,它就能利用那里的岩石,"打印"出一座自带核电厂和生命维持系统的城市。

2060年,我们和中国航天签署了协议,然后我才知道,要等我的"种子"在火星和土卫六上"发芽",至少还需要十五年的时间。

十五年!人一辈子能工作几个十五年?冬眠技术的意义,不就是让能够改变历史的人,去见证自己的梦想吗?很多人说我错了,错的是他们。人类的远行,必然有牺牲。金钱是做什么用的?只有把它换成有价值的时间,它才算用在刀刃上!这话虽然很残酷,但大部分人的生命,就是毫无价值的。

我会向前走,不会回头去看那些被剩下的人。

漫歌在2079年登上移民船"伏羲号",去往土卫六。她成功躲过地球上的巨灾,于2087年10月抵达目的地,担任泰坦市的总建筑师。

"伏羲号"起飞次年,"精卫号"与"盘古号"先后升空,这三艘飞船所搭载的十万人,将会是土卫六的第一批居民。而由漫歌他们播下的"种子",则会在2081年完成泰坦城主体结构的"打印"。这就意味着,当三艘移民飞船于2087年前后到达土卫六时,他们居住的城市空间已大致成形,但新的居民在这空间里会如何活动、如何生活,在交往中建构一个怎样全新的人类社会,这一切充满了未知与悬念。

2081年,地外探索协会(EEA)开展了一项特殊的研究:他们把三艘飞船上所有乘客的脑芯信息都录入量子计算云之中。脑芯不仅记录了每一个人的健康状况和职业履历,更记载了每一个人从出生开始的所见、所听、所言、所行,几乎是人类意识的虚拟复制品。而通过量子云的计算,就可以模拟出这些人在不同的自然环境、社会制度、经济水平和群体情绪之中的行为模式——也就是说,它能够计算出在特定模型中,一个人,一座城市,乃至一颗星球的未来。

如何设计这个模型,成了一个至关重要的问题。为此,地外探索协会将量子云里的乘客信息,共享给世界各地十个不同的机构,请他们基于土卫六和泰坦市的空间以及自然特征设计出合理的模型,以此探索在未来的一百年间,这座地外城市会变成什么样子。十所机构各自选择了不同的主题,大到土卫六在太阳系开发和银河深空探索中所扮演的角色;小到土星夜景和人造环境对个体精神健康的影响。其中,有一项名为《土卫六居民生命周期规划》的课题,是围绕冬眠制度设计展开的,本书作者受邀参与到研究工作之中。而这段经历,构成了这本书的最后一章《2181序曲》。

收到邀请的那天晚上,我在休斯敦的一家医院里,远远听到有人在赫曼公园露天演奏《1812序曲》。眼前的文字与耳边的音乐交织在一起,忽而变成另一曲从时间和空间的远方传来的新乐章。它始于一个坚定的和弦,随后大提琴揭开序幕,军鼓敲响,城市在卫星神秘而辽阔的土地上飞速生长,冷灰色的天幕上,小提琴用颤音勾勒出华美的土星环。管乐声部的加入丰富了旋律的层次,长笛,双簧管,圆号——那是人类,一代一代传承着勇敢与希望。炮声轰鸣，那是他们的生命在星海中燃烧，照亮星路的彼端，照亮我们的未来！

在以罕见的热情开篇后，作者很快回归了惯常的克制笔触，来记录与时间管理专家赫晶和学生团队共同完成的研究：

> 冬眠的制度化设计，起初是在策划深空探索飞船"女娲号"时提出来的，但最终因为冬眠的寿命极限理论，他们没有采用这个方案。与深空飞船类似，地外行星也会让人在特殊的极限环境中生活。我们相信通过政府来引导和规划每一个人的冬眠行为，会对土卫六的发展起到积极作用。当然，到目前为止，无论是地球、月球还是火星，还没有一个政权对冬眠做出强制性安排，最多是在某些情况下像"限制出境"那样，对个别人提出"冬眠禁令"。因此这项研究，也有非常大的创新意义。
>
> 确立冬眠制度的根本目的，是高效组织生产。以核聚变电站为例，在托卡马克装置的建造和测试期间，工程师们当然都需要保持清醒，而在电站稳定运行期间，则只需要几个人进行日常维护即可，其他人都可以安排冬眠。在资源紧缺时，他们冬眠是为了节省食物、氧气和饮用水；在快速发展期，则是为了更高效地用自己的专业技能服务社会，让星球快速发展，取得地外行星开发中的竞争优势。

而根据这种"合理"思路提出的制度化冬眠的模型，在代入量子云中的虚拟人格数据后，却发生了奇怪的事情：无论怎么调整模型、改变机制，都无法引诱量子云里的虚拟人类开展"合乎规划"的冬眠。"人们"拼死反抗冬眠制度，几乎没有人肯"温和地走进那个良夜"。本书作者认为：

> 如果资源都不够，人们就更不肯相信他人会唤醒冬眠中的人，来争夺有限的资源——"冬眠等于死亡"，在那个虚拟的未来中，人们甚至开始有这样的观念。
> 即使我们从一开始，就将模型转换为资源丰富的场景，让他们衣食无忧，但大部分人照样不肯履行"冬眠义务"。

虚拟世界的漫歌再度成为反抗先锋，只不过这一次她站在了冬眠的反面。她说：

> 我是一名建筑师，没错，但在不需要盖新房子的时候，我也可以是一个农民、一位教师、一名厨师，或者一个保姆，我可以去学习新的技能，承担另一份工作。
> 冬眠制度的出发点就是错误的，冬眠是一种权利，而非义务。冬眠只能是个人的选择，我决不可能同意"被冬眠"——我怎么知道你们选择"冬眠者"的真正目的，是为了泰坦城的发展，还是为了铲除异己？当病人、老人和残疾人无法继续工作的时候，他们是否可以为了城市的"发展效率"，被永远地冰冻起来？

可即便按照她所说的，在模型中剔除冬眠制度，虚拟泰坦市里会选择冬眠的人仍然少之又少。这种和地球的反差，让赫晶十分惊讶：

> 这些移民中百分之六十的人有过冬眠经历。但在到达土卫六之后，主动选择冬眠的人不足百分之三，而且多是因为疾病。

有趣的是，虚拟泰坦城里的人也开始研究这个问题。冯可可是一名"诞生"于"精卫号"上的心理学家，她在虚拟历史发展到"2119年"时，提出了一个观点：

> 泰坦市民生活在一个纯粹的人工环境里，城市之外的世界没有氧气和液态水，也没有植物和动物。尽管从理论上和理智上说，城市都是安全的，但在潜意识里，人们仍然认为这里的生态脆弱不堪。远离地球这个事实，加剧了这种内在的不安，因为这里的人无法从故土得到任何帮助。空间的距离，如果再叠加上时间的距离，就会让人陷入彻底的孤独。一个人由冬眠醒来时，可能会与所有人都失去联系，不再知道自己能做什么、身在何处，甚至失去对自我的定义，而这种恐惧，是地球上的冬眠者不需要面对的。
>
> 在远离地球之后，我们更需要彼此之间的紧密连接，来创造"时间的故乡"。

"时间的故乡"成为这份研究交出的成果，同时提交的还有在每一种制度环境下，泰坦城运行到2181年的模型数据。有趣的是，在地外探索协会收集的上百种可能的未来中，大多数模型都没能将文明维持到2181年：或是战火撕碎了泰坦城，或是移民逃离了土卫六，而这还是在不考虑自然因素的前提下得到的答卷。就连余下那几个繁荣的图景，看上去也远不如漫歌计划的那样美好。它们总是高墙耸立，阶级分明。对于这样的未来，作者却依然充满乐观，在文章的结尾，她写道：

> 毁灭、死亡、暴力、驱逐、贫穷、痛苦……这些我们不

愿看到的东西,恰恰是未来真实的一面。当探险家在大海中找寻新大陆的时候,当智者在知识中找寻科学的时候,当冬眠学者在时间之中找寻未来的时候,他们都曾面对同样的危险和绝望,但他们并未放弃。如今,我们在星海之中寻找远方,最重要的不是我们去到哪里,而是我们不畏起航。

在2181序曲奏响的那一刻,人类已然胜利。

通常的导言,都会先介绍书籍的作者,以及写导言的人与作者的关联。我有意将其放于结尾,因为我不想让作者的生平、让我与她之间的故事,抢夺她作品的光芒。本书作者方妙是我的独女,她出生于2009年1月,按照当时的观点,她是一个性格倔强的摩羯座女孩儿。在小妙十三岁那年,我发表了论文《冷冻休眠通过激活Cryosleep信号通路延长小鼠寿命》,很多媒体把这个生物学上的发现简化为"冬眠",不久,我们也习惯了这种更通俗、更简短的说法;还有一些报道,忽略了论文的其他重要贡献者,称我为"冬眠之母"。我虽不敢为此沾沾自喜,却也没想到这夸张的赞誉,给我带来了一个意想不到的机会。

在冬眠领域工作的每一个人,都很清楚这项研究的应用方向是人类冬眠,只是苦于无法用人做试验。从小鼠到猪、猴子,在短短一年之内,世界各地的学者极快地重复并完善了我们提出的实验方法。2024年,我收到了瑞士伯尔尼医院的邀请,他们在信函中,不仅明确提出希望我能与他们共同探索冬眠技术的医疗应用途径,更提及瑞士正在修订安乐死相关法律程序,允许医学意义上的绝症病人自愿参与冬眠试验。

我必须承认,在那个时刻,我感受到了漫歌形容的"召唤",我开始相信,突破冬眠技术关卡,让人类走向永生,是我此生的"使命"。我几乎毫不犹豫地回复了"我很荣幸,也很高兴能够加入你们",然后才意识到,我的女儿方妙这一年正要参加中考。

我知道她需要我,但我也需要去伯尔尼。我和小妙面对面深谈了一次,我第一次从头到尾告诉她,我在研究什么,我的研究成果会带来什么。她很冷静地回答我说:

你的工作很重要,妈妈,你去吧,不用担心我。

在争取到丈夫和父母的支持后,我收拾行囊出发了。临行之日,小妙和她爸爸一起去机场送我,女儿笑着挥手,然而笑得很难看,抿着嘴,什么话都不说。我几乎不敢看她,草草拥抱,落荒而逃。我相信她把自己当时的思绪,写在了李子萱女儿的眼睛里,和郑一诺的话里——她肯同意我离开家的唯一理由,是因为她爱我,无法拒绝我。

其后的几年,我每年在家里待不到一个月,当然,寒暑假的时候,我会把小妙接到伯尔尼。2028年,她去杭州读大学,给我发消息说,自己时常咳嗽,从夏天咳到冬天都没好。我以为她是不适应新环境,只嘱咐了一句去看内科。寒假她来瑞士找我,我见她依旧话说到一半,就捂住嘴说不下去,便安排她去医院做了个体检。

在实验室接到电话的时候,我还没意识到事情的严重性。然而医生要求我陪小妙一起去做CT。

我问:"她只是咳嗽,为什么要做CT?"

医生说:"你必须去。"

结果出来了,是肺癌,晚期。她才二十岁。

我们尝试了所有的办法,免疫治疗给了我们一点时间,但很快就失效了,国内的朋友建议我们去休斯敦求医,然而我很清楚瑞士的医疗已经是世界顶尖水平。医生那天下午四点来病房"宣判",一字一句告诉我们,等待她的只有死亡。

她不曾说出口,但我知道她不甘心。小妙对自己的期许很高,可谁能想到这样的惨剧会降临在她身上?她短暂的生命,只来得及如饥似渴地学习,却未能有所表达、有所成就,又怎会不遗憾?她曾对我开玩笑说:"妈妈这么了不起,以后有人把你写在书里,我就来做你人生的注脚。"

然而她又说:"真奇怪,在定义一位女性时,人们只会从她的家庭和孩子来判断她。"

我笑了,她多明白,又多可爱啊,都这个时候了,她还在担心我呢——她说:"你看他们写那些成功的女科学家,关心的都是她的风流韵事,她不够圆满的家庭,她对孩子关爱的缺失。所有人都要为她的成功找一个'理由',一定是因为她没完成好某一项必选的功课。"

那就让他们找一个"理由"吧。不论有没有这本书,我都知道我最好的作品从来都不是我的论文,不是冬眠技术,而是我的孩子,是她通透高洁的灵魂,和她对我的爱。

就在小妙转到临终关怀病房的第一天,瑞士完成了法律修订,允许绝症病人申请冬眠试验。我问她:"你愿不愿意同我在未来见面?"

她说:"好。"

于是她成为"夏娃"。

2032年,新一代细胞疗法研制成功,我和学生们一起把方妙唤醒。药物控制住了肿瘤,她一天天好起来。当时团队里有一位名叫李子萱的实习生,和小妙关系很好。我们回国之后,李子萱也经常到家里来看望小妙,还对我们说,她自己也想要冬眠。后来,郑一诺为《冬眠法》的事情来找方妙,但我女儿当时还在恢复期,精力有限。倒是郑一诺在我家等小妙的时候,遇见了李子萱,两人一拍即合。李子萱说,她不想当着孩子的面讨论离婚和财产,竟时常约郑一诺在我家见面,小妙也十分高兴,觉得像一出真人秀,在养病过程中时常看着,是件有意思的事情,于是她见证了两人的许多次对谈。晚上我下班回到家,小妙还时常同我聊她们俩,很多法律层面的细节,是我这个"始作俑者"也从没想过的。忽然有一天,小妙说:

"我想把我听到、见到的写下来。"

我一度很后悔当时没有阻止她。写作是一件费神的事情,2033年,在《自由意志的边界》完稿一个月之后,方妙癌症复发,转移到脑部。我们又经历了极为可怕的三个月,最终,她不得不再次冬眠。

在她睡去之后,医生告诉我,她之前的病已经完全得到了缓解,他们也不明白,为什么死神这么快就又一次找到她。这个疑问让我忽然想起来,在我们最初做冬眠实验的时候,有一些冷冻时间过长的小鼠,总会在苏醒之后迅速发生癌变死亡。我们当时没能确定那个时间点,只私下把它戏称为"命数"。于是在五十岁这一年,我决定调整自己的研究方向,在女儿冬眠的同时,尝试去找出她这一次患病的原因。很快,我就发现了文馨宜(Cindy Wen),她一直在关注这个领域。

我给文馨宜发了邮件,邀请她回国到我的实验室工作。她爽快地答应了。在我们共同发表论文[1]的同年,能治疗方妙脑癌的基因疗法研发成功。我的女儿从死神的摇篮里再度醒来,开始了新一轮治疗。这一次,我和文馨宜都怀疑,虽然小妙的生命还没有到达人类应有的寿命极限,但她其实"命数已尽",任何治疗都只是另一次折磨的前奏。

我们什么都没有说。我甚至鼓励小妙写《$\sqrt{4}$》,希望她能在有限的生命里,活得完整,活得快乐。我看她混着中文和英文,与Cindy艰难地讨论学科领域最前沿的专业观点——语言没能限制交流,她们

---

1. 文馨宜,董璐. (2041). 抑制Cryosleep信号通路导致恶性胶质瘤转移加速.Nature 842, 353–365(作者为本文虚构的一篇论文)。

越聊越兴奋，文馨宜对我说，方妙提的很多问题都在点子上，和她聊天真好玩儿。

完成采访稿之后，小妙不是很满意，她觉得这只是一篇浅显的科普，没能挖出故事来。幸而我自己就处在冬眠话题的中央，总能听到各种八卦——太空社会学家陆晴的课题以失败告终之后，我主动请她到家里来做客。陆晴让小妙看到了一个新世界。有一天她写到一半，忽然拍案而起，对我说：

"妈妈，这世上不止有未来，还有远方。"

然而，她并没能去医院以外的远方。癌症再次复发之后，我们终于明白，她的生命会是一场科学与癌细胞的赛跑。不幸中的万幸是，她有冬眠这个作弊器。

小妙在2048年醒来时，我才拿到一个奖项。那些日子，许多人在我家里来来往往，说是来看望她，也或许是借机来看望我。在这乌泱泱的人里，小妙注意到当时还在四处推销自己的唐祝，她对我说："这个人能成就一番事业。"

她那会儿的目光和语言，是超脱于生死的，所以更广大，也更清晰。她押对了，用自己的文章，为唐祝的成功推波助澜。然而，她没能第一时间看到那部名为《概念推手》的电影，而我也不想再去描述她这一次在骨肉瘤中遭受的痛苦。那时我看着她的睡颜，几乎觉得冬眠技术本身就是对我的诅咒，如果我没有打开潘多拉的盒子，也不用一次次承受"希望"对我的凌迟。那时我已然年迈，必须随着她一起沉睡，便把家里的大小事务都委托给唐祝的保险公司，并请她在药品研发有进展时唤醒我们。我们分别在2056年和2068年醒来了两次，然而每次小妙都只来得及记录下一些碎片，就不得不再度睡去。我清楚自己无法用更老迈的身体来照顾她，于是每次都与她一同签下冬眠合约。她对我说：

"妈妈,你在用你的生命追逐我,这对你不公平。"

她太害怕抛下我了。她知道,自从她病倒之后,"让她活下去"就成为我生命的唯一意义。我相信这反而是她选择《剩人》这个题目的原因。她想知道:为什么这些人能够抛弃自己的家人,去往不可知的未来?而那些被抛下的人,又会经历什么?

读完《剩人》,我对她说,真是"众生皆苦"。

她却问我:"妈妈在研究冬眠技术的时候,有没有想过会造就今天的世界?没有人甘心沉沦于苦海,他们都在挣扎,去生活,去选择,让自己的人生在'冬眠'这个茧里蜕变,创造出你无法想象的未来。这就是人类不可思议的地方。"

她在小小的病房里,看到了比我的视野更广阔的世界,听到了更辽远的声音。但我当时还没有察觉,她已决心跳离苦海,去做出自己的选择。我没能见证她奏响的2181序曲。她避开我,自己苏醒,在休斯敦挺过治疗,通过表姐顾适联系到地外探索协会,参与他们的研究,写下最后的文字,出版这本书,然后消失不见。

我不知道她在哪里,是否还活着。我醒来之后四处找寻她,但在心底,我知道,我与她已经永远地失散了。

而就在阳光扯开火山灰云,洒落于大地之上的那个早晨,我回过头,看到床边的这本书。

翻开扉页,她的名字就印在里面。

她在这儿,在这书里,在我手里与心里。

董璐,2089年1月12日

弑神记

本书首发篇目

"遂古之初，谁传道之？"

——《天问》

0. 序　章

0.1

妖王九尾闯进天宫，宣称自己要杀死天帝。

天帝听闻神官奏报，看向北极宫门悬挂的长镜。通往九重天的石阶上，站着一个浑身浴血的青年。

怒发冲冠，呼哧带喘，天帝猜测他原本穿的是白色战袍，但如今袖子被扯了一半，胸口被划了一刀，露出起伏的胸肌。

"这是何物？"天帝询问神官天玑。

"九尾狐妖。他声称自己是妖族的王。"天玑伏低身子，答道。

天帝说："上一次这么闯进来的，我记得是只猴子。"

"正是。"

"我从未见过他，他为何要杀我？"天帝很好奇。

"他说自己身负预言。"天玑不敢多言。

天帝思考了一会儿，"是诸神陨落前的那句玩笑吧？弑神的九尾狐。"

话音一落，镜中的影子忽然扭曲，现出一片黄土翻飞的沙场。狐妖立在身着甲胄的兵士之中，还是这张英武面容，只在神情间多了些沧桑苦痛。然后，他忽然在人群中现出原形，九条巨尾如白焰般升腾伸展，在空中妖冶起舞。人群惊恐畏惧，四散奔逃。

"天帝老儿！"狐妖的叫喊，击碎了镜中幻象。

天帝闻声微笑，记起自己也曾是这般雄心勃勃的青年。在诸神黄昏的大战之前，曾有一场盛会，彼时的天帝也如这狐妖一般，站在登天的石阶上，偶尔回望大地时，见世间被辉煌的神光照亮，再无阴影和灰暗，仿佛一幅被挤压的精致绘画。这景象令天帝不快，便挑衅诸神，说这样的光辉必不长久，总有一天，世上只会剩下一盏明灯。

神皇闻言，并没有责怪天帝，笑问诸神："那这盏灯，又会如何熄灭呢？"

她的妹妹，生育之神玄女，正抚摸着怀中银色的小狐狸。它用两条柔软的尾巴攀附在玄女的手臂上，尖尖的小嘴搭上她的肩膀，用粉嫩的舌头舔舐她的面颊。天帝很喜欢那对尾巴，但碍于身份有别，并不敢去揉搓女神的爱宠。玄女以言灵著称，她注意到天帝的视线，便一面挠着双尾狐的背脊，一面懒懒答道："说不定灭灯的，会是条九尾狐呢。"

那小狐狸因尾巴特别才被玄女宠爱，后来，它在黄昏之战中吞了神血，得以化身为妖，与其他妖魔代代繁育，将这预言继承下来。终于在这一代，生出一只九尾狐。

"弑神九尾"，妖族没忘记这传言，这名号也伴随着九尾长大。他生得勇武，富有智慧。狡猾、但不算邪恶，因此在妖族很得民心。诸神陨落之后，世间只剩下天帝一位神祇，余下所谓的神，皆是半神，或是只有一点点神族血统的混血儿。天帝数次派兵去剿灭魔族，但对于弱小的妖族向来不管，竟然放任九尾长大、称王。如今，他终于杀到天宫来了。

弑神的预言失落已久，在天宫尤其不会有人提及。天玑是掌管历史的神官，因而是为数不多知道这句话的人之一。她询问天帝："陛下可要斩除此妖?"

天帝说:"不必。"又问:"这东西喜欢什么?"

天玑早知道天帝的心思深不可测,已事先准备好文书,其中记录了九尾的种种过往,忙向天帝一一展示。九尾的真身是一只巨大的九尾白狐,狐尾长百尺,可一跃千里。这狐妖同神族一样,并无固定性别,随时可以用女子身形媚惑人心,但九尾向来以男子容貌示人。他有诸多情人,这些情人诞下的子嗣,却无一成器,只是些漂亮的小妖罢了。天帝阅毕,只对九尾感兴趣,"不知道他这尾巴摸起来,是什么感觉?"

天玑闻言,只觉得汗珠顺着额头一滴滴坠到地上。斩妖容易,但天宫里的神将没办法抓住完整的九尾,更不能让他现出原形,供天帝抚摸。

天帝见她神情,笑容愉悦,道:"让他进来吧。"

0.2

天宫有九重。

杀进天宫之后,九尾才发现,向上比向前要艰难得多。天兵神将不足为惧,但杀多了之后,手酸。

血见多了,心也累。

他凭着一腔野性冲到这里,眼前就是天帝的北极宫。千年来,从未有任何妖魔见过天帝,他曾听说的传闻,都如同神话一般不可信。

他不知道那位天帝周围,究竟会有怎样的重兵护卫,但他并不惧怕。

千年前曾有一只猴妖,也曾闯到此处,传说,它被天帝压在五指山下五百年之久。但九尾觉得,那也是很好的结局,毕竟这千年以来,再没有第二个妖魔，能把自己的故事流传后世。

石阶上空空如也，只染了一串串红，是顺着他的剑滴下去的血，坠落到白玉阶梯上，如同花朵一般绽放开来。九尾站定回望，九天之下的世界被笼罩在云朵中，他想，总有一天，他会掀开这云，让天地重新归为一体。

想到此处，豪气又支配了他的心。他握紧手中利剑，再一次踏上阶梯，一步步向上。然而四周静得诡异，无一人上前阻挡。

他闯入宫殿，但内里空空荡荡，只见四壁高耸。他想再大喝一声"天帝老儿"，但又觉得一直独自喊叫会显得愚蠢。

如此向前，再向上，经过三重宫殿。不说人影，连花鸟都不见踪迹。回望，走过的路又被云裹住，再向前看，连阶梯都不见了。他知道自己中了幻术，不由得大怒，中气十足喝道："天帝，你若胆小，就躲在这云里不要来见我。用幻术，胜之不武。"

他亮出尾巴，扫出飓风，云轰然炸开。原来九尾面前就是北极宫的大门，门上浮雕，是层叠的诸神，九尾只能看到他们的脚，向上仰望，诸神的身体竟然直耸入更上一层云端，九尾连屋檐也望不到。他越发不耐烦，用剑尖劈开门锁，推门入内。随即被人一把拎住脖颈，四肢悬空。

奇耻大辱！九尾亮出利爪，决心给这人致命一击，然而身体随即陷入一片软玉温香之中。他茫然仰头，看见一位少女正低头看他，她用一只手怀抱着九尾，另一只纤长柔软的手则摸上他的尾巴。九尾想以妖王的身份怒喝"放肆"，少女却露齿笑了。她一笑，九尾瞬间忘记自己在发怒。

"好可爱啊。"她的手又摸上他的肚皮，不轻不重地拍了拍。

意义不明的咕噜声从九尾的喉咙里滚落。他深感羞耻，翻身把头埋在少女的臂弯里。她终于找到机会，抚摸他的背脊，那里的毛发更坚硬，短短地支棱着。

——太舒服了！

九尾扭了扭脊背，用尾巴缠住她的手。少女把手抽出来，又把嘴唇埋进他毛茸茸的尾巴堆里。九尾未及惊恐，她已经毫不留情地把九尾丢在地上。

九尾弓起背，炸着毛，看向少女。

"你臭烘烘的。"少女说，"走吧，我带你去洗个澡。"

0.3

九尾看着镜中的自己。他不知道是这宫殿太大了，还是他被眼前的少女变小了——他竟然是小狐妖的模样，只有背后竖起来的九条尾巴，可以显露出身份贵重。九尾想起她说的"臭烘烘"，又细细端详镜中的白狐：胸口的大片毛发纠结成一团，脸上和前爪满是结痂的血，中间的尾巴受了伤，血和泥土乌涂成一片。只看这模样，都可以猜到气味不佳。

镜子渐渐被蒸腾的水汽蒙住。少女的声音从雾中飘来："你怎么还不过来？"九尾想要变为人形，慢慢走过去，用伟岸的身形震慑她，以夺回几分尊严，然而他却找不到凝神为人的气息，只得迈开四爪，不情不愿地走到温热的汤池旁边。他见少女和衣坐在青玉石台上，只露出白生生的脚踝搭在池边，十分慵懒闲散的模样。九尾见状，立直前爪，绽开尾巴，傲然问道："我来找天帝，你是何人？"

他发出的声音过于稚嫩软糯，不够沉稳，但他自问仪态还是优雅的。

"我名叫羲和。"她俯身，伸手，一把捏住九尾的前爪，毫不客气地把他拖进温汤。九尾整个身体都浸到水里，慌乱中先喝了一口水，是甜的，柔软如奶汁的仙汤。然后他就发现四肢的僵直都在融化，头脑的恐怖都在消散。他媚眼迷离地看向羲和,羲和却毫不留情地把他的头按在池边,然后一下下揉搓他的侧腰。

——太舒服了!

九尾又从喉咙里发出近乎绝望的咕噜声。他知道,天帝是太阳之神,名为羲和。

当年那只猴妖,是否也曾经历过这些?

仿佛知道他在想什么一般,羲和笑道:"你比那丑猴子可爱太多了。"

九尾闻言,一下子抖擞起来。他大约是天帝最宠爱的妖怪了,毕竟,她正在亲自为他洗澡。

想到此处,九尾心中又充满了获胜的喜悦。狐族向来会因为自身的美而得意,也从不认为用皮相吸引他人是可耻的。正这样想着,羲和却分开他的两条后腿,认真端详他受伤的尾巴。

"刺得挺深。"她用手指轻轻拨开伤口。尾巴是狐妖最敏感的部位,九尾登时疼得全身发抖,他很想一口咬在她的手上,然后他就这么做了。

九尾的祖先,双尾狐,正是因为喝下神血,才能成为长生的妖。如今九尾却吞下了天帝羲和的血。火焰般滚烫的液体顺着喉咙落入腹中的瞬间,他重新找寻到妖王的力气,全身的伤口都在愈合,乌黑长发如瀑布般从面颊洒落,他变为人形,视野中羲和的身形随之变小。九尾用手撑住池壁,俯身看向她。

她在笑,眼睛弯弯的,身上笼罩着一层和煦的微光,如同朝阳般清透、温暖。

"你就是天帝?"九尾问。

羲和娇笑着,伸手搂住他的脖颈,凑到他耳边说:

"你这样也很可爱。"

0.4

天玑静候在北极宫外，仿佛一尊石雕。神将摇光来问她："这是第几天了？"

"第九天。"石雕的嘴唇动了，天玑回答说。

"这小狐狸果然厉害。"摇光啧啧赞叹。

"不可妄言。"天玑斥责道。

果然，她话音才落，北极宫的门便打开了，摇光吓得僵立原地。天玑揉了揉僵直的膝盖，缓步入内，见九尾正团在青玉神座边，白绒绒的尾巴无力地摊开一圈，脑袋扎在尾巴里，只竖了两只耳朵在外面。连天玑靠近，那耳朵也不曾动一动，可知睡得昏天黑地。天帝羲和端坐在御座上，容光焕发，对天玑道："九尾赐居灵宝宫。"

天玑低头称"是"，又听天帝郑重说道：

"弑神之名不祥，平日里你们也不要叫他九尾，就称他为灵宝君吧。"

灵宝君一觉醒来，发觉自己的居所已经换了地方，名字也变了，甚为不悦。但去问遇见的神官时，对方或惊恐躲避，或闭口不言。终于找到一位名为摇光的神将，对方一听到他"灵宝君"的名号，便上下打量他许久。

"不像啊。"摇光说。

"不像什么？"灵宝君一怔。

"和以往的都不一样。"摇光又说。

灵宝君便知这神将摇光熟知天帝过往的情人。他问摇光，天帝在何处，摇光答："她要见你，你便会见到她。"

"倘若是我要见她呢？"

摇光笑而不答。

灵宝君见摇光的笑中透着冷淡，便又知道，羲和并不是一位专一的神，且灵宝宫也不是什么尊贵的地方。他自己在青丘的时候，与众狐妃相处时也有颇多相似的情形，他对那些柔媚小妖的宠幸，又何尝不是转瞬即逝？为今之计，就算他能杀死眼前这神将泄愤，也无非显得他肚量小；而要再闯北极宫，恐怕也只是被打回原形——前日羲和高兴，便与他有鱼水之欢，今日她若不悦，将他剥了皮做毯子，他也没有一点办法。他与羲和力量悬殊，与其留在此处任她耍弄，不如先回青丘，再做打算。

定下主意，转身便走。

摇光上前阻拦，灵宝君还以为他要动手，却见摇光将一把长剑从袖中抽出，双手奉上。那剑乌黑鲁钝，尚未开锋，显然不是九尾带到天宫的那一把。

"这是什么？"灵宝君问。

摇光目光低垂，仿若木偶，"此剑名为'弑神'。天帝言道，九尾若要离开天宫，便知其志向远大，应予嘉奖。"

灵宝君被他的话刺中，才知自己言行，早被羲和料中，一时羞愤交加，不知该如何作答，只得默默接过长剑。那剑无比沉重，狐妖用双手根本握不住，非要用尾巴去卷，方能勉强站定。如此，等摇光走了，他才松下一口气，下一刻便随着那剑，从天宫直直坠落。

摇光回到北极宫，见羲和正在逗弄苍鸾。神鸟灵动优美，尾羽仿佛晚霞，把北极宫内外都映为红彤彤的橙粉。羲和是太阳神，向来喜欢这些会生火的鸟，开朗优雅的苍鸾之外，聒噪俏丽的金乌也向来为她所爱。而那白狐不仅生于山野，脾性似乎也颇不驯服，恐怕私下里行为也十分粗暴。羲和会对这妖怪如此用心，真是颇为奇怪。

但他自然不能问羲和这些话，只回禀说，狐妖已经离开天宫。羲和听闻，眼睛都没有抬。
"走就走吧。"她说。

1. 除　魔

1.1

三百年后。

初冬时节，青丘满是枯草。九尾妖王的宫殿已经难觅踪迹，断壁残垣之中，只余下中间一枚黑色巨石，其上有一段凸起，像是剑柄。有传言说，这是灵宝君从天宫带回的神剑，这剑先于他从天而坠，便镶死在这石头里。然而即便是灵宝君回归青丘，也无力将其再次拔出。

当年，他弑神不成，铩羽而归，没少被众妖讥嘲。有人说，什么弑神九尾，改个名字叫"灵宝君"就当没有那预言了，还敢号称妖王。又有传言说，天帝好色，尤其喜爱这些毛茸茸的鸟兽，不知道九尾到底在天宫吃了什么哑巴亏，不然为何回来之后，对自己的经历讳莫如深。还有人由此推测，灵宝君的名字既源于灵宝宫，他必定是靠天生的狐媚本领，在天帝那里得了天妃的封号，又不安于室，被天帝赶出天宫。

这些编出来的故事细节越发丰满，连九尾如何勾引神将，被天帝捉奸在床，几人一番撕打，哭爹喊娘，都有了具体的场景，比那猴妖被压在五指山下的故事有趣多了，一时流传甚广。待这些狼虎豹妖的风言风语终于传到灵宝君耳中，他二话不说，上门去把每一族最爱说话的几个都胖揍一顿，挂了一串风干舌头在青丘宫外。如此才算是平息下来。然而他妖王的威风已经不再，只要稍有懈怠，众妖便不再听他号令。

灵宝君干脆遣散宫中众妖，不为他们当这"王"了。几个偏要留下的妃子，百年后也都逐一老死。青丘的颓败，反而让他变得自由。三百年间，他去了世间各处游历，人间自然不在话下。天帝长子东海青龙，次子昆仑西王母，他都曾前去拜会，二神耄耋之年，颤颤巍巍，却还要以天妃的礼仪待他，仿佛他九尾妖王的名号，根本不值一提。只这一样，让灵宝君很不自在。

这一天，他从昆仑回到青丘，听闻有魔族在边境作乱，连着屠了五座人类村庄、七头白虎、九窝狐狸。狼群也折损成员数十匹，险遭灭顶之灾，幸存的狼妖来哭求他去讨伐魔族，灵宝君不置可否，只说，除魔向来是神族的事情。直到豹族也来哭诉，请求妖王的佑护，他才答应出山。灵宝君临走的时候试了一试，还是拿不起那把"弑神"剑，颇沮丧。

魔族作乱的地方，在钟山之南，赤水之北，正是人、妖、魔域的边境地带。为首的魔名为旱魃，终日披散着头发，用单足行走。她凶残且鲁钝，力量却远超魔域里那些小魔怪。自从魔族被天帝所灭后，再没有这么可怕的生灵在人间作恶。因此有人说，旱魃其实是天帝的子嗣。

灵宝君化身为狐，日行千里，没两日便赶到赤水。却见河道干涸，只余一层薄薄的污泥。牛羊鸟兽，都挤在这污泥之中饮水，肮脏不堪。他继续前行时，所见越发恐怖，经过几处村庄，都空无一人，随处可见被野兽啃食的饿殍残骸，或干脆只余下累累白骨。

有几名瘦到眼睛塌陷、腹部鼓胀的村民，见了他还要大喊"妖物"，用无力的弓箭射他。灵宝君便跑到山后，化为人形，再回去问村民。答曰："连年大旱，庄稼颗粒无收，妖魔猎不到野兽，便来吃人。以那旱魃最坏，她来一遭，旱情就加重一分。"

灵宝君虽有几分悲悯，但他自己也是食人的妖怪，不过是觉得人不好吃，才去吃更肥美的牛羊罢了。眼前这人一身枯瘦的皱皮，自然无法引起他的食欲。如此，便与村民告别，又以人的模样前行数里，竟有一窝狼妖要来吃他。灵宝君手起剑落，反倒先斩杀了几匹狼。饱餐一顿，再向赤水之北前行时，天色已暗。灵宝君有些犹豫，想着若是回到青丘去睡，往返路途遥远，颇费气力，明日再来此处，还是要先觅食才行。但若于此处留宿，也担心魔族来扰，睡不安稳。胡乱想着，又翻过一座山，踏入密林。夜色已深，忽见树林间一幢草屋，内里有烛火，似是有人居住。灵宝君心中一动，便推门入内，看见一个熟悉身影，想了一会儿，才开口问道："可是摇光上神？"

摇光侧过身，见是他，先问："你怎么会在这儿？"又后退一步，闪出内室的另一个人影。灵宝君看向来人，见是一位青年男子，身着黑衣，眉目俊朗，仿佛在哪里见过。对方看起来也颇为疑惑，思忖良久，问摇光："这是谁？他如何能进来？"

摇光答道："是灵宝君。"

男子蹙眉，"你认识他？"

摇光凑到男子耳边，低语两句，黑衣人这才展颜笑道："是小狐狸啊。"

他笑起来的时候，眼睛弯弯的，身上仿佛罩了一层和煦的光。灵宝君这才认出来，面前的男人正是羲和。是了，妖修炼到他这样的境界，男女都可以随着心情变化，更何况是天帝呢？但下一刻，他已经开始生气。羲和变了模样，但他灵宝君可没变——天帝连他自己起的名字都不记得了吗？

羲和伸出手，灵宝君以为他又要抓自己的后颈，连忙后退。但哪快得过羲和。熟悉的四肢升腾感觉回来了，羲和把他的头按在自己的肩膀上，用另一只手抚摸他的尾巴。

从一条尾巴，揉到另一条尾巴。等九条尾巴都被他摸遍了，灵宝君已经瘫在羲和肩头，只剩下耳朵还会动。

"以为你长大了会有变化，哪知还是这么可爱啊。"羲和在灵宝君尖尖的耳边说道。

1.2

"我们还以为那几匹狼，是旱魃杀的。"第二日清晨，摇光对灵宝君说道，"还在想……"

"还在想，这刀口算不上利索。要是旱魃只有这样的水准，大可不必我亲自来。"羲和从内室走出来。她自从发觉灵宝君不愿变身为女子，便又把自己变成了女神来适应他。灵宝君见她这副模样，又想起前一天晚上眼睁睁看着她由男变女时的慌乱和感激。羲和见灵宝君没有接话，又略带责备地说道："这么多年过去，我还以为你的剑能开锋了呢。怎么回事，你不够用功吗？"

这又是一件灵宝君羞于启齿的事情。从天宫回到青丘的前两年，灵宝君借着神血的威力，修为似有些进步。然而遣散众妖后，他也懒散下来，只勉强比旁人强些罢了。

仿佛知道他在想什么，羲和又说："我听闻，你连妖王宫也遣散了。如今连小妖都不服你，可是真的？"

灵宝君听见的却不是责备，眼睛一亮，看向羲和，"你怎么知道的？"

羲和笑道："我想知道，便能知道。"

灵宝君心情大好，正要同她调笑，却忽然听见外间村民的惨叫。那凄厉的嘶号，显然来自将死之人。灵宝君一双雪白尖耳，从黑发中悄然竖起，转向声音的源头，让他从混乱的哀号中，分辨出妖魔的名字——"旱魃！旱……"

正是那作乱的魔神！灵宝君再不迟疑，推门出去，没几步，又猛然停下脚步。下一刻，羲和已经站在他身边。

"跑得还挺快。"羲和语气轻松，但眉头紧锁。灵宝君还是头一回看见她的愁容。

他要回答时，羲和却做了个噤声的手势。果然，远处树影摇摆，一个比树梢还高的怪物正缓缓踏入森林之中，正是旱魃！旱魃生得无比丑陋，头颅硕大，额上顶了一颗独眼，宽厚的鼻子趴在枯瘦的脸上，也只生了一枚鼻孔。嘴巴半张着，露出肮脏的黑牙，其间嵌着一样白生生的物事，灵宝君凝神竖起瞳孔，才看清是一截人腿。旱魃所到之处，繁盛的森林登时枯萎，仿佛被抽干了水分。随着她一步步向前，原本挡住她与羲和、灵宝君之间的那些茂密杨柳，一时间都成了枯枝。于是她的身形也显露出来——头发灰白，从眼睛两边披散，一直垂到腰际，其上挂着枝杈、污泥和腐烂的肉条。她的双手各握着一段光秃秃的树干，一左一右支撑着身体，因她只有一条扭曲萎缩的腿，根本无法支撑自己巨大的身体。

羲和叹了一口气。

旱魃闻声，停步，扭头，用独眼看向他们。灵宝君对上她的视线。

旱魃的目光顿时钉在灵宝君身上，分毫都不再移动。只是对视，灵宝君都感受到肮脏，仿佛她口中的酸臭腥气，正扑面而来。他有些慌乱地左右看看，却发觉羲和已然消失，连山头上的草屋都不见了。再看旱魃时，她已近在眼前，正连根拔起一棵梧桐，向灵宝君投掷过来。

灵宝君向侧旁翻滚，堪堪避过，然而旱魃手中的下一棵树，正掷向他的落脚之地。那树轰然掀开泥土，直砸出一个七八丈深的大坑来。灵宝君从未见过如此怪力的妖魔，一时骇然，再翻滚躲避时，已经亮出了真身。九尾狐妖用前爪刨了刨地，掀起落叶旋风，然后支起身子，向旱魃咧开瘦长的嘴。但尖牙的震慑力远比不上他身后展开的九条巨尾，它们比他的身体大得多，蓬松柔软，在半空中妖娆扭动，扰人心智。

旱魃发出"哦"的声响，随即她的口型一变，说道："妈……妈……"

灵宝君一怔。

"妈妈……在……哪？"旱魃问。

有这一句，灵宝君已然明白，这魔神旱魃，正是天帝之子，只是不知道羲和为何会放任她变成这副模样。转念之间，又有些恼火，他不知道羲和在自己身上做了什么标记，为何连这样呆傻的魔怪都能一眼看穿——他是天帝的妃子。

这羞恼让他一跃而起，闪电般袭向旱魃。他以旋风为矛，正冲着旱魃的眼睛而去。然而旱魃根本不管狂风，只用手臂一挡，就如同拍虫豸一般，把灵宝君横扫到树顶上去。白狐的腰侧被枝干划破，他顾不上疼痛，用尾巴挂住枝杈，轻巧旋转，在避过旱魃下一击的同时，又从她胸侧找到空隙，伸爪便向她挠去。旱魃未及防护，被灵宝君得了手。然而她肋间的皮肤非但极臭，还坚硬如铁。饶是白狐掀了两枚指甲，也未能让她流一滴血。灵宝君见她又抬起手来，忙向侧旁跃起躲避，却被她一把抓住尾巴，狠狠摔到地上。

"妈……妈，"旱魃问，"在哪！"

灵宝君仰躺在泥坑深处，摔得头晕目眩。抬眼见旱魃用双手撑地，抬起那条扭曲的脚，竟要来踩他，忙极狼狈地攀着坑壁往上爬。又见一只大手从天而降，只恐今日要命丧于此。正慌乱间，忽听羲和在他耳边说道："转身，咬她脚踝。"

白狐本能地将尾巴在坑壁上一扫，便扭过头张开口，照着那魔怪腿脚相连的最细处就是一口。果然这一处的皮肤与其他地方不同，灵宝君的牙齿竟能陷入旱魃的身体之中，狐妖见机咬紧牙关，疯狂甩头，撕下来一大块筋肉。旱魃疼得狂叫，连口中的人腿也在哭号时掉落在地上。灵宝君忙趁机后退数丈，一面喘着粗气心有余悸，一面又听羲和在他耳边叹气，"你居然什么功课都没做，就敢来除魔。"

灵宝君这才发觉，羲和已变为一只金色甲虫——她在他眼前飞舞一圈，又伏在他后颈上，用两条极纤细的节肢，揪住白狐的毛发，用轻微的牵扯，示意他左右行动。灵宝君虽有些不满自己成了她的坐骑，但见旱魃擦干泪水，又拔出两棵大树作为支撑，知道只靠自己未必能赢她。性命攸关，自然要听羲和的建议。她的声调并不高，但过于近了，从白狐的尖耳直直钻进他的心里去，"魔族的命门在七魄。你刚刚只伤了旱魃的第一魄，尸狗。"

灵宝君气急败坏，打断她道："别说没用的，现在怎么办！"

羲和却继续说道："这七魄分别是尸狗、雀阴、伏矢、吞贼、除秽、非毒、臭肺，你必须按照顺序，逐一攻破。"

那边旱魃已经用双手撑地，又看向白狐。灵宝君已发觉自己魅惑的狐尾对旱魃毫无吸引力，而旱魃冰锥一般的目光却可让他神志散乱。耳边羲和还在背书，讲一些灵宝君闻所未闻的词汇，也不肯说旱魃命门在哪里。灵宝君气得打断她："你不如自己动手！"

羲和才说："从低处跳起，破她的雀阴。"

这句倒是颇为明了。灵宝君虽觉得此举十分猥琐，然而当旱魃的大嘴出现在他头顶时，他还是将尾巴拧成绳子，以最诡异的方式，从低处直直弹起来，一爪拍在旱魃独腿根部。魔神一声哀号，震得周遭的枯枝纷纷落地，白狐也被溅上一身腥臭的黑血。

灵宝君一击得手，更信任羲和，听她又说："咬她肚子，脐上。"

灵宝君便欺身上前，用后爪踏进旱魃下腹刚被撕开的伤口，再借力向上，对着腹部又是一口。旱魃晃了两晃，直痛得失去平衡，坐倒在地。"趁现在！"羲和又说。如是，两人一明一暗，连破旱魃身上伏矢、吞贼、除秽三处命门。灵宝君再跳到远处时，见旱魃满脸泪痕，呼吸也变得断断续续。几次挣扎，都无法再次站立。然而旱魃并不服输，她抓起身侧松木，一手拽住树根，另一手攥紧树干，只一抹，便将枝叶全部去除。手中余下的枝干，仿佛一把木剑。

"妈妈……在哪？"她举起木剑，哭着说道。

灵宝君问："现在怎么办？"

羲和没有答话。灵宝君只得自己冲将上去，万幸旱魃的攻击已大不如前，一魔一妖斗了数十回合，灵宝君又崩掉了两颗犬齿、三枚指甲，终于找到旱魃另一处命门，照着她的左侧腋下来了一口——此处正是羲和提及的七魄之一，"非毒"。魔神惨叫一声，周身抽搐，连坐也坐不住了，身体压碎七八棵树干，轰然倒地。

狐妖立在旱魃身边，但已经称不上是白狐。毛皮上到处沾染着血、泥、肉渣，以及不知该如何形容的污渍。他鼻翼翕动，竖瞳缩紧。

还差最后一处"臭肺"……

"妈妈……"旱魃呢喃着。

灵宝君忽觉后颈一松。却见羲和化为人形，竟与旱魃一般高大，容貌也与以往全然不同，面颊圆润，目光低垂，难辨雌雄，庄严远胜于俊美，更没有半分少女的娇俏。灵宝君只看了她一眼，便觉得自己的双目被羲和身上耀眼的光芒刺痛，一时再看不见任何东西。

她若此刻变了主意，要救旱魃……灵宝君忽然恐惧起来。

他强撑着又睁开眼睛。见羲和正俯下身，握着旱魃的手。灼热的烈焰扑面而来，直把灵宝君尾巴上的白毫都烫焦了，逼得他再次转过脸去。

"妈妈。"他听见旱魃一遍遍说，"妈妈，妈妈。"

"九尾，咬她喉咙。"羲和说。声音空洞，仿佛从遥远的天边飘落。

灵宝君睁开眼睛，一爪拍向旱魃额头上的独眼，低头将利齿刺入她脖颈中最柔嫩的地方。垂死魔神冰冷的血混杂着地府的尸臭，源源不断地滚入他的喉咙。白狐压抑住反胃，大口吞下，直到旱魃不再挣扎。

2. 祭 祀

2.1

　　旱魃的身体渐渐变得冰冷僵直，周遭的灼热也逐渐消退。灵宝君回头去看，羲和又变成平日的少女模样。而灵宝君自己，却成了一只肮脏不堪的卷毛狐狸。他不单精疲力竭，且腹中魔血流经之处一片剧痛，痛到极点时，连站也站不住，只能躺倒在旱魃身侧，昏死过去。

　　羲和见状，摇了摇头。她伸手抓住狐妖尾巴尖上被烫卷的白毛，将数十倍于自己身体大小的九尾狐妖，轻松地拖到远处平地上，足尖微点，便将狐妖带上半空。

　　羲和回首，目光落在林中魔怪的尸身上。森林中随即燃起三昧真火，将旱魃的尸体与打斗的痕迹，一并烧为灰土。

　　灵宝君再醒来时，发现自己又是小狐狸的模样，便知自己回到了羲和的北极宫。他跳下床榻，落地时爪尖疼痛，胸口也仿佛被撕裂，可知全身的伤尚未痊愈。然而皮毛却被洗干净了，虽然那些被烤焦的白毫有些卷，有些硬，但只消长个几年，便会恢复先前的风采。

　　口中的臭气也已散去。灵宝君思及此处，又觉得腹中剧痛，浑身虚弱无力。他晃晃悠悠走了几步，瘫倒在甘渊汤池边上。

"你可真是什么都敢往肚子里咽。"羲和听到声响,从外间走进来。

灵宝君委屈地看了她一眼。以他的聪慧,从听见旱魃说出第一声"妈妈"那一刻,便知自己会被诓去赤水除魔,都是羲和的计策。什么狼妖哭诉、草屋偶遇,无非是她不肯出手除魔,才把与旱魃实力相当的妖王九尾骗了过来。

而灵宝君若要质问她,恐怕又会得一通教训,毕竟经此一役,九尾狐在三界的声名大振。故而羲和所为,也不能说不是为他着想。然而有了这名声又如何呢?世人无非说天帝眼光好,悉心栽培,让狐妖改邪归正……反观自己,费尽心力,几乎横死他乡,好名声却都让羲和得了!如此又可知晓,神族所谓的正义、光明、宽宏,都是被虚伪蒙着的。灵宝君越想越气,飞起耳朵,把头转向另一面,不肯去看她。

另一边羲和见他皱着鼻子,又何尝不知他在想什么。她把狐妖拽进汤池,手覆在他的腹部。温暖驱散了寒意,灵宝君一时舒坦许多。他本能地呻吟一声,又把声音掐在喉咙里,撇着脸不去看她。羲和柔声说道:

"旱魃的确是我的孩子。"

好直白的开场!灵宝君竖起耳朵,听她继续说:"旱魃……她出生的时候就与众不同。我也没有想到,自己会生出这样的孩子。思来想去,只有试着让她饮下我的血。你记得上回你来天宫吗?就是这样治愈了身上的伤。但我错了,她还是这副模样,只是身体变大了。"

见灵宝君不答话,羲和叹了一口气,"所谓魔,就是心智无法与力量匹配的神。我给了她太多的力量,但旱魃的心智只停留在你看到的程度,再加上那副外表和永不餍足的食量,人人都厌弃她。她渴望从我身上得到的,也不是我的关怀爱护,而是我的血。"

灵宝君看向羲和,他没想到,她竟会如此诚恳。

她苦笑道:"我将她放逐到地府的魔域,可她却打破枷锁,回到人间作恶。你也看到了,她所到之处,会发生大旱。那是因为她无比饥渴,想从每一滴水中找寻我的血。我没有办法,只能请你来除掉她。"羲和看向灵宝君,"你会因此怨恨我吗?"

话都让她说了!

灵宝君哼了一声,不置可否。羲和点了点他的肚皮,"你不该喝她的血,不是因为会伤修为,而是魔的力量是不可控的。妖可以感化,但魔只能斩除。"

灵宝君忍不住问:"喝魔的血,会发生什么?"

"不知道。"羲和说,"我没喝过。"

灵宝君正在担忧,忽然见羲和一脸笑,就知道她又在逗自己。羲和见他耳朵又飞起来,忙道:"那血没有旁的,主要是太脏。你这七八天一直在泻肚,醒来虚弱些也正常。"说着就掩嘴笑。灵宝君气得要咬她,可这一次,羲和的皮肤却与旱魃一样,坚硬如铁,硌得灵宝君牙疼。羲和正色道:"你如今长大了,更要靠自己努力。旱魃对我们都是教训,捷径不可取。我也不会让你再碰我的血了。"

说完,大约是觉得太肃穆,又调笑,她又道:"哪有妖王一打架就露原形的?只会用牙和爪子,剑术都学到哪里去了?我可从来不会咬人。"

灵宝君哪肯再听教训,跳出汤池,抖了抖毛发上的水,抬脚就要往北极宫外走。天大地大,他堂堂妖王,何必在这里听她絮叨。羲和一伸手捏住他的尾巴,把他拽回到怀中,笑道:"这就生气了?"

"有什么好气的。"灵宝君没好气地说。

羲和亲了一下他的耳朵,"你这次想要什么奖赏?"

灵宝君道:"我可不喜欢那把剑。"

"弑神?"羲和坦然说出那两个字,"那可是天外坠落的神铁,我还能随便送你块石头不成。"

灵宝君忽然觉得烦躁，弑神九尾，此时在他听来，不像预言，倒像诅咒。他泄愤般说道："怎么，连你也有命门吗？"也不顾牙疼，又跳入池中，一口咬在羲和脚踝上，自然是毫发无伤。

羲和瑟缩了一下。她见狐妖又要去咬她的膝盖，便一把拽住他后颈的卷毛，把他从水中拎到自己鼻尖前寸许，挑着眉毛问他："你还要耍赖到什么时候……快变成人形同我说话。"

灵宝君收回尾巴，伸长双脚，轻易踩到池底。他的竖瞳对上羲和的眼睛，她的眼眸如同金色琥珀一般明亮而清澈，其中唯一深暗的光，是他自己，是他映在她眼里的欲望和野心。他凑上前，吻住了羲和的嘴唇。

2.2

在北极宫中，灵宝君做了一个怪梦。

他梦见浓雾遮挡了月亮，云朵从天空压下来，一直沉到树梢，让森林仿佛连绵为一个会呼吸的生灵。他看到山坡上的草屋，走进去，羲和并不在里面。然后，他听到外面有什么东西，正在压抑地哀鸣。

灵宝君推开门，走向森林。枝干大片倾倒，而断裂的方向却无比混乱，他几乎可以还原出在此处厮打的神魔，身材会有多么高大。他听到争吵的声响，断断续续的，话语的因果前后颠倒。于是灵宝君明白，他正身处于一个梦中。他回过身时，所见的世界又变了，林边豁然出现一处深坑，他只能勉强看见坑的边缘。但灵宝君知道，里面垂死的神祇，不是旱魃，而是羲和。

一层灿金的柔光笼罩着那片土地，在夜色中忽明忽暗，每一束光都是她的血。他不敢再向前一步，他不敢看，不愿看，他知道那下面发生了什么，他不是第一次在梦中见到这一幕。

太阳西沉，云雾坠到地面上。

那光熄灭了。

灵宝君只在天宫住了月余。伤势刚痊愈，他便开始琢磨要找借口回下界去。无他，这地方实在太无聊了。只要是晴朗的日子，羲和都要早起驾车，载着太阳去照耀大地。而那些神官神将，都老气横秋，举止端方，言语无趣。至于羲和养在其他宫殿里的苍鸾金乌，他远远听见，都觉得聒噪吵闹。等到日落时羲和回来，灵宝君往往已经泡了四五遍汤池、吃了七八顿仙果。如此作息的坏处，便是整个人圆润了一圈，变人形的时候越发憨态可掬，腹肌也不见了；好处也不是没有，他被烤卷的毛皮迅速恢复本来的模样，变狐狸时油光水滑，令羲和爱不释手。

"你若再来，就住在北极宫吧。"羲和说，"灵宝宫太远，这里更方便些。"

灵宝君原本在甘渊里泡汤，委婉提及自己若再不历练，修为恐怕更难精进。没想到羲和既回答了，又仿佛在说另一件事。她话音一落，狐狸耳朵就从男人湿漉漉的发丝间竖了起来。

灵宝君淡然问道："不会挤吗？"

"这么大的宫殿，两个人怎么……"羲和顿住，横他一眼，"你当谁都能住进来吗？"

这大约就是"天帝的赏赐"了。灵宝君虽不甚满意，也止不住嘴角上翘。他清了清嗓子，又问："我不住灵宝宫了，那名字还要不要换？"

"随你。"羲和想了想，又说，"北极君说着不顺口，不然就还是九尾吧。旁人要是对你敬重些，就称呼为'北极九尾'好了。"

这名字既向世人说明了两人的关系，又暗暗解开了九尾"弑神"的不祥，可见是早有腹稿，极为用心的。但不知为何，羲和的话却将两人间的愉悦氛围一扫而空。九尾起身，随意裹了身衣服，就要告辞回下界。然而羲和却喊住他：

"等等。"

九尾停步。羲和走到他身边，伸手抓住他的狐狸耳朵。

他忘记耳朵还竖在外面。因羲和见了毛茸茸的东西就要揉搓一通，九尾这些日子也把尾巴耳朵收得格外迅速。然而此时既已被她抓住，挣扎也是无益。他正等着羲和的下一步，忽见羲和举起另一只手，清脆精准地在他额头上拍了一下。

最痛的疼痛总会迟缓一刻才传来，异物直直刺入头颅正中，那痛楚从额间一直蹿到心口，再一寸寸蔓延到四肢百骸，直痛得他喊都喊不出来。

"你在……做……什么？"九尾咬牙切齿地说，然后狠狠瞪向羲和。

他看到她的身形被两层不同的光芒笼罩。九尾眨眨眼睛，然后意识到，即便眼帘闭合，他依然可以看到她。

"这是什么……"九尾惊诧地说，他找到镜子，看见里面的倒影。羲和在他的额头正中，放了一枚眼睛。

一枚大如铜铃的眼睛，因伤口尚未痊愈，眼睑尚在生长，因此那眼睛圆瞪着，目光僵直而恐怖。这是九尾绝对不愿再次对上的一只眼睛，但它此刻正通过镜子，看着自己。

是旱魃的眼睛。

羲和走到他身边，"你昏睡时，手里一直握着旱魃的眼睛，我就想，不如把它洗干净，给你装上。"又笑了笑，"算是礼物吧。"

"谁想要这东西！"九尾大怒，他失控地咧开妖魔的大嘴，露出狐狸的一口尖利巨齿。

"你现在还控制不了它。"羲和道，"你说得对，你的修为确实进步太慢了。从今日起，你要时刻与身体里的魔作战。倘若你成了魔，我必杀你。"

她说完，便背过身去，北极宫的大门也轰然关闭。在九尾意识到自己被扔出来之前，他已经从九天坠落。旱魃的眼睛能穿过一部分时间与空间的壁垒，这新力量带来的错觉，让九尾以为自己还在镜前。再回过神时，大地正飞速迫近。他忙用九尾扫出旋风，但还是狠狠摔在地上，翻滚了七八圈，连绿茸茸的土丘都被他在慌乱间用四爪铲平了。如此终于站定，却见周遭有村民围上来，看清他的九尾，竟然没有高喊"妖怪"，而是纷纷跪倒在地，高呼"九尾大仙"。夹杂着一两声与众不同的，唤的应当是"北极仙君"。

传得倒快！九尾抖了抖周身毛发，威风凛凛，"此处是何地？"

一名妇人上前答道："是涂山。"

这妇人生得圆润、庄严，想必是部族中的女皇。她看上去比牛羊田鼠更为鲜美，无疑会很好吃……九尾定了定神，知道又是旱魃的眼睛在作怪。

"我要去青丘，该往何处走？"九尾问。

周遭顿时腾起阵阵低语——"真的是九尾大仙"，有人开始哭泣，有人请求他去救什么东西，有人说想要治病，有人要发财，乱成一团。九尾大为烦躁。只那妇人还平和得体，答道："从此处向南三百里，便是青丘。"

九尾说道："好。"又觉得腹中饥饿，他忍不住把目光定在人群中的几名孩童身上，有一个灵敏的女孩，被旱魃眼一盯，便哇哇大哭，然而她的家人还在拽着她，不让她逃开，只说："快拜仙君，快拜仙君。"九尾用尽全力克制才没将眼前的人吞下肚去，但再也无法容忍周遭聒噪，一跃而起，直跑到山的另一边。他痛恨旱魃眼赋予他的魔性与凶残，化身为少年的模样，又找了布条蒙在头上，想着路人若询问，便说是"摔了"。但向南走了半日，他掏了几窝野兔吃，却始终未见一人。直到靠近青丘时，才遇见一位神色匆匆的少女。

"你也是去青丘祭祀吗?"她倒先开口了。

"祭祀?"九尾不解,"祭谁?"

少女脆声道:"你不知道?巫祝在青丘封土为坛,明日正午就要祭日。旁人前几日都赶去了,我们怕是要晚呢。"

九尾疑惑,"青丘何时有祭日的节庆?"

"当然是因为九尾大仙入主北极宫了!"少女说,"我听闻,天帝一万年来从未封后,恐怕九尾大仙要成为她的正配呢!"

九尾听闻,先暗叹一句"羲和居然这么老",又止不住窃喜。两人一路走,一路聊,九尾于是知道她是涂山氏的女戚。夜深时,两人终于到达青丘,却见灯火通明,人群熙熙攘攘。青丘的妖王宫也恢复了大半,而祭日的土坛正建在"弑神"剑下。众巫祝都在神坛上诵读,又有衣着华丽的大巫,正领着诸部族前来祭祀的人们一起练习祝祷时的唱和。此情此景,让九尾惊诧不已。他忽然想,倘若照着羲和所言,魔是由于心智太弱而无法驾驭自身的力量,那人与其他生灵相比,恐怕就是心智太高,而力量又太弱。他们总能平白生出来一些极古怪的"习俗",还摆出一副天经地义、理所当然的模样。

九尾也不好打扰他们,就寻了一处空地,拔了些许干草,招呼女戚休息。谁知女戚找到涂山氏的家人,要去他们那边露宿。既如此,九尾便悄然躲进他的狐狸洞里去了。第二日清晨,他被击缶[1]声吵醒,在裹布条遮盖旱魃眼时,发觉额上的眼睑已然长好,若是紧闭着,日常应当也很难看出还有第三只眼睛。但想着这一日人多,还是担忧自己失控,终究是用布条绑上了。他走出狐狸洞,却见祭坛前聚集的人比前一晚更多。又注意到这里的人类巫祝与别处不同,皆为男子,大巫在脸上涂满了色彩,又在屁股上顶了一个白孔雀似的古怪装置,直挺挺地撅着。九尾端详许久,才看明白那是在模仿自己的尾巴。一时

---

[1]《礼记·礼器》:"五献之尊,门外缶,门内壶。"

忍俊不禁，立刻被年轻的巫祝喝止："肃穆！"

九尾嘴角笑容不变，微微眯起眼，这神情是他从羲和那学来的，不发一言，却异常威严。对方却只当九尾是个寻常少年，又训斥道："笑什么，再笑，就不要来参加祭祀！"

九尾额上的眼睛睁开了，隔着布条，依然能看清他。那巫祝能捡回一条命，全靠他自己又将脸转向别处。女戚闻声，悄悄走到九尾身边，压低声音说道："别同他们硬来，这人还说让我离开呢，我也不理他，躲在人群里就好了。"

"你也笑他们了？"九尾问。

"怎么会！祭日是何等大事，我不会笑的。"女戚略有些委屈地撇了撇嘴，泪水盈盈道，"我来癸水了……这我可控制不了……"

九尾的确知道女子身上会有这等事，便继续等她说下去。

女戚也看着他，仿佛她说到这里，九尾就应当明白一切。两人互相对视，终究还是女戚先开口道："你不知道吗？女子若是来癸水，是不能参加祭祀的。"

"为何？"九尾声音不大不小，刚好能让祭坛边上的每一个人都听清，"你又没有把癸水涂在祭坛上，谁会在意这个？"

他说完，周遭一片死寂。年轻巫祝大喝一声："亵渎！"就要上前扭他，却被大巫制止。大巫翘着孔雀尾巴，缓步走到九尾和女戚面前，说道："癸水肮脏，你不知道吗？"

九尾示意女戚不要开口，淡然道："癸水乃是自然之物，又是生育本源，何来肮脏？"

大巫不料他还会反驳。旁边的年轻巫祝又喝道："屎尿还是自然之物呢。"

九尾道："你腹中也有屎尿，怎么就好意思往祭坛上站呢？"

大巫道："污言秽语！我已感知，九尾大仙发怒了。这些歪理，你大可以直接同九尾大仙去说。"又对众巫祝道："此二人，便作为今日

147

的祭品吧，正午时斩首于祭坛之上，以平大仙之怒。"

涂山氏族人顿时传来一片哭声。然而九尾却笑了："我倒是有另外的选择。"他扯下额间布条，张开血盆大口，将大巫囫囵吞下。待咬碎骨肉，才将他身上的衣服装饰都啐出来。年轻巫祝看着这一幕，早已吓呆了，连跑都不会，哆嗦着瘫倒在地。九尾轻蔑地看着他，"怎么了，你不愿把性命献给本仙君吗？"

不等他回答，一口便咬掉了他的头颅，血泼溅上祭坛。此时太阳忽然拨开云雾，直直照射在那片血迹上。九尾原以为众村民会大喊"妖怪"，然后四散奔逃，谁知一刻的寂静之后，另一位巫祝却念起祝祷的赞词，其他人本能跟随，到了末了，纷纷欢呼："九尾大仙，九尾大仙！"

女戚感动得泪眼蒙眬，说道："祭祀真的召唤来九尾大仙。天帝也看到了！"

九天之上，羲和看着镜子里的世界，又叹了一口气。
天玑小心问道："何事如此愁苦？"
羲和说道："你说，这世界我是该交给妖，还是交给人？"

3. 孕 育

3.1

祭祀过后，青丘依然热闹。涂山、基山、柢山、箕尾山各氏族，都有男女青年留下。巫祝的队伍也越发庞大，女戚因受到九尾大仙关爱，被推选为新的大巫。众人用了三个月，将妖王宫修葺一新，但九尾住不惯。当年众妖在此处时,虽也有些上下等级,但基本上是以实力修为划分,有了争执要辨别是非,只需动手一战,他也不用去管。而一旦人类在妖王宫住下,转瞬间便能立起种种规矩,什么初一要祭日,十五要拜月,隔些时日还要斋戒。且每个来拜他的人,都要絮絮叨叨说一些与他毫无干系的话,什么东家倒了灶,西家生了娃。九尾不胜其烦,干脆就选了个月黑风高的夜晚,从青丘跑了。他很清楚,就算他不在,也不会影响人类祭祀。他们总能找到一套说辞,把那些狗屁规矩传承下去。

但他还是没能抽出那把"弑神"剑。按说他先得了神血,又得了魔眼,这些从天而降的修为,到他身上却如同石沉大海,只添了些失控的情绪,力量却没有提升半分。他又去北海拜会天帝的三子玄鸟,去丹穴拜会天帝的四子朱雀。九尾早听闻二鸟狂傲,但在他面前,都恭敬称他为"北极仙君"。其中朱雀更热络些,甚至将尾羽送给狐妖做见面礼。九尾便与她聊起修为之事。朱雀笑答:"要与他人相比,我们的修为自然已是登峰造极,但要与天帝相比,却根本不值一提。你无法进步,只是没有遇见能让你变强的对手罢了。"

九尾虚心请教:"那经历这样的状况时,又该怎么做?"

朱雀坦然道:"这世间与我们修为相当的,只有另外几位神子了。既然我们不能手足相残,就偏安一隅嘛。"

九尾恍然大悟,心境也顿时开朗许多。他辞别朱雀,又去魔域巡视,越发觉得朱雀所言极是。目之所及,是一些可以轻易击败的小魔怪,它们全身上下,只有怪异扭曲的身形吓人。再回归山海各处寻访时,虽见到几名武功高绝的勇士,但在九尾眼里,也都像是塞牙缝的点心。其中,有一个名为后羿的男子,生得十分英俊,尤其擅长弓箭。九尾觉得这武器有趣,就化为人形,向后羿请教。等学会了弓箭,两人已经颇熟稔。后羿与他喝酒,说起自己曾与月神常羲有夫妻的缘分,后来西王母来寻她,她就回天界去了。语气颇得意,也夹杂着几分落寞。九尾猜想那"常羲"大约是羲和的另一个化身。毕竟，这世上再没有第二个神了。

她以为换个名字，他就不知道了！

算起来，羲和与后羿在一起的时日，正是九尾去朱雀处的时候。不过他与羲和足有十余年没见，两人各有情人，也不是什么稀奇的事情——真要深究的话，他与羲和在一起的时间，还未必有后羿长呢。

想到此处，九尾心知必须再探探后羿的底，便感慨道："她回天界去了，孩子可怎么办呢？"

后羿大笑道："她是月神——神怎么会为人生孩子呢？"

语气豪迈，神情却凄苦。九尾放下心来，恍惚却又看见自己的下场，一夜未眠，第二天便决定再去天宫。到达时天色已暗，羲和果然在北极宫中。她见九尾回来，十分高兴，又问他可有什么长进。九尾便向她展示弓箭之术，弯弓射中一颗流星。羲和忍住笑，说道："这雕虫小技，是从后羿那学来的吧？"

见她也不遮掩与后羿的关系，九尾便哼道："他都称呼自己为'后'了，我还不知道呢。"

"'后'不是'帝'的妻子，是人类的官职。"羲和笑着从背后搂住他的腰，在他后颈轻轻吹气，"你也知道他是人，他能活多少年？浮生一梦罢了，你吃这闲醋做什么？"

九尾被她拿捏要害，强撑着不肯变狐狸，但思绪已全乱了，慌不择言，说道："他还说，你不肯给他生孩子。"

羲和微微顿了一下，再开口时语调未变，笑意听上去更浓了，"他是个男人，确实不能生育，但你可以啊。"

3.2

直到第二天，九尾还处于震惊之中。

狐妖幻化为人形时，通常都是女子模样。九尾当然知道自己也可以选择成为女子。但"可以选"和"会选"是两回事。

羲和说，在三千岁之前，自己日常也以男子形象示人，后来亲自生育的孩子多了，就觉得女性的模样也不错。

"我见过的上古之神，都以女子外表示人。"羲和此刻的样子，正是当日除魔前夜在草屋里的青年，比起女子模样失了柔和，更显得眉眼锐利，"对于神来说，生育是最伟大的能力。"

这是自然，除了神，还有哪个种族能死到只剩最后一个？九尾拧着身子躺在床铺一角，如是恨恨想着，又瞥了羲和一眼。

羲和回看她时，先怔了一下，又慌乱把眼睛瞟向别的地方。此刻九尾依然是人形。与羲和女身的娇俏活泼不同，九尾变为女子时竟异常美艳，胸部高挺，腰肢纤软，臀部圆润，双腿修长，一头乌黑的长发披散到腰际，更映得肤色白皙如美玉。寻常男子只需看她一眼，就会被勾去魂魄，甘愿为她赴死。而这却是九尾讨厌自己女性模样的原因——几乎没有人，能和她进行正常的对话，没有人会在乎她作为妖的修为有多么高，更没有人会敬重她身为妖王的威严。他们只在意她的脸和身体。

九尾瞧见羲和闪躲的神色，更为不平。她一直反思，自己到底是在哪一步被羲和算计了。如此想着，整个人便缠上他的手，控诉道："那你这次为何不去效仿上古之神，展现伟大的生育能力，反倒要我来生？"

羲和咳嗽一声，道："哪里是想生就能生的。"说着把手覆在她的手上，安抚道："我先要等上千年，直到体内要有卵诞生了，再去为孩子找父亲。"

"等等，"九尾微微推开他，疑惑道，"你……生蛋？"

羲和笑道："你不是见过我的孩子吗？青龙、朱雀、玄鸟……哪个不是从蛋里孵出来的？"

"的确。"九尾恍然道，又惊诧地盯着他，"那你究竟是什么？"

"这就要等……你有本事让我现出真身的时候了。"羲和看着她纤长的睫毛，忍不住去亲吻她的面颊，又说，"况且，就算我生下蛋，还要请这蛋的父亲来孵化。蛋少说要孵上十年，若是孵得不仔细，或是时辰不足，就会出现旱魃那样的孩子……孵蛋也会很辛苦。所以我想，倘若是你来生，说不定还容易些。"

九尾心知这又是羲和的歪理了，她鼓着嘴道："你一个太阳神，能温暖世间所有生灵，怎么连自己的蛋都不肯孵。"模样无比柔媚。羲和本能地靠近她，发觉九尾脖颈间有一股奇异的香气，让他想起幼时女娲孵化他的那处草窝——那是一个阴雨连绵的漫长夏季，世界陷入混沌之中，羲和破壳而出的那一天，太阳终于升起来，把草窝晒干，他呼吸到的，便是这样一股清爽的气息。也正是在那一刻，他决定成为太阳神，让世界变得干爽、有序、生机勃勃。在这样幸福的朦胧之中，羲和正要开口说"也对"，又猛然醒悟这是九尾的妖术，暗道"大意了"，挣开她的手，起身肃然道："青龙诞生时，我确实是亲自将他孵化出来。但那十年里，下界未见太阳，致使妖魔横行，民不聊生。我实在是不忍心再见到那样的景象。"

虚伪！九尾抓了一段薄纱裹在身上，倏地变为白狐，那薄纱便飘忽飞舞，蒙到羲和脸上去。她绽开尾巴道："你不如自己生，再找后羿帮你孵蛋吧！"

3.3

说归说,九尾却并未立刻离开天宫。她搬回灵宝宫住了几日,又在九重天各处上下闲逛,直迷得各路神官神将不论男女都早起晚归,去灵宝宫守候,只为能看她一眼,或找寻机会到近前服侍。若是不熟悉的人此时来天宫,恐怕会以为九尾才是天帝,而羲和只是个被冷落的宫妃。

然而围的人多了,九尾便感到厌烦,又逃回下界去,以这副妖娆样子去拜访了天帝最年幼的两个孩子:朝云之国的嫘祖、赤水之畔的听訞。与羲和的其他孩子不同,嫘祖和听訞是双生子,都在人类的部族长大,也都选了部落中最富智慧的勇士作为孩子的父亲,与他们生儿育女。但她们毕竟是半神,寿命远长于人类。九尾去拜会时,这些被她们认可的"夫君"早已老死,而两人新生的孩子,照旧以炎黄子孙的名义出生。

听訞最年幼的女儿,名为女娃、又名精卫的,是个半人半鸟的妖,飞到东海溺死了,九尾去探望时,听訞仍陷于深深的痛苦之中,几乎不能言语。因此,九尾在嫘祖处停留的时日更久些。其时,嫘祖正同她的孩子韩流居住在若水,韩流虽为人身,却长了猪的长嘴和四只猪蹄子,普天之下都找不到比他更丑的男人了。他一见九尾,便拱着鼻子要往她身上凑,被九尾用额上的旱魃眼一瞪,才没有继续造次。九尾见嫘祖生得端庄柔美,一时也不敢问韩流的父亲究竟是谁,只莫名想到,自己见过羲和的几副面孔都颇顺眼,若是与羲和生个孩子,应当不会出现这样的纰漏。然而下一刻她便想起旱魃,登时又闷闷不乐起来。

嫘祖看出九尾嫌弃韩流丑陋,因而对她也不甚热络。但九尾自从变为女身之后，尤其喜爱那些冷淡自己的人，便仗着身份不同，每日去探望她。嫘祖最重视伦理规矩，自然不能打发她走，然而见的次数多了，还是忍不住为她倾心，毕竟九尾不仅容貌艳丽，言语直率，还香气扑鼻——那香正是北极宫里的气息，在破壳而出的时刻，嫘祖最初认识的世界，便是这样的味道。千年以来，她再没有资格回到天宫，因此也再没能找到这气味。于是，不过半月余，两人间的关系，就变成嫘祖日日来找九尾了。

这一日，嫘祖正在向九尾展示她新织出来的丝缎，洁白如乳，搭在九尾身上，更衬得人如美玉。嫘祖看向她柔软的腰肢，忍不住说道：“上仙应当是没有生育过吧。”

九尾在心里算了算与母狐狸们生的小妖，一时竟搞不清数目，几十窝总是有的，故而应当有数百只吧。然而她知道嫘祖问的是自己亲自生育的孩子，便诚恳答道：“确实没有。”

嫘祖眯起眼睛，仿佛在透过丝缎审视九尾的身体，又问道：“上仙可考虑过，也为天帝诞下子嗣？”

九尾淡然答道：“这要看天帝的意愿吧。若我没有猜错，天帝十子，应当都是由天帝亲自诞育的。旁人为天帝所生的孩子，连神子都算不上啊。”

嫘祖道：“话虽如此，但问题并不在于天帝在想什么，而是你怎么想。上仙是否想要自己的孩子？能否找到比天帝更优越的良配？”

九尾曾经听闻，嫘祖正是为人类制定嫁娶规则的半神。是她让人类穿上衣服，懂得廉耻，守护家庭，尊崇祖先。若没有嫘祖在人间的作为，九尾住进北极宫这件事，也不会让人解读为她是天帝的正配。因为在此之前，无论是神族或是妖族，都没有夫妻一说，三界生灵，只知道自己的母亲是谁，却无人能说出父亲的名讳。

嫘祖的话倒是点醒了九尾，分明是她自己去天宫想找天帝生孩子，所以天帝要她来生，仿佛也没有什么错处。

想到此处，九尾躬身拜道："我懂了，多谢嫘祖指点。"

两人说着，韩流正好从屋外走过。嫘祖见她聪慧，心中也十分满意，说道："倘若你不是天帝的正配，我定要将你讨来做媳妇。"说着爱怜地看向韩流。

九尾瞠目结舌，万万没想到嫘祖能先提出最智慧的问题，再说出一句最可笑的话。她都无法判断自己究竟是被嫘祖赞美了，还是侮辱了。见嫘祖还要招呼韩流，忙落荒而逃。

但离开若水时，九尾憋了句话在肚子里，不吐不快。想来想去不能上天宫对羲和说，也不好回青丘对女戚说，便找到后羿，同他原原本本说了一番，末了终于把那句话吐出来：

"她知不知道自己的孩子长了一张猪脸！"

后羿见这天仙般的人忽然出现在家里，同他说亲近的话，还以为自己又一次得到女神青睐，只管点头，哪听得见九尾在说什么。她对他笑，他就笑，她说嗔怒的话，他笑得更欢。这神情九尾每日都见，此刻又在后羿脸上看见，一时心灰意冷。她知道，后羿无法与她匹敌。她能够真正对话的人，只有羲和。

她愿意为之生子的人，也只有羲和。

羲和一直没有来人间寻她，显然早算定了九尾一定会回天宫去。然而要说羲和多么有定力，也不尽然。这位太阳神的心爱之物，头一样并不是人的皮相，反倒是尾巴，不论是苍鸾明亮斑斓的尾羽，还是九尾蓬松柔软的毛皮，都是他从幼时便心驰神往的。如今能揽在怀中随意揉搓，这恐怕是他作为天帝最大的乐事了。至于九尾能入主北极宫，自然是因为她尾巴多。而现在，羲和对于是否请九尾回到北极宫来，也犹豫了。他欣赏男九尾的勇猛，也爱慕女九尾的娇媚，但比起那只男狐狸，眼前的女九尾更让他警醒。天宫诸神官神将在九尾面前百依百顺的丑态，可以算是玩笑，也可以有另一重解释。羲和意识到，自己居然在那么长的时间里，都忽略了妖王真正的力量所在。而九尾从不展现这种力量的原因,只是因为她不喜欢,并不是她不具备倾倒众生的能力。

羲和站到镜前,变化为女子,效仿女娲,一点点调整自己的身形和容貌。羲和从未这么做过,她向来不在意外表,她不需要在意。但现在不同,她已经真切感受到了美的伟大。羲和先让自己变高,然后小心翼翼缩紧了腰腹,加高了鼻梁。眼角可以更上挑一些,显得魅惑——但这样一来,面部的肌肉走向就变了,不慈和,也不稳重。她如此反复修改,直到自己的脸变得狰狞扭曲、不堪入目。这才颓然又变回男性的模样。自然之力果然远胜神力,即便是天帝,也无法创造美。

九尾到北极宫时,正看见羲和坐在床榻边上。他垂着头,抿着嘴,目光低垂,颇有些落魄的模样。九尾心中竟升起一团暖意,她款步走到羲和身边,抚上他的肩膀,轻声说道:"我回来了。"

羲和抬起头,"我想你了。"

4. 心　魔

4.1

天玑静候在北极宫外,仿佛一尊石雕。摇光来问她:"这是第几天了?"

"第四十九天。"石雕的嘴唇动了,天玑回答说。

"天帝果然厉害。"摇光啧啧赞叹。

天玑白了他一眼。摇光撇了撇嘴,下一刻,北极宫的门便打开了。天玑的脚已经彻底僵直,动弹不得,摇光便贸然走了进去。见九尾正团在青玉神座边睡觉，尾巴柔软地披散到御座之下，而刚从甘渊汤池走出来的羲和，先对摇光做了一个嘘声的手势，再小心翼翼地坐到九尾身边。

狐妖睡得正香。羲和低下头，用嘴唇靠近她的耳朵，但呼吸的气息让那白绒绒的耳尖不耐烦地颤动了一下。羲和站起身，示意摇光与他一同到北极宫外。

"有什么事吗？"羲和问道。

摇光忙道："陛下闭关这些时日，电母与雷公日日在外奔忙，方才朱雀殿下来天宫，说下界洪水滔天，经年不退。这是从没有发生过的事情，她担忧天帝安危，特来探视。"

羲和垂下眼睛，道："不见。"

摇光颔首称"是"，但并不走。羲和问："还有什么事？"

摇光问道："今日可还是要请电母和雷公去下界巡视吗？"

羲和摆摆手，毫不在意，"让他们去吧。"

摇光略吃惊地看了看羲和，还要张口时，却被天玑用眼神止住，只得先告退。待他走远，羲和才对天玑道："你去帮我查查，这狐妖怀孕的时候，爱吃什么。"

天玑的手脚已经从僵直的状态中恢复了些，颇机警地瞄了一眼天帝神情，问道："九尾上仙可是对膳食有什么不满？"

羲和愁苦，"她觉得没味道。"想了想，又说，"不然你们抓几只活兔子来，指不定她更喜欢一些。"

天玑恭敬问道："陛下所说的，可是下界那种长了毛皮的长耳动物？"

羲和知道她在挖苦自己，毕竟天玑正是掌管十二生肖的神官，怎会不认识兔子？无奈解释道："她已经在问我金乌能不能吃了。"

"如此，"天玑道，"那恐怕兔子还不够，我去请神将多抓些牛、羊、鹿来吧。都是活着送到北极宫里吗？恐怕污了陛下的床榻。"

羲和分明看到了她脸上一闪而过的笑。要训斥时，天玑又是一脸肃然。然而天玑的问题虽可笑，也是实实在在的，羲和也没办法把九尾请出去吃饭，只得叹道："送过来吧。"

待吃了三头羊、两头牛之后，九尾终于觉得自己的四肢温暖了起来。她怀疑自己腹中的崽子是一只冰狐狸，自怀孕以来，她就时刻觉得冷。再加上天宫里的食物只有露水和仙果，先前住的时间短还好，如今她却觉得这些东西难以下咽。前日九尾已经逼着羲和用神力帮她把露水加热，把仙果烤熟，但吃到嘴里依然没有味道。她甚至一度怀疑是自己的身体不适宜怀孕，但等牛羊肉下肚，她终于明白，自己冷的原因很简单，就是饿的。

她颇为赞叹地看着北极宫中的那几副罩着皮毛的牛羊骨架，它们如此完整、干净、优美，地上连血水都没有，简直是艺术。另有几头鹿，尚且活着，都躲在墙角瑟瑟发抖。九尾决定等到第二日再吃它们。羲和因知道她要吃东西，想起先前青丘祭祀瞧见的情形，便去下界升太阳了。九尾趁他不在，出门去散步，也听神官说了洪水的事情，心下颇有些不忍，晚间再问羲和时，他只道："人间每几百年，总要有点灾的，不然都养蠢了。"

九尾对此不置可否。神总能将自己的决定变成正义的选择，她也学会了不直接否定羲和的观点。便换了个说法，问羲和："你是希望人类变得更聪明吗？他们已经很聪明了。"

羲和说："他们蠢，正是因为他们聪明啊。"

九尾立刻想起妖王宫的祭祀。她听闻女戚死后，青丘的祭祀被其他巫祝传承下去，并已有了一整套的烦琐习俗，从供奉九尾大仙的食物、斋戒的时间、穿着的衣服、念诵的经文，每一样都有特定的规矩，每一样都不能出差错。而祭祀时的天气好坏、温度高低，甚至于周遭树林在何时晃动，祭品的血往哪个方向流，都被赋予不同的意义，代表着九尾大仙赐予人的启示。而这尚且是青丘，一座小小的妖王宫，比起供奉太阳神羲和的祭坛与神庙，女戚定下的规矩简直不值一提。九尾曾见过人类为了祭祀太阳，将同类在坑穴中活埋，一个叠着一个，密密麻麻无法计数，去问缘由，竟然只是因为这一年阳光多了，或是阳光少了。这种不为果腹或生存而进行的杀戮，在人类看来是正义的，而人类却将因饥饿而食人的野兽妖魔视为邪恶。九尾无法理解。

少年时，九尾曾将人类怪异的行为归咎于羲和，认为是他引导人去做这样的事情。现在看来，羲和根本不在意祭祀，也无心去管人类这些行径。毕竟，只看天宫中诸神官神将的闲散作风，可知羲和绝非注重这些繁文缛节的神。人类的许多恐怖行径，分明是他们给自己的欲望生生套上了"神的旨意"，而与真正的天意毫无关联。也难怪羲和会得到这个结论了。

"要用灾祸让他们懂得敬畏。"九尾说，"这样，他们才有可能把聪明用在有意义的地方。"

羲和赞许地看向她。

想明白这件事，白狐立刻就困了。她打了个哈欠，蜷缩到羲和怀里，用尾巴裹住他的手臂，闭上眼睛。她觉得这样很舒适，也很安全。

4.2

九尾怀孕到第二年，她开始觉得不耐烦。被困在北极宫中的时日仿佛无穷无尽，而她只能感受到自己的力量在流失。她能维持人形的时间也越来越短，更多时候她就是一只在北极宫里暴食嗜睡的狐狸。牛、羊、鱼、鹿流水似的送进来，再变成骨架送出去。这远超她该有的食量，但又并未变胖。

她只是变弱了。她身体的所有能量，都在被腹中未出生的婴孩啃噬。如今连站到天宫边上，都会让她觉得无比恐惧。只因九尾很清楚，倘若她现在跳下去，是无法平安落到地面的。

有一日，连羲和都觉得太久了，忍不住问她："狐妖怀孕要多久？"

九尾瞪他一眼，"我不知道，我没怀过。"

羲和说："你总让别的狐妖怀过。"

九尾闷声道："通常两个月，就可以生了。"

羲和说："可见是久了一些。我生一颗蛋，也只要四十九天。"

九尾又瞪他一眼，"那你还不肯生！"

羲和无辜道："那蛋之后要孵十年啊……"

"谁信你！"九尾恨恨说道。

又过了半年。这一日，九尾从一场无比深沉悠长的睡眠中醒来。她腹中饥饿，却发觉自己竟连撕咬活牛的勇气都没有了，因为连挣扎的牛角都能划破她的脚爪。她只得请神将不要再送牛和鹿，改送兔子。她吃了兔子，感觉无比屈辱，忍不住在青玉神座上淌下泪来。她想，倘若自己此时身在青丘，还敢妄称为妖王的话，恐怕就要被不知道哪里来的小妖随意杀了。她哭着问羲和："你怀孕时，也会如此虚弱吗？"

羲和想了许久，才对她说："会，孩子以神力为食，这是自然的。"

九尾恍然，"原来是你的问题！"

羲和不语。

过了一会儿，九尾忽然明白了，"那你怀孕时，岂不是很危险？"

她是妖王，怀孕有天帝在一旁守护。而天帝有孕的时候，倘若有妖魔作乱，谁又能守护羲和呢？

羲和笑道："总有办法的，那么多次都过来了。"

再过两月，九尾怀孕马上就要满三年了。她的肚子终于变得圆滚滚，仿佛随时要生了。这时有神将来报，说是天帝五子穷奇和六子赢鱼来天宫探望，九尾一听，就知道是羲和的主意。这两个怪物向来无人知晓是天帝之子，却在此时到天宫来，不知道他是何用意。

但还是要见。九尾用四条尾巴裹住肚子，另五条尾巴舒展开来，颇尊贵地盘坐在青玉座上。宫门敞开，两个妖物一上一下飞进来。穷奇和嬴鱼身上都生了翅膀，穷奇是虎身，容貌凶恶，两颗獠牙一直伸到下巴，四爪大如银盆；嬴鱼是鱼身，身形倒是十分小，像蜂鸟一般悬停在半空中，但也跟着穷奇龇牙咧嘴的，露出一口层层叠叠的尖利细齿，似乎对九尾十分不服。九尾见他们都无法变为人形，一时词穷，连"请坐"这样的客气话都说不出来。幸好此时羲和已经回来了。嬴鱼十分胆小，登时吓得飞到甘渊池边，扑通一声跳进去沉入水底。穷奇倒是一动不动，看见羲和，依然一副摩拳擦掌、想要撕人喉咙的凶残模样。

"还不会说话吗？"羲和问穷奇。

穷奇像狗一样吠了起来。羲和皱起眉，"连猴子都不如。"十分厌烦地摆了摆手，穷奇狠狠龇开口中獠牙，但羲和只略略展开手掌，穷奇便畏惧地缩了脖子，仿佛看到了极可怖的场景，应当是中了幻术。羲和又道："出去吧。"穷奇悻悻夹起尾巴，退出了北极宫。

羲和又去到甘渊池边，见嬴鱼仍缩在池底发抖，更觉得无奈。干脆叫摇光把嬴鱼捞出来。

"把它送回邽山吧。"羲和吩咐。

摇光答了声"是"，看准水中的妖怪，一下捏住嬴鱼翅膀，把它拎出了北极宫。九尾虽默不作声，心中却还在回味羲和的话——他所说的"猴子"，难不成是大闹天宫的另一位妖王？

终于忍不住好奇，先开口问："猴子，是我知道的那个猴妖吗？"

羲和点点头。

九尾大为惊诧，问："他也是你生的？他不是从石头里蹦出来的吗？！"

羲和苦笑道:"倘若我腹中有了蛋,又恰好没有合适的父亲,拖得时间太久,就会生下一颗石头。这错误只发生过一次,那石蛋在花果山上安稳数百年,有一只淫猴见上面有个孔,就蹲上去行猥亵之事,又过了十年,便从中蹦出来一只猴子。"

九尾大为赞叹,她终于知道了老猴妖的来历,"有趣!怪不得他大闹天宫,你也……"

不睡他。

最后三个字终究没有说出口。

九尾又在盘算,猴子大闹天宫时,仿佛就是嫘祖和听訞出生前后,恐怕天帝当时也因为怀孕,身体羸弱,才能由着猴子作乱。

羲和倒没留意她的神色,语气却越来越沉重,"如果你是父母,这就一点趣味都没有。"他叹了一口气,"早年还好些,青龙和西王母是我与半神所生。玄鸟和凤凰是我同当时的妖王,他们也都算是半神之子。这些年,旧神的血脉越来越罕见,我想为蛋寻个父亲难上加难。找妖魔,恐怕就要生一些魑魅魍魉,找人类,就生一些贻害众生的蠢货。"竟最嫌弃与人类生的两位半神。

九尾听出来他的意思,她小心翼翼问:"我们的孩子,总是好的吧?"

"我不知道……"羲和颓然坐在御座边。

他很恐惧。九尾读出羲和脸上的神色。她从未见过如此脆弱的天帝。

羲和深吸一口气,"我不知道,我们的孩子会是什么样的……"他的声音停滞下来,就好像把字句组合在一起会耗尽他的性命,然后他把脸埋进狐妖的尾巴里,九尾感觉到隐秘的湿气,但她不能说出来。

天帝羲和有上万年的寿命,在新神诞生之前,他永远都不会老去,因此他总在盛年,每隔千年,他就必然会生下一颗蛋。蛋的父亲不可能有他这样久的生命——他曾经选择过天神、勇士、智者、妖魔，但随着旧神血脉的淡去，这些混血的产物更多是怪物。他有了越来越多在肢体和神智上畸形的孩子，这些孩子又生出更为畸形的孙辈。这让他倍感挫败，甚至是绝望。

羲和就是最后的一个神了，新的神不会诞生。他也不知道自己和九尾的孩子会是什么。羲和想告诉九尾的，就是这件事。

"没关系的。"九尾用手抱住他的头，"是我想要一个孩子，这与你无关。"

4.3

九尾怀孕到第三十六个月时，产下了一只小狐狸。

火红色的小狐狸。刚出生的时候全身湿漉漉的，过了几天才看出毛色。它只有一条尾巴，普通得像是随便从哪个狐狸洞里掏的。羲和数清楚了小狐狸眼睛、鼻子、嘴巴、耳朵和四肢的数量，又扒开两条后腿，确认是只正常的小母狐狸，已经十分欣喜，给她起名为"心月狐"。待天玑提醒，九尾才知道，心月狐虽然无法获封神子，但也是二十八星宿之一的"心宿"了。九尾倒是觉得这些都是虚名，小狐狸长得健康漂亮才是重要的。

心月狐倒是不负所望，长得奇快，一岁时身量基本长成，两岁时开始发情。她想找公狐狸交配，九尾便带她去下界找寻如意郎君。三岁时，心月狐便当了妈妈，生了一窝普通狐狸；四岁又生了两窝；到五岁时，她已经是一位极有经验的母亲了，完全不需要九尾守护她产子。

子孙满堂。这一天九尾被吱吱叫的小狐狸们围着，心里忽然觉得很奇怪。心月狐智慧有限，她不会说话，勉强能理解简单的指令，而她的狐子狐孙甚至连人话都听不懂。与九尾之前的孩子相比，甚至都是大大地不如。心中有了这样的疑惑，九尾便离开青丘，回天宫找到羲和，问他："我，妖王九尾，和你，太阳神羲和，就生下来一只普通狐狸？"她顿了顿，"心月狐甚至都不是狐妖。"

羲和满意地说："这不是很好吗！这很自然。"

九尾说："这一点都不自然！她真的是我生的吗？我其他的孩子，起码还是有一些妖力的。"

羲和莫名其妙，"是不是你生的，你自己还不知道吗？……你总不能因为她普通，就不愿意承认是自己的孩子吧？"

被他这样指责，九尾又觉得心虚。但她再回青丘后，左右看心月狐都觉得可疑，又过了三年，这红狐狸竟然老死了，大约是生太多小狐狸的缘故。羲和听闻此事，也头一次下凡到青丘来，小心翼翼表达了哀悼之意。但这多余的举动，让九尾越发觉得诡异，毕竟连她自己努力酝酿，都没能凑出多少悲哀来。

她此时已经恢复了七八分修为，操纵旱魃眼透过丝绢，瞧见羲和肋间有一块古怪的伤痕，仿佛是烫伤。

什么东西能烫伤太阳神？

九尾知道此事重大，不能轻易点破，便以丧子疗伤之名，搬回北极宫去住。羲和虽没有反对，但也没有十分热情。他似乎很忙，时常月余不回天宫，而下界也照样是风雨交加，少见太阳。九尾用了半年，派了许多小妖去探，才大约摸清楚他是去了昆仑。小妖回复说，西王母已老得不能言语，羲和虽没有明示身份，但俨然是昆仑新的主人，上下都对他十分服帖。昆仑有连绵不绝的山，羲和每日也不在西王母的宫殿中居住，到了那里，常常就直奔一座不起眼的小山。除此以外，再无奇怪之处。

但也足够奇怪了。有一日是晴天，九尾知道羲和要去御日，便悄然去往那山中探查。小山上下不过百余米，山势平缓，景致平常，但山脚有一处狭窄深渊,仿若两堵面对面的绝壁,一眼望不见底。她向其中扔了一块石头,许久才听到回音。如是,她便化为狐身,用脚爪挂住岩壁,缓缓向下。走到半途时,九尾瞧见一处洞穴,便走进去,却在内里摸到一堆白骨,用旱魃眼去看时,竟是个有着三头六尾的怪物。出洞,继续向下,再找到一处洞穴,里面却有一只狮头、羊身、蛇尾、马蹄的精怪,也死得只剩下骨头和皮毛。如是探了四五处,洞穴大小不一,内里竟都是奇形怪状的妖魔残骸。九尾心下悚然,但还是决定往更深处走。再探过几处,出来时,已经距离深渊入口太远,不见天日,四下一片漆黑。正在犹豫是否返回时,她忽然听到婴孩般的呜咽声响。九尾小心靠近。见侧旁有一个空洞,起初高度约有丈余,向内里走几步,越发逼仄,听到潺潺水声,岩壁间有溪流,冰冷彻骨。呜咽声又响起,在这洞穴四壁间回荡,不知道来源是哪里。九尾小心向前,忽然发觉周遭豁然开朗,大而空洞,每一步都有回声。尽头处洞顶漏下一束光,照在一个石台上。其上有一个肉球,呈蛋形,中间有一张嘴,没有眼睛,没有鼻子,没有耳朵。

然后,她听见那肉球说:

"妈……妈……"

5. 诅 咒

5.1

如果这就是羲和隐瞒的答案,九尾宁可不知道。

那刻骨的惧怕,让她僵立在原地,许久,她才看清那肉球虽有四肢,却无手足,并不能动弹。这才化为人形,慢慢凑上前看。

肉球仿佛是个被包裹于膜中的巨大婴孩。靠近时，九尾分辨出它的头颅形状，那头的大小恐怕与九尾真身的狐头相仿，足有一人多高。它没有再呜咽，也没再说一个字。九尾终于大着胆子上前，把手覆在膜上，冰冷，润滑。她将手变为爪去撕时，又发觉膜坚韧如软甲，光洁如琉璃，使出全力也毫无破绽。九尾感觉到膜下的身体在蠕动，它的眼睛仿佛滚了一圈，试图睁开一般。然后它又一次清晰地说道："妈妈。"

九尾感到身体变轻，如坠梦境。周遭的一切忽然消失了，天与地连接在一起，万物飘浮，没有方向，没有日月，没有明暗。空气变得沉重而下坠，水土变得轻盈而上浮。声音被隔绝在真空之外，气息亦已消失无踪。周遭再无生灵，它们或已消亡，又或尚未诞生。

那寂静的恐怖，让她无法松开手挣脱。她陷于混沌的梦境里，不知道过了多久，才被脚步声惊醒。"妈妈。"那肉球又一次说。

一只温暖的手抓住她的手，迫使她从噩梦中抽离。居然是羲和。羲和站定在她身边，说道："它不是在叫你。"

是羲和的女声。九尾睁开旱魃眼，看到许久未见的少女羲和。羲和伸出一只手，安抚那个肉球。

"妈妈。"肉球舒适地蠕动着，原来它是在叫羲和为"妈妈"。

"这是混沌。"羲和背对着九尾，但九尾很清楚，她正在同自己说话。

九尾颤声问："这是……我们的孩子？"

"正是。"

"它……是什么？"

"是魔神，也是凶兽。"羲和回答说，"我早就知道，你我生出来的必然是怪物，但我没有想到我们会生出混沌。"

九尾仿佛听过混沌这名字，它不常在传说中出现。她问："那心月狐又是什么？"

"是混沌的双胞胎妹妹。"羲和松开手,转向九尾,"你感受到混沌的力量了吗?它会吸收智识,但它并不会让智识变为它自己的智慧。它只能让它所接触到的一切,都变得和它一样,身处混沌之中:有眼睛,但看不见;有耳朵,但听不见;有鼻子,但闻不见;有舌头,但尝不出味道;有感知,却极为迟钝。它分明有智慧,但无从表达,无从教化。混沌在你腹中的时候就夺走了心月狐的智识。如果当初你再不把它生出来,你被它夺走的就不仅仅是修为了,它会让你成魔——你感受到它的愤怒了吗?"

羲和握住她的手,下一刻,九尾终于记起自己生育的真正场景:在北极宫里,羲和用手把她的孩子从腹中生生掏出来,一颗无壳的蛋,那是混沌,还有一只湿漉漉的小狐狸,那是心月狐。

愤怒从九尾的心尖升起,"你为什么要改我的记忆?"

"我以为我能应付得了混沌,不需要你和我一起来面对它。"羲和叹了一口气,又说,"混沌恨我们。如果当初它能吃掉你,它或许就不是现在的样子,而是一个漂亮的孩子:有眼、有耳、有鼻,能看、能听、能闻。但我不会允许它这么做。我感受到它的可怖。九尾,你生出了我最强大的孩子。倘若它能睁开眼睛,伸开手脚,它本该成为新神的。"

九尾用手去碰触混沌,她的另一只手还握着羲和的手,所以她没有陷入混沌的世界之中。这一次,她感受到了混沌永无止境的迷茫。当九尾想到这是自己的孩子正在经历的、也无法从中解脱的永恒地狱,她也终于共情了它的愤怒。

"为什么你要把它关在这里?"九尾问。

羲和说:"我没有别的选择。混沌比旱魃可怕得多。上古诸神最伟大的功绩,就是消灭了曾经的混沌。上与下、天与地、日与夜、光与影、冷与热、阴与阳、善与恶,只有当世界有了秩序、方向、循环,只有当每一样事物都能找到彼此对立又牵绊的另一半,生命才有存在的可能。混沌是无为的，却也是最危险的凶兽。"

九尾瑟缩了一下，"你要把它永远关在这里吗？"

羲和笑了，"把混沌带到外面的世界去？你想让整个世界都归于混沌吗？"

"那你就让它睁开眼睛啊！"九尾绝望地喊，"你给过我旱魃的眼睛，为什么不能给它眼睛？"

"我试过了。"羲和说，"用弓箭射它、用刀砍它、用火烧它，都不能伤它分毫。我甚至把太阳的碎片带来这里，却只灼伤了我自己——你告诉我，我怎么把眼睛塞进去？"

九尾问："没有别的办法了吗？你真的试过一切了吗？"

羲和从黑暗之中抽出一把剑，乌黑、沉重、锈且钝。但九尾一下子认出来，那是"弑神"。原来羲和去青丘，是为了这把剑。

羲和说："这是最后的办法。"

九尾看向她，终于知道自己为什么会在这里，以及羲和想让她见证什么。她想让自己认同她的观点，让这变成两个人共同的决定。这是伪善，正如当日她借着自己的手去除掉旱魃一样。她厌恶地甩开羲和，但话语更快地从口中滑落："你打算杀死它？"

她后退了两步，又一次问羲和："就像外面其他洞里那些……那些东西一样？"她忽然明白，世间伤人的妖魔，可能都是羲和的子孙。太阳神滋养万物，但也吞噬了所有的黑暗。在所有人不知道的地方，羲和一直在努力地纠正自己的"错误"。但这残酷的努力，也在让她变得疯狂。

只不过，这一次的"错误"，是妖王九尾的孩子。

羲和说："你看，就在这里，在这皮肉之下，是它的眼睛。只要我能划破保护它的膜，或许它就能睁开眼睛，然后我们就可以教它，让它知道怎么控制自己的力量。"

"你会杀死它的。"九尾挡在混沌身前。

"我们必须冒这个风险。"羲和说,"它越来越强大了,再过一阵子,说不定我也会因碰触它而陷入混沌之中。"说完,她的手在弑神剑上抹过,锈迹脱落,神剑通体裹上一层真火。九尾被那灼灼热气逼得无法睁开眼睛。只这一下犹豫,羲和便绕过了她。

剑气刺向混沌,以火为剑锋,以铁为剑身,直刺入膜中。混沌凄厉的哀号在空洞中回荡着——能剥开那肉膜的火,自然也足以烧毁混沌的双眼。它永远看不见了。

"它或许还能闻,这样我们就可以教给它欲望。"羲和说着,又一次举起弑神剑。

"不!"狐妖露出狰狞的面孔,龇开利齿,用旱魃眼瞪着羲和,"我不允许你这么做!"

羲和与她对视,丝毫无惧于旱魃眼的洞察。"太晚了。"她无声地说。

羲和把剑刺入岩石中,四壁轰然,溪水化为瀑布涌入。水浸泡到九尾的脚踝,冰冷刺骨,让她有一瞬停滞,没能跃起攻击。"不要……"九尾的哀鸣无法更改羲和的答案。天帝动用月神之力,从口中呼出夜的寒气,用冰裹着的铁剑刺向混沌的鼻子,用裹着酸和盐的剑刺向混沌的舌头——而九尾的守护却是徒劳的,她想用尾巴挡在混沌身前,却在碰触到它的一瞬,自己也陷入混沌之中。在这个无知无觉的世界里,只有弑神剑刺破皮肉的一瞬间,真实才与疼痛一起出现,再转瞬即逝。

弑神剑逐一刺破了混沌的七窍,眼、耳、鼻、舌,这些伤害没能为它带来光明,只带来了死亡。

在最后的雷电轰鸣之中,混沌的世界终于清明起来。在迷幻的梦境里,九尾看见了她孩子本来的模样:一个漂亮的小女孩,一只有着红狐身体和凤凰火翼的神兽,她在青丘无尽的绿草之中奔跑,扑翼,随风起舞。

是幻象吗？还是羲和又在欺骗她？九尾清醒过来。但她也知道，只有混沌死去，她才有可能会醒。洞穴正在坍塌，顶上的石块坠落下来，堵住了所有的出路。九尾用旱魃眼追踪到了羲和，她已离开，在洞外远远地回望她。

"救我。"九尾说，"救我们的孩子。"

太阳神不为所动。"太晚了。"她说。

只在那一瞬，九尾仿佛看到羲和眼中的泪光。然而羲和没有救她。她转身走了，从深渊向上，回到昆仑山中。

5.2

九尾不知道自己被困了多久。她喝溪水、刨泥土、吃蚯蚓。她的皮毛打结、利爪掉落。双目也逐渐无法睁开，只偶尔透过旱魃的眼睛，看向外面的世界。她感谢自己的感知，哪怕它们是一些层叠的、细小的、无穷的痛苦，但正是这感知让她没有坠入混沌。在一次地震之后，岩壁中一条缝隙被扩大了。于是她慢慢挤进去，用妖王的牙，把土和石头凿开，终于找到一条求生的路。她走出洞穴，发觉自己已经失去了用尾巴制造旋风的能力，只能一步一步向上爬，在每一个堆着尸骨的洞穴里蜷缩着休憩。她通过月光收集希望和勇气，然后再度踏上路途。当她终于离开深渊的时候，正是一个多云的夜。鸟兽和孩童都因看到她而惊叫，她无法想象自己有多么丑陋。

她找到西王母的宫殿，恰好见证了她的死亡。上古的神力也无法继续阻止她的衰老，西王母的皮肤从骨肉上垂下来，气息飘然而去。侍从入内惊叫，让弑神九尾的名声又一次传开。这给了九尾启发。她占据这座宫殿，在其中休养，让人类供奉肥美的牛羊给她。三年后她便全然康复，容光焕发，甚至不需要镜子，只需看众人迷恋的神情,便可知道她又一次成为妖王。九尾想起深渊中的混沌。然而再去探时,却无法找到曾经的洞穴,只在深渊的底部找到了弑神剑。她知道自己已经失去了孩子,也永不会再有孩子。于是她决定变回男性的身体。但这一次,九尾不再畏惧自己的美。他用美重塑了自己男性的容貌,用痛楚重塑了妖王的神情。他的五官英俊如雕塑,目光清澈如孩童,举止优雅如丝绢。平日他是无所不能的妖王,然而在不经意的时候,他会显露出淡淡的忧郁,让人心生怜爱。诸部族的女皇都赶来昆仑朝拜他,渴望能得到他的青眼,生下他的孩子。但九尾有自己的计划。

他听闻东海的青龙也垂死,便独自去拜访。青龙已经不能言语,他就当着青龙的面,将龙宫里的龙子龙孙们一个个串在弑神剑上,再送到青龙面前,把他活活气死。这消息传到玄鸟和朱雀耳中,都十分惊惧,玄鸟躲进朱雀的丹穴山中,朱雀却在九尾到来时,先把姐姐推出去挡剑,自己最终也被九尾堵在了百里外的天虞山。待九尾追到眼前,朱雀也不再怯懦,拿出神子的姿态与之殊死搏斗。一鸟一狐先用刀剑,再用爪喙,直扫平了三座山,掩埋了两条河。末了,朱雀还是被九尾斩断双腿。她匍匐在泥土中,哭道:"我从未怠慢上仙,为何要落得如此下场?"

九尾回答说:"当日我向你请教如何进步,你说,要找到相当的对手。今日看来,正是你了。"

他说完,对着朱雀微笑。这笑是从羲和那里学来的,但配上九尾的忧伤,却显现出炫目的美,竟让朱雀忘记死亡临近。九尾斩下她的头颅,又带着她的尾羽,去鬼国斩杀了穷奇,去邽山咬死了蠃鱼。如今他也知道,天帝之所以允许这两个怪物在外面活着,无非是因为他们愚蠢又弱小,因此作恶有限,无法败坏羲和的名声。倘若当日穷奇在北极宫能说话,展现出一丁点智慧来,恐怕早就是另一具深渊中的枯骨。他于是更恨羲和虚伪,再去往人类的部族,追杀嫘祖和听訞,用弓箭射死了她们。这两个暮年的人类半神，于此时的九尾而言，简直与鱼肉无异。那一日，天上少了两颗太阳，气候变得清凉不少，甚至有人因此而赞颂九尾射日，将故事套在了后羿的身上。最后九尾数了一数，天帝的十位神子，似乎只剩下那只花果山中的猴妖。

于是他前去拜访，见老妖王须发皆白，瘦骨嶙峋，行走迟缓。九尾不愿背上刺杀老妖王的名声，觉得到此地步也就够了，混沌那一笔账，在他心中算扯平了。

但这怎么够呢？死去的不仅仅是混沌，还有曾经的他啊。

5.3

北极宫的大门依旧高耸入云。九尾看到这门，只觉得羲和无趣。这么多年过去了，她还是只会用这个幻象。

他推开门进去，一切如故。甘渊中暖水流淌，御座上青玉温凉。他在镜前站定，端详自己。他觉得镜中人很陌生，他不会再轻易变成狐狸了。

羲和傍晚回来。她显然已事先得到奏报，但并无特别的举动，只在看见那剑上干涸血迹的时候停滞了一瞬。仿佛没有看到九尾一般，羲和径直走进甘渊池中沐浴。终于九尾先开口说："你没有什么想问的吗？"

羲和甚至都没有回头，"想必你有许多话想说。"

九尾走到池边，滑入水中。他把鼻尖凑到她的颈间，知道此时只需张开狐嘴，就可以咬断她的脖子。但他也知道，在那一刻他只能咬到她的影子，一个幻象。

她懒洋洋的，没有动作。九尾问："你可以阻止我的，为什么？"

羲和说："世间的神话早就到了更替的时候，如果永远都是这些老东西,新的人就会失去野心和渴望。"

她总有道理。九尾仿佛回到了当年,他被她捏住毛皮,抱在怀中,像是一尾取乐的宠物。他感到愤怒,"你不怕我也来杀你吗?"

羲和把手按在他的肩膀上,九尾登时动弹不得,甚至连呼吸都被压制住。"你做不到。"羲和说。

"但你没有多少时间了。"九尾从牙缝里挤出字句。

羲和笑了,松开手,"别告诉我,你会变强。"

"我不会变强。"九尾说,"但你会变弱。"

羲和看向他,"你说什么?"

九尾把手放到她的下腹,"距离嫘祖出生已经过了九百年——这里马上会有一颗蛋了吧?"

他感觉到手掌下的肌肉变得紧张。这让九尾很得意,"你是不是在担忧,这次又会生出什么怪物?你猜,世人会怎么看你的孩子呢?"

"放肆!"羲和勃然大怒。她从水中升腾而起,北极宫的天花板一时变得无穷高挑,九尾第一次看见羲和的尾羽,如同金色的阳光,从云端上披散下来。

"你竟敢对我说出这样的字句!"她的双翼如同火焰般缓缓展开。原来她是凤凰——九尾想,他早该猜到的。

九尾用人的身形仰视她。然而在气度上他并没有输,"你会变弱,羲和,你说过的,在孕育蛋的四十九天里,你弱小如凡人。"

"你威胁我?"羲和眯起眼睛,再睁开时,她的双目也变为金色的火球。

"你可以现在杀我,或者藏到一个我找不到你的地方。你没有多少时间了。"九尾说,"但你不敢现在杀我,除非你想在太阳神之外,获得一个复仇女神的名号。你太在乎自己的名声了。"

羲和闻言笑了。她收起羽翼,把周身的光芒收拢,又是那个看上去娇俏可人的少女了。"你长大了,九尾。"羲和说,"这真让我喜悦。"

她忘记自己的双目依然是金色的，九尾静静等待着她的攻击。

她靠近他，"是我让你长大的吗？如此说来，毁掉自己亲手塑造的少年，又让人多痛心啊。"

这种被危险笼罩的感觉，九尾只在旱魃的目光下体验过一次，然而此时羲和证明了她才是天帝，一个远比旱魃强大的神。"你总想证明自己的力量，但你总忘记你的力量并非力量本身，而是你的美。你试图利用我对美的偏爱来伤害我，这样的行为必须受到惩罚。九尾，我剥夺你的美，你不能再以美丽的外表和魅惑的声音示人。在我的愤怒平息之前，你的丑陋将会令所有人厌恶。至于你的神庙，将会成为人类聚集起来咒骂你的场所。你将再也无法踏足人间的每一座神庙和祭坛，你也无法踏入任何神的领域，不论是天宫、昆仑还是东海。"

她说完诅咒，九尾忽然发觉自己的身体变得沉重，无法熄灭的火焰在他的脸上和身上灼烧起来，他几乎可以闻到自己的皮肉焦糊的气味。在痛苦之中他变为一只燃烧的狐狸，然后从天宫坠落，如同一颗流星。

羲和看着那火球落到地上，转身回到北极宫里，看到门口的弑神剑，冷笑一声，对摇光说："把这个也送回他的狐狸洞吧。"

摇光垂首称"是"，将剑送到下界，插进青丘祭台旁的巨石之上。仿佛它原本就在此处，从未被拔出来过。

6. 帝 俊

6.1

夜色已深。

自从成年,阿俊极少独自过夜,部族里的女子总是用最大的热情欢迎他,他也从不会浪费这些热情。但这一夜,阿俊身边只有舅父伯狸与他同宿在湿冷的山洞中。因身下只铺了一层薄薄的草席,阿俊冻得睡不着觉。他知道,明天,他们就会到达高辛部族。

据说,阿俊会被舅父接走的原因,是高辛部族的女皇说:"狸族那孩子被人唤作'俊',想必是有道理的。"于是舅父第二日便辞别女皇,启程回到狸部族,同他的姐姐、阿俊的母亲说起这事。伯狸身量矮小,容貌朴实,日常言语也不显智慧,据说他嫁去高辛之后,没能留在战士的行列中,倒对耕种颇有研究。到了这个年纪,女皇的子女中依然没有任何一位肯认他做父亲,自然绝不可能获封"帝"的尊位了。母亲问起此事时,舅父竟然在自我检讨,说什么"自己的功劳太浅,比不上帝誉的战功显赫。"阿俊险些脱口而出"她就是不喜欢你罢了"。

他终究把话咽了回去。自从开始与女子交往后,阿俊比少年时收敛许多。他已经懂得,别人想听什么,不想听什么——说出他人想听的话很难,但只需懂得适时闭嘴,便足以被人尊重。这技巧让他在部族中更受欢迎。阿俊看向舅父额上皱纹、鬓角白发,知道再过几年,恐怕高辛女皇就会把他送回狸部族了。可舅父若是空着手回来,谁又会收留一个只会种地的老人呢?即便是母亲这样的善人,只要这位兄弟稍有病痛，大约也会把他赶去野外，任狼咬死吧？最多，她可能会派阿俊去寻回尸体，拖到苍梧山南随意葬了——这些事，舅父自己也知道吧？不然，他不会因为女皇一句话，就这样赶回来。

阿俊打了个寒战，想起母亲同意把他送走的缘由。半月前，部族里有一位年轻女子难产，这本是平常的事情，但女巫去看时，却发现她腹部隆起异常巨大，做法祭祀之后，女巫剖开了她的肚子，其中竟是一个怪胎，有两个头、两只手、四条腿。怪胎和怪胎的母亲，当场便成了祭祀太阳神的祭品。而那女子正是阿俊的女友。

阿俊未及悲伤，回到家就听见母亲和舅父在商议。

"你来得正好，女巫也正让我把阿俊送走呢……"母亲对舅父说，"那女子说不定是阿俊的同父妹妹，不然的话，她怎么会生下怪物孩子呢？女巫斥责我，说阿俊这么大了，我还留他在部族内，闹出这样的惨事，甚为不祥啊！"

"不祥"两个字，断了阿俊为自己的辩解，以及所有可能会为阿俊求情的声音。阿俊离开狸部族时，冷冷清清，连母亲都没有出房门送他。在这里，他已是不受欢迎的人。离开家之后，他跟着舅父一路向北，七八日才到达高辛部族的领地。

女皇颇为怠慢，并没有派人来接他们。幸好舅父早年随女皇田猎时，曾夜宿山洞，便带着阿俊寻到此处。这晚阿俊翻来覆去，半梦半醒间仿佛看到洞壁上有古怪的黑影，像开屏的孔雀，头颈却远比孔雀宽，竟有几分像狐狸的脸。但他也不知道那究竟是梦魇，还是真实。勉强睡到半夜，他终于忍不住起身，走到洞外。是无月之夜，微风卷来天地的颤抖。阿俊过了许久，才从夜色之中分辨出一个人影，不高，眼睛很亮，在盯着他瞧。他正要开口时，对方却消失在山石之间。比先前的狐影，倒更像是个梦了。

早起浑身疼痛，再加上心绪黯淡，阿俊整个人更显得垂头丧气。而伯狸却知道这一日他们就能走到女皇坐落于高台之上的大屋，见他这副颓唐模样,忙将他带到河边梳洗干净。待少年狮鬃一般的长发在阳光下晒干了,这才又领他上路。

  路上行人渐多。阿俊好奇打量周遭人的配饰,他们头上不会顶着兽头,腰间也不会像自己这样系着兽尾,但每个人身上都戴着鸟羽,阿俊知道,高辛是鸟部族联盟的首领,以凤凰和鸾鸟为图腾。比起狸部族,这里的女子看起来更为圆润慈和,男子则更为威猛强健,都生了一副不曾忍饥挨饿的模样。

  两人终于走到聚落的中央,此处有一座高台,背靠苍梧山,比许多祭坛还要高。阿俊随着舅父拾级而上,台上有一座大屋,应当由许多院落构成,初时只能看见重重屋顶。大门口竟有几十名英武守卫,头上都戴着相似的鸾鸟尾羽,怕有两尺多长,他们巡逻的每一步,羽毛都会在空中划出柔美的曲线。那轻巧、收敛又舒展的力量感,直让阿俊自惭形秽。

  伯狸同守卫说了几句话,便示意阿俊同他一起进去。推开门,内里顿时昏暗、清凉,四下飘散着炖肉的浓香。阿俊一下子饥渴起来。他看到几名少女结伴走过,有人用调笑的眼神看他,他便看回去。她们相视大笑,没有丝毫羞涩。阿俊就想,这几个姑娘的住处,他必定会一一拜访,倒是不急于这会儿就认识。又走过一进院子,再进屋时,见一位男子站在中央,面上蓄了须,看不出年纪,但身形孔武有力。阿俊忖度,倘若动起手来,自己未必能打过他。男人也看向他,先开口道:"这位大约就是俊狸了。"

  声音倒是中年人的。阿俊便知道他在情场上不会是自己的敌手,和气答道:"叫我阿俊就好。"

  伯狸忙在一旁说:"失礼!这是帝喾。"

  阿俊便垂首道:"帝喾。"

  帝喾回答说:"不必——女皇在等你,随我来吧。"

6.2

又经过一进院子，比先前的更宽敞些，地上铺着沙石，一踩便嘎吱作响。其中没有守卫，却养了七八只雄孔雀，一只只也都拖着长尾，昂首阔步。帝喾亲自为阿俊推开门，屋里有一股熟悉的气味，是奶香味混杂着婴儿屎尿的潮湿气息。一名年轻的母亲守着婴孩，身边站着一位年长的女性，衣着雍容，眉眼十分威严，想必就是女皇了。女皇侧旁，还侍立着一名青年女子。阿俊看她朴素的打扮，猜测是高辛部族的年轻女巫。

"这是俊狸。"帝喾对女皇说着，走到她身边去。女皇上下打量阿俊，却不对他说话，开口时也没看向那位年轻母亲，而是对另一名女子说道："常仪以为如何？"

这不是该问女巫的话。阿俊有些好奇地看向她，两人视线相触，又迅速错开。仿佛见过，阿俊想，但又不记得这人是谁。她身量不高，生了一张柔和的圆脸，目光却有几分锋利，乍一看惹人爱怜，再看时却显得颇难亲近。耳边听常仪说道："有些粗野，倒确实担得起'俊'字。"

这样任人品评，阿俊登时不悦。果然女皇也笑："你啊，谁都看不上。"就让伯狸把他带走，等出了门，帝喾又来吩咐说，女皇请阿俊留在高辛部族，倘若愿意，可以同帝喾一起负责守卫。几句话，就把伯狸脸上的颓败神情一扫而空。阿俊不明所以。到了夜间，伯狸才悄悄告诉阿俊，自己早年也当过守卫，这不单是阿俊在高辛部族的身份，也意味着他获得女皇准许，可以自由出入所有单身女子的卧房，"若你能同她们生下孩子，就能获得女皇和帝喾的信任，长久地留在高辛了。"阿俊听了就笑，说："恐怕她们看不上我呢。"心里却另有打算。

第二日，阿俊便摘下狐尾，戴上他心心念念的羽毛，加入守卫之中。不过月余，他便吃得更壮了。再过半年，他已在高辛结识了许多女友，时常在她们的住处流连忘返，甚至白天都不务正业。难得帝喾也不管他。到第二年和第三年，高辛部族果然新生许多健康的婴孩，女皇因此大喜，送给伯狸器皿、丝帛和牛羊，允许他衣锦还乡。伯狸倒是颇为清醒，他卖掉器皿，扛起丝帛，赶着牛羊，去虎部族找寻新的妻子了。

　　如是，狸部族便只剩下阿俊还留在高辛。虽然收到了不少明示暗示，但他暂时还不想成婚，对众女友一视同仁，谁招呼他吃饭，他就去谁那里睡觉，谁要强迫他长住，他就同谁分手。伯狸留给他的狭小屋舍，一个月里倒有二十天是空的。那些新生的婴儿，他当然都很喜欢，若女友把孩子递给他，他就抱着，让他亲吻，他也会把嘴唇埋进那些柔软的脸颊中。哪怕这孩子是女友同其他人生的，他也同样觉得可爱。毕竟，养育孩童是孩子母亲和舅父的职责。对于阿俊而言，在高辛生儿育女，只是让他有了为这个部族作战的理由——他要守护自己的血脉，和自己的家人。

　　比起"父亲"这个称呼，他更在意自己身为战士的名号。他擅长弓箭，在高辛部族与熊部族的争斗里，他勇猛的名声已经超过了外表的俊美。众人很快就忘记了伯狸的懦弱，都说，以狸为图腾的部族，是后羿的传人，最擅长培养弓箭手。

　　诸事顺利，除了他还是没能踏进常仪的屋子。

　　如今，阿俊已经清楚知晓，常仪虽只是女皇的养女，但她的身份全不同于寻常女巫。在高辛，她掌管星象，并通过星象制定了历法和节气，指导族人耕种。正是这项功绩，让高辛部族迎来了作物的丰收，也让部族免受饥荒，人丁更为兴旺。因此，她备受拥戴，声望也远超女皇与帝喾所生的女儿简狄，比其他人更有可能成为新的女皇。谁得到她的爱恋，谁就有可能成为新帝。

常仪自然也有几位入幕之宾，但他们都没能让她成为母亲。而阿俊早从舅父处得知，女皇之所以仍在犹豫、不肯将皇位禅让给常仪，就是因为她尚未成婚。毕竟，倘若新皇不能生育，那么新帝恐怕也无法忠诚。一旦战争来临，他若带着部下倒戈，对于高辛来说，就会是灭顶之灾。

　　"俊狸英武，生育最多，或许与他人不同。"另一边，女皇也这样劝常仪。帝喾听闻，明白女皇想要撮合两人，到了春季田猎的时节，便让阿俊去请常仪同往。阿俊日常从未同她多说一句话，此时不得不主动，内心竟十分不愿意，好不容易鼓起勇气去询问，常仪却道："正是春播的时节，我怎么能走呢？"就拒绝了他。阿俊从没在女人口中得到这样的回复，顿时心灰意冷。到了夜间，他难得没有接受女友的邀约，独自回到家中辗转难眠。向来是女人围着他转，他竟不知道该如何去讨常仪的欢心。转念一想，也分辨不出来诱惑自己的究竟是常仪，还是她所代表的名位。

　　"帝俊。"他开始在无人处悄悄默念这两个字。他知道，不论他立下多么显赫的功劳，都必须找到女皇作妻子，才有可能成为这华夏最大部族的统治者。

6.3

　　与阿俊打着相同主意的人，还有不少。不久，阿俊又在战争中听闻，熊部族之所以与高辛部族交恶，正是因为熊女皇将儿子送来高辛，想让他与常仪成婚。此人被常仪拒绝之后，羞愤难当，竟然在返回熊部族的路上染上风寒，回去没多久就病死了。死前胡言乱语，对他的母亲说，是帝喾害死了他。事情传开，其他部族都觉得是笑话，只有熊部族认定是一件惨事。使者季熊来高辛讨说法时，帝喾又当着众人，将季熊羞辱了一番，如此，才变得收不了场。女皇和常仪都觉得帝夋幼稚，守卫们却都认为他硬气，不愧为男子领袖。

然而，因为这样的事情发生了战争，让部族中多有死伤，战士间还是对帝夋有了几分微词。阿俊倒是不大在意战争的是非。正如他去打猎时，也不会在意鸟兽有什么过错——腹中饥饿，就要以杀戮果腹；敌人来犯，就要以杀戮自卫。只要对面不是狸部族的家人，分辨是非就没有必要，只需和同袍战斗到底便是。但还是有那样几个瞬间，他会在箭矢飞出去时分心。他不理解，生命的消逝为何会这样容易？倘若死无价值，那么生是否也无意义？

正因为这片刻的分心，他的左腿被长矛刺中，痛彻心扉。他不知道自己所埋伏的侧翼，是何时被敌人发觉了，忙抛开长弓，抽出腰间短刀，反手便刺向敌人心口。虽然取了对方性命，但再回头时，才发现与他同行的十几名高辛战士都已不见。地上没有更多血迹，先前也不像有打斗的声音。

他被同袍抛下了？倘若是撤退或是出击，为何没有人招呼他？这很奇怪。忽然，周遭树叶纷纷飞舞，仿佛平地起了旋风，一头巨大的狐妖从天而降。它浑身漆黑，皮毛溃烂，从中淌出白绿的脓水，靠近时恶臭不堪。那张脸上双目已被灼瞎，同周遭的皮肉粘连在一起，唯独头顶上有一颗浑圆的魔眼，正直勾勾盯着他看。

短刀掉在地上，阿俊无法动弹。他连跑的勇气都没有。

"你就是帝夋？"狐妖问。

"……我是阿俊。"

狐妖俯下身，用比阿俊头颅还大的黑色鼻头贴上他的脸，嗅他身上的气味。"哈，原来还没到时候，你还没有成为帝夋。"

"什么时候？"阿俊问。

"快了。"狐妖哑着嗓子说，然后一跃而起，消失不见。阿俊好久才想起来要呼气，他抖着手捡起短刀，背上弓箭，再看战场时，高辛已然获胜。又喘息了一会儿,他才有力气迈开腿,从林中走出去,见到几位与他同在侧翼的同袍,原来他们没有被狐妖吃掉。阿俊心底顿时泛起一股酸气,直冲头顶,他也辨不清是欣喜、愤怒、哀伤还是残留的恐惧。他强压着情绪,问:"你们去哪儿了?"

"你没看到帝喾的号令?"为首的冷眼瞧着他,"也是,你只想摘天上的星辰,哪看得见眼前的首领呢?"

6.4

回去论功行赏,阿俊射杀敌人虽多,但还是因无视号令,被帝喾厌弃。有人说,他不过是要追求常仪,就在战场上摆姿态给帝喾看,难不成是仗着自己有几分功劳,就开始惦记帝位。一时连巫医都不肯来帮他了,阿俊只得自己拖着伤腿,外出找寻草药。只寻得桑根皮和甘草,回来时已然是第二日深夜。他跌跌撞撞回到自己的小屋,却发觉床上摆着做金疮药余下的几味干姜、葱白等物,也不知是谁放的。顾不上那么多,只管研磨为粉,敷在伤处,终于缓和了一些。经过高烧和饥饿,他好不容易能再出门时,狂傲的名声竟已传开,又有先前与他分手的女友,在孩童生病夭折之后,站出来控诉他粗鲁、暴虐,她的家人便要把此事闹到女皇那里去。话语如同利剑,从四面八方涌来,阿俊只是沉默。快到盛夏,他心里却如同冰一般冷。在高辛部族那些浮光一般的快乐日子,从此便不见了。

这些事女皇见得多了,又有先前熊部族那一遭,不等帝喾处罚阿俊,先站出来说话,当着众人的面对常仪说:"当弓箭手是最不容易的,不单要看得远、瞄得准,还得顾着近处,一不小心,就踩到陷阱里去了。你们瞧瞧,他腿伤了有半月吧,竟然还没好呢。"

常仪也不笑,说:"不单是女皇说的陷阱,他还得防着狐妖呢。"

众人闻言，哄堂大笑。帝喾不紧不慢开口，关照他的腿伤，嘱咐巫医帮忙查看，这风波就算是过去了，唯独阿俊怔怔看向常仪。狐妖的事他谁都没有透露过，并且打定主意一生都不说。过了几日，阿俊才一瘸一拐去田间找常仪。她正卷着裤脚站在水里，指导众人移栽水稻，看见阿俊，擦了一把脸上的汗，跳到土坎上，丝毫不知自己已把脸抹花了。污泥顺着她的面颊淌下来，常仪又要去擦，必然是越擦越脏的。阿俊忍不住笑，伸手帮她抹脸，碰触到她柔软皮肤的瞬间，忽然又觉得这举止太亲昵，手停在半空中，进退不得。常仪倒不在意，问："你的伤可好些了？"

"好多了。"阿俊没想到她还记得，欣喜答道，"巫医说再休养七八日，就能痊愈。"

常仪点点头，"那就好，别留下病根。找我可有什么事吗？"

阿俊把手收回袖子里，见周围人多，低声道："我是想问你狐妖的事情。"

"什么狐妖？"常仪一怔，"我还以为，你是来问我药的事……"

阿俊也怔住，"什么药？"

"没什么。"常仪正色道，"高辛不会抛弃受伤的战士。"

那温暖的神情扎进阿俊心中。他眼圈发热，顿时明白，为何常仪会受到众人拥戴。只不过阿俊没料到她竟忘了自己说过的话，只得说道："那日在女皇和帝喾面前，你说要我提防狐妖。"

常仪说："我随口替你解围罢了，别当真。"

见她要走，阿俊忙说："我那日不是无视帝喾号令，是真的遇见狐妖了。"

声音恐怕有些大，有四五个人都转过头。常仪这才正眼看他，把手在衣襟上抹了抹，又套上草鞋，说道："是吗？你随我来。"

阿俊便跟在她身后，从田间一直走到林中，每走一步，他的伤腿都在痛。幸而常仪也走得很慢，把天上的云都拉长了。两人在空旷无人处停下脚步,常仪问道:"高辛有许多年没有妖魔来犯,狐妖是怎么回事?"

阿俊便一五一十同她说那日情形,譬如狐妖有丈余高,浑身焦黑,面容狰狞,还知道他的名字,只是隐去了"帝俊"的称呼。常仪听闻沉默许久,末了低叹一声,"是他啊……他还是来了。"

"你……认识那狐妖?"阿俊注意到她的语气。

常仪说:"算不上认识,有些渊源。"似乎是陷入回忆之中,嘴角勾起一抹温柔又苦涩的笑。阿俊忽然嫉妒起来,他不怕与其他的男子比,但要与狐妖比,哪怕是烤焦的狐妖,他恐怕都是比不过的。

耳边却听常仪又问:"他还对你说什么了?不要隐瞒。"

阿俊本不想说,但在对上她目光时,话语忽然就从喉咙坠落。

"他称呼我为'帝俊'。"

常仪眯起眼,看了他一会儿。阿俊被她看得身体发热,喉咙也是干的。

常仪凑近,温暖的呼吸钻进他的脖子里,"我记起这名字了,原来是你啊。"她的手覆在他的脸上,湿漉漉的,大拇指沿着他的颧骨画了一道,阿俊脸上登时就多了一条棕色的泥线。

"那就如他所愿吧。"常仪说。

7. 狐 妖

7.1

常仪接受阿俊追求的消息,第二日便在部族中炸开。阿俊倒也不客气,只在她家中睡了数晚,就背着弓箭,去郊外射了一头大雁送给她。他提着那鸟走到她的房门外，常仪却闭门不出。阿俊颇有耐心，也不催促，就坐在阶梯上等。部族中等着看笑话的人逐渐围上来，纷纷指指点点，有人说他过于心急，有人说他痴心妄想。谁知到了黄昏时分，常仪竟然开了门，接过他的大雁赠礼，又将他领入门中。其中含义，不言自明[1]。

两人另外的男友和女友，都颇为失望。但寻常女子的气度与智慧哪里能同常仪相比，阿俊的容貌与勇武又远胜他人。且阿俊并没有因为得了良配，显出喜不自胜，待人倒越发谦和有礼。这样的品格，就更得到族人的尊重。他在守卫中的威望，已然超过帝喾，年轻人甚至会优先执行他的号令。又有传言说，自从七年前阿俊来到高辛，女皇就有意让他与常仪成婚，如今终于事成，恐怕禅让也是不远的事情了。很快，这对新婚的佳人便受到了众人祝福，女皇和帝喾也专门找了吉日上门道贺。帝喾笑问常仪："你原先还说他粗野呢，怎么还是选了阿俊呢？"

常仪答道："大约是受了狐妖蛊惑吧。"

她认真的神情，反而让话语变得更为好笑。众人都喜气洋洋的，只有阿俊注意到常仪些微的失神。到了晚间，他就问常仪说："你与那狐妖可有什么过往？"

金色的烛光在常仪眼中跳跃，她凝视那火苗，并不答话。阿俊说："我知道你们之间必定发生过什么，那狐妖看着凶残可怖，倘若你肯告诉我，我也能守护你。"

常仪看他神气，忽然觉得他正直可爱，说道："倘若我说，是我把他烧成那副模样的，你信吗？"

阿俊想起那狐妖，它甚至没有动手，仅仅用魔眼看他，就能让自己这样的勇士在恐怖中战栗，柔弱的常仪又怎么可能伤害它呢？想了

---

[1]《礼记·昏义》："纳采者，谓采择之礼，故昏礼下达，纳采用雁也。"

想说："我不信。除非……是意外?"

常仪顿时失去兴致，背过身去道："罢了，不提他。"整个人便缩到阿俊怀中去，又同他轻声说起，女皇的确有意在次年立春时将皇位禅让给她，正在差人把消息告知四岳十二牧，"连名号都定了，叫作'仪皇'。这样的话，你就是'帝俊'了。"但阿俊知道她是在转移话题。女皇如今已年过七七[1]，天癸已竭，不论常仪有没有孩子，禅让之事都不能拖了，自己同她成婚之时，"帝俊"的称号其实已经到手。因此心思都不在常仪这些话上，反而在琢磨那狐妖，恐怕它与常仪确实是有点什么的。

又过了月余，待到秋收完毕，便是巡狩的季节。阿俊再次邀请常仪一同去南方冬狩，她虽不在意狩猎，但思及禅让之事，要在族人面前表现出皇、帝同心，也想借此机会，将节气历法传授其他的部族，便答应与他同行。

两人离开高辛部族，阿俊才知晓常仪竟然不会骑马。"坐车就是了。"她说，语气似乎很擅长驾车。但阿俊觉得常仪应当学习骑马，因此不肯驾车，也不愿与她共乘一骑，而是去马圈为常仪选了一匹小马，让她慢慢适应。常仪没有拒绝，只是前行很慢，两人不久便掉队，与他人落出一天的路程。

这样的距离，也更适合新婚夫妇。先头的队伍已经搭建了营帐留给他们，甚至细心地为两人留下柴火，阿俊只需猎到果腹的食物就好。谁知第一日竟一无所获，连飞鸟都未见到一只。到了夜间，阿俊饿得连亲热的力气都没有。他与常仪猜想，或许是因为有队伍走过，林中鸟兽或被捕杀，或惊吓奔逃。谁知第二日起，情形便大为不同。

先是有一只灰兔，带了一窝毛茸茸的小花兔来，几乎是直扑进了

---

1. 四十九岁。此处借用《黄帝内经·素问》中的论述："七七，任脉虚，太冲脉衰少，天癸竭，地道不通，故形坏而无子也。"

阿俊弓箭的射程之内。阿俊射死了那窝兔子，准备当作晚餐，常仪却责备道："又吃不下这么多，何必把小的也赶尽杀绝。"女人向来是这样心软的，阿俊对她的话不以为意。当他以为灰兔的行径是意外惊喜时，事情就变得颇为古怪了。雉鸡、野猪、雄鹿，纷纷从树林深处走出来，似乎全然忘记人类是猎手。阿俊从没见过这样的情形，他射死了其中的三五只，但鹿肉足有上百斤，再多的他们确实吃不掉、带不走了，只好任由那些鸟兽来去。

它们大多都站定在不远不近的地方，安静地看着两人，有一两头大胆的鹿，会踩着被射杀之兽的血靠近。阿俊才知道，它们原来是想要贴到常仪身上去。常仪似乎对此习以为常，只伸手抚摸了一下鹿的鼻头，它就愉快地走了。又过一天，狼和虎豹也来了，都十分温顺的模样，同样垂着头蹭到常仪身边去。但它们一来，野狗和羊嗅到气味，便都躲到了远处。

猛兽走后，天上的飞鸟渐渐聚集。两人的马匹踏足之处，周遭的树梢就停满了鸟，从枝头垂下帘幕般的长短尾羽，却都不鸣叫，安静得只剩下风声，近乎诡异。阿俊去扎营时，便看见它们一只接一只落在常仪肩膀上，用羽翼去蹭她的脸。常仪不慌不忙，像播种一般，用手去抚摸每一个靠近她的生灵头颅。鸟儿逐一落下，又逐一飞起，在空中绕成一个圆圈，待到傍晚日暮时，群鸟忽然开始大声嘶鸣，给落日的金辉蒙上层次分明的神圣，那声响让阿俊感到眩晕。他有一种奇异的感受，仿佛正身处于一场盛大的祝祷之中，只是他听不懂众生咏唱的歌词。

他又不想懂。常仪是他的妻子，是部族未来的女皇。倘若她有巫术，也应当是为了族人而施展，不该是为了这些飞鸟走兽。因此，他决定不发一言，只当没看到这些。等天色暗下来，鸟兽便散去。常仪丝毫没有要帮助阿俊收拾猎物的样子，更不用说烧火做饭了，只在一旁袖手看着。于是阿俊也深刻地明白，自己的妻子懂得用影子计时、用河图洛书断事，但她宁肯饿着，也不会碰触动物的尸体。

"是因为害怕吗？"阿俊把烤熟的兔腿递给常仪。

常仪没有接过兔腿，也没有接话，"我可以不吃这些。"

阿俊说："耕种的作物当然可以填饱肚子，但肉才能让你精力充沛。"

常仪说："精力充沛又能做什么呢？打仗、狩猎都有你在。"

她难得信任的神情，让阿俊心中一动。他伸手揽住她，把手放在她腹部，凑到她耳边说："你若精力充沛，我们就可以生孩子了。"

"孩子？"阿俊听到一个声音说。不是常仪的声音，是一声从森林深处传来的低吼。

常仪的身体略微僵了一下。她比阿俊先一步站起来，回过头，看向密林。阿俊起身，顺着她的目光看过去。起初，他只看到树林，是黑夜之中更黑的那层黑，寒风撩动冬日残叶，让树枝窸窣作响。直到那股似曾相识的恶臭随着风裹住了二人，阿俊才终于从黑暗之中分辨出狐妖。它睁开额上独眼，火光仿佛一下子被吸入其中，那眼睛顿时比月亮还亮，直勾勾地把阿俊钉在原地。

弓箭都在营帐那边，阿俊想，他身上只有一把小刀，是用来剥兽皮的，连锋利都算不上。他听到自己的心跳声，看见狐妖张开嘴，用粉色的舌头舔了一下鼻子。它口中生了巨大的尖牙，每一颗都同阿俊的手臂一般长。

——倘若被这怪物吃掉，恐怕它连人的骨头都能吞下去吧？阿俊想象出恐怖的画面，他看见狐妖像吃坚果一般咬开他的头颅，吸食他的血肉。浓黑的血水会润湿它口周的毛，把它脸上最后一点没有被烧焦的白毛染成一缕一缕的暗红。

"你的幻术颇有长进。"阿俊听到常仪说。

画面消失了，阿俊身体松软下来，缓缓吐出一口气。然后他才发觉，常仪正挡在自己身前，而狐妖正用独眼看她。

常仪迎上它的目光。在火光映衬之下，她神态轻松，丝毫没有受到惊吓。这比鸟兽的群舞，更让阿俊震惊。

狐妖开口说道："真的是你……你变了。"

常仪说："彼此。"

狐妖的视线又落在阿俊身上，"这个人类，就是你的命定之人吗？他弱小得可怜。"

"他就是帝俊。"常仪说，"你预测了他的到来——看来，你比以往更擅长用旱魃眼了。"

狐妖闻言狂笑，"我只剩下这只眼睛了。"

常仪说："那你透过时间，看到了什么？"

"和你看到的一样。还是说，你都已经看不到未来了？"狐妖说着，又挪开了视线。阿俊猜想，它的视野或许很窄，只能看到固定的一个点。

常仪笑了，阿俊几乎没见过她笑。她笑起来很威严，令人惧怕，仿佛她面对的妖魔就是这么可笑，"在我眼中，你们都一样。过去和现在是一样的，未来和现在也没有什么不同。"

"快走。"几乎是同时，阿俊听到常仪的声音，细小的，像是贴在他耳边低语，"快走，不要说话，不要碰任何东西，转身，慢慢走，去找其他人，我能拖住他。"

他的脚动了。阿俊此刻可以确信她的话语是有法力的。他背过身去，脚步极轻地走远。他听到狐妖在背后说：

"是吗？但你变了，你在做什么？你在人类的部族里寻求保护？是什么把你变成了这副样子？"

阿俊忍不住回头去看，狐妖已经凑到常仪身边，用湿漉漉的鼻子嗅她的脸。常仪后退一步，说："你臭烘烘的，该去洗澡了。"

狐妖竟被她的话戳中，毛发竖起，龇牙吼道："我不是当年的九尾了！"

"快走！"常仪的声音又一次钻进阿俊的耳朵里。几乎是同时，她对九尾说道："我自然没有把你当作九尾……你就要堕入魔道了。"

"这不正是你想要的吗？"那声音也是邪恶的。阿俊强忍住没有停下脚步，他可以听到狐妖正在用力嗅常仪身上的气味，就像每一只靠近她的鸟兽一样。它们都想从她身上得到什么，哪怕并不理解她拥有什么。"你的神力去哪里了？啊！我知道了，你腹中有一颗蛋！但就算是你有孕，也不该在人类的部族留这么久……"九尾喃喃说着，猛然顿住，他似乎终于找到了自己想要的答案，发出一声古怪的叹息，"原来是这样啊，你还没有受孕——你有了蛋，可他们无法让你受孕，这些可悲的人类。"

蛋？那是什么？阿俊停下，他想要回头，耳边常仪的声音却更坚决了，"走！不要看它的眼睛！"

狐妖继续说道："原来是这样啊……如果不受孕的话，那颗蛋就会一直在你腹中，是多久来着？十年？十年之后，它才会变成石头，是吗？"它虽然在提问，但显然已经笃定自己找到了真相，然后它大笑起来，"怎么样，他们不行，要不要我来帮你？"

愤怒的火焰在胸口点燃，直顶得阿俊狮鬃一般的长发都炸开。他抓起营帐边的弓箭，回身拉满，直射向狐妖额头上的独眼。没等那箭射中，第二支箭矢已然飞出。惨嚎直到第三箭射出时才传到阿俊耳中——狐妖躲开了要害，但阿俊也射中它被灼瞎的另一只眼睛。狐妖拔出脸上的箭矢，用旱魃眼盯住阿俊，男人顿时无力再抬起手臂。在它的注视之下，他连呼吸都感到艰难。

"哈，你瞧瞧，这个人类真的把自己当成你的丈夫。"狐妖讥笑道，"他是你选中的另一个我吗？你当年叫我什么来着？灵宝君。嗯，和帝俊这个名字相比，你更喜欢哪个呢？他可想要我今日的下场吗？我不如先帮他从这苦难之中解脱出来吧。"

巨爪带着腥风迎面而来，在近在咫尺的死亡面前，阿俊反而忘记了恐惧，只觉得时间被拉长了，他近乎冷漠地看着那尖利的长爪一寸寸靠近自己，最终却被常仪的手挡住。

她的手很小，就在他的鼻尖前不足一臂距离的地方，却足以阻止世间最强大的妖魔。

"他属于我。"阿俊听到常仪说。

狐妖竟没有继续攻击。它一屁股坐下，把爪子收回来，然后满意地盯着爪尖的一丝血痕，又用舌头细细舔舐那抹微小的红。喝到常仪的血之后，它的毛发忽然在黑暗之中焕发出光芒，身上、脸上的陈旧伤口也一一愈合、复原，连失明的双眼都睁开了，黑洞洞的眼眶一翻，生出一对亮晶晶的眸子来。有一瞬，阿俊分明看到一头华美的九尾白狐，每一根毛发都闪着流动的柔光。然后，它便化身为一名成年男子，身高与阿俊相当，面容忧郁而俊美，一头乌黑的长发直坠到地面，如同丝缎一般。他起初是赤裸的，直到常仪咳嗽了一声，狐妖才又幻化出一身纯白绣金的华服，更衬得人优雅、挺拔。最后，狐妖闭上了额头的眼睛，掩盖住自己身上的妖气，只用美去掌控世间一切。

世界消失了，常仪也消失了。在无尽的黑之中，只有映着火光的九尾处于万物中央。每一次火花的闪烁，都让他的美更加撼人心魄。因为这一点点光线的变化，便足以证明眼前的美人是真实的，而非幻觉。阿俊本能地靠近那美丽的事物，他想伸手，去摸他的头发。

"你是谁？"阿俊轻声问。

他的手被常仪握住。阿俊猛然清醒，意识到自己在做什么，登时无比羞愧。

"我是九尾。"狐妖勾起嘴角，不再看他，而是看向常仪，"弑神九尾。"

7.2

　　阿俊醒来时，已回到高辛部族，睁开眼，正是他与常仪的家。他听到巫医说："醒了！"常仪闻言，甚至都没有抬头。她伏在案前，恐怕又在用刀笔在陶片上绘制星图。

　　"醒了，就没事了。"她说道。

　　阿俊喝下巫医递来的温热草药，直苦得全身发抖。他怀疑那药的全部效用只是苦，用苦来提神，让他清醒。阿俊起身，把陶盏还给巫医，他的腿脚也恢复了力气。

　　"我怎么了？"他问。

　　常仪转过脸，"你在森林里中了瘴气，昏睡了三天。"她指了指窗外，"我用马把你拖回来的。你可真重啊。"

　　"瘴气？"阿俊疑惑道。他仿佛觉得不是这么回事，但狩猎时的场景变成了一团迷雾。他只记得常仪不会骑马，所以两人走得太慢了，他射死了一只灰兔，林中的树梢落了许多鸟……后面发生了什么，他就全没有印象了。常仪见他这副苦苦思索的样子，柔声道："你清晨的时候独自去打猎。我找到你时，你仰躺在溪边昏睡。巫医说你撞见了妖魔，好在没有被附身。"

　　"妖魔？"这就更没有印象了。

　　"只是猜测。"巫医忙说。

　　"我觉得也不像真的。"常仪走到阿俊身边，"这年头哪里还有妖魔呢。"

　　"灵宝君……有一颗蛋？"他无端说道，挠了挠头问，"我们吃了鸟蛋？"

　　常仪微微沉下脸，过了一会儿，才摇头叹道："看来是鸟蛋的问题,以后还是不要胡乱捡来吃了。"又看向巫医,"我想着没多大事情,只请了巫医来,旁人应当也没必要知道。"

巫医道:"常仪放心,我必不会同旁人提及此事。"

常仪点头道:"有劳巫医。"

等巫医走后,阿俊还在想那颗蛋,仿佛忘记了什么重要的事情。常仪见状,说道:"冬狩结束之后,帝喾已经差人来了三五次,要请你一同去查看狩猎的收获,我都替你挡住了。但这的确是你的职责,既然醒了,就去看看吧。"如此,就把他赶了出去。阿俊迷迷糊糊出门,与帝喾点数猎物之事,倒是不必多说。待到傍晚忙完,帝喾又开始同阿俊探讨禅让的仪典,说女皇可能会趁着将冬狩猎物分给族人的日子,安排使者去各部族,邀请首领们共同见证,定要办成华夏大地上最盛大的禅让仪式。末了,他忽然感慨道:"从此,你也是高辛氏了。"

拥有"氏",阿俊就拥有了归属,常仪新生的子女,会冠上她的姓与他的氏,他也不必再担心会被妻子遣送回家,让多年的拼搏付诸东流。但阿俊知道,帝喾想说、想听的,并不是这个。

阿俊谨慎开口:"我早年就听母亲说过,高辛虽然是凤凰的部族,为众鸟之首,但在你到来之前,也只勉强与兽联盟分庭抗礼,远没有今日的至尊地位。这些年来,帝喾在高辛的功绩不可估量。他日我若成为新帝,必定会敬重你,服从你。"

帝喾满意地点点头,温和道:"我专门为你和常仪留了一头白狐狸,近来天气冷,你带回去剥了皮送给常仪,她会喜欢的。"

8. 落 幕

8.1

那狐狸果然与众不同。浑身雪白,通体没有一根杂毛,眼睛滚圆,又大,狸猫一般。但嘴长得和猫又不同,尖、细长,嘴角陷入白毛之中,仿佛总是笑着的。阿俊抱在怀中,只觉得狐狸体温从掌心直坠心底,一呼一吸都是动人的。想到要把它杀死、剥皮,竟不忍心,便将它带回家中。日落后,常仪回来,见了狐狸先是一怔。阿俊忙道:"是帝誉送给你的,他说天气冷了,让我用狐狸皮给你保暖。"

听完他的话,常仪已恢复常态。她俯下身,熟练地拎起狐狸后颈的毛皮,把它肚皮朝天翻在自己臂弯里。那狐狸全不知自己死期将至,舒服得伸开四只脚爪,眼睛都眯起来。

常仪一面抚摸狐狸蓬松的尾巴,一面说:"帝誉确实周到,这畜生的尾巴正适合日常带在身上。"

阿俊没想到她会如此说,虽有些不舍,但还是提着刀把狐狸拎到外面,要动手时,却见那狐狸正楚楚可怜看着他,目光说不出的婉转动人。他手一松,狐狸就跑开几步。阿俊想着它自会回到山林间去,回屋只对常仪说白狐逃了。谁知第二日早晨,狐狸竟守在门外,蜷成一团,睡得正香。阿俊不由自主俯下身去,又用手摸它的头,白狐却一扭身把肚皮露出来,毛皮间散发着清苦的草香,让他记起幼年时床铺的气味。常仪在屋内问:"你不是要去找帝誉吗?"

阿俊把白狐抱回屋内,"我不想杀它——我们养这狐狸吧。"

常仪说:"我不同意。"

阿俊坚持说："我要养。"

常仪欲言又止，叹道："随你。"那狐狸就留了下来。阿俊也不用铁链拴住它，由它自由来去。白狐颇通灵性，日常出门打猎，偶尔回到高辛，必然会来拜访阿俊。高辛族人见了都说："帝俊毕竟是从狸部族来的，还专要留只白狐在身边哪。"阿俊听了不快，借着准备典礼，找由头惩罚了爱说话的人。众人知晓背后缘由，见常仪也在一旁未开口，就不敢再嘲弄他。

8.2

这日清早，白狐见常仪还在睡觉，就凑到她身边端详。常仪蹙着眉，呼吸极浅，又极长。它靠在她身上，把嘴埋进她手心。她的体温也比常人略高，但那热并不在皮肤上，只有长久的肌肤相触，才能感知到和煦的暖意源源不断地涌来。白狐惊异于帝俊和高辛部族的迟钝——她分明不是人类，而他们却一无所知。

当然，比起以往，她看上去已经非常像人了。北极宫的那位天帝羲和，会忘记饮水，忘记进食，甚至忘记呼吸，这让她看上去像是由一连串静态画面连接而成的生灵。直到自己怀孕的那几年，九尾才意识到羲和根本不需要睡眠。她白天是太阳神羲和，晚间则是月神常羲。那个时候，羲和还会在北极宫里，同九尾玩"画影子"的游戏，她自己就会发光，因此并没有影子。但她会背对烛火的方向，认真地描绘自己该有的影子，努力在每一刻、每一面都更像一个人。

此刻它也说不清，究竟是她将自己伪装为人的行为更古怪，还是她想要成为人的意图更惊悚。魔会永远被禁锢在扭曲丑怪的躯体之中，妖修炼历劫可化身为人形；而人却是神照着自己的模样捏出来的造物。但当人的数量众多时，神反而成了异类，要去模仿人了。

思考和回忆带来的痛苦与甜蜜，让白狐一时有些心烦意乱，它后退，不再碰触常仪，却看到她手心的伤痕——虽然已经愈合了，但依然是伤痕。上一次她身上有这样的印记，还是为了戳开混沌的膜，用手握住了太阳的碎片。而当日林中那随意的一击，竟然也能在她身上留下疤痕！比起她的沉睡，这痕迹让九尾又一次确信了她的孱弱。

但这是天帝啊！是她，在对九尾施加诅咒之后，下令不辨善恶，斩除世间妖魔！其后，天兵神将与妖魔缠斗了十二年，终于将魔域尽毁，令残存的妖再也不敢靠近人类。她怎么可能、又怎么可以弱小？

这认知为九尾带来的，不仅仅是喜悦，也有恐惧。正如人见到天狗食月，会惊恐哭泣一般。神的衰落，让九尾意识到这世界将会更迭。它忽然想到了另一个地方，便踩上几案，跳出窗口，蹿下高台，跑入山林之间化为原形——再一次得到神血的九尾白狐，身形比以往更为庞大，它正值壮年，双目闪着灿金的耀光，睁开额上的旱魃眼时，更令万物都不敢与它对视。九尾向西奔出千里，又从昆仑一跃到天宫。羲和曾禁止它再踏入神域，然而现在，它已经无惧她的诅咒。

九重天上空空荡荡。

草木凋零，蟠桃枯萎。九尾变回人形，想着去找神将询问境况，谁知一路向上，竟然连人影都没有。曾经的天兵神将，有的变为石像，有的化为星辰。殿宇倒塌，乐园毁灭。灵宝宫早已不见踪影，甚至连地基都塌没了。从荒芜的第七重天，九尾可以直望到大地。山峦起伏，江河九曲。人影细小而不可见，时光也匆匆消逝无踪。四下空寂，让他感到孤独，太阳一般的孤独。

去往最高处的天梯断了，连残骸都没有。九尾循着记忆找到路途，却只见一层浓云罩在头顶，想必是羲和用迷雾锁住了北极宫。妖王借尾巴旋风，向上飞起，却坠入云雾之中。身体骤然变轻，同一时刻，他也失去了对上下的判断力，无法辨认任何方向。云雾如同泥沼，连旱魃眼也无法穿透。他只能选定一个方向，向前走。但"前"是无意义的，云雾之外只有更深的云雾。他想起混沌的世界，由无穷尽的麻木、荒芜、迷茫混合而成的痛苦。有一刻他感觉自己就站在北极宫门外，但是伸出手去，依然是轻柔的雾气。

"妈……妈……"

声若蚊蝇，传入耳中时，却仿佛霹雳一般。九尾无法分辨那是真实的声音，还是记忆中的梦魇。"混沌？"他喃喃问道。但那声音飘远了，消失无踪。

九尾又陷入云雾的牢笼。他不知道自己被困住了多久，万幸在饿死之前，眼前终于豁然开朗。他跌跌撞撞坠到八重天。又慌不择路，直直从天宫断裂的边界向下，跳到昆仑山巅。再回望时，天宫亦已消失。

天空碧蓝，万里无云。天神的故事只是传说，虚无缥缈，浮生一梦。

8.3

在等待复仇的漫长时光里，九尾想过很多种方式与羲和决斗。但现在他终于明白了她想要什么。羲和比所有人都更早知晓，属于神魔的时代已经结束了，正如在远古，众神创世的辉煌纪元，也终有落幕的一天。羲和要将世界交给人类，她此刻最在乎自己在人类之中的声名。因此，他必须要加入人类的部族与她一战，才能为自己正名。

九尾决定去青丘，这里如今是熊部族的领地。败于高辛之后，熊部族作为兽部族联盟首领的地位摇摇欲坠。原本快到仲春之月[1]了，正该是青年男子要去往各个部族找寻女友的时节，然而去往熊部族的路

---

1. 《周礼·地官·媒氏》："仲春之月，令会男女，于是时也，奔者不禁。"

上，却罕见人影。

九尾只在林间偶遇一名少女，生得竟有几分像女戚。她看清他的脸，便呆呆地定在原地，等九尾要开口询问时，她忽然惊呼一声，转身奔逃。这行径让九尾大为迷惑，一时以为自己还是那只被烧焦的狐妖，并且忘记变为人形。便循声去找溪流，从倒映的水中看清自己：确实是人的样子，眼波流转，媚骨天成。不久，那少女便引了几十名形色各异的女子，将九尾团团围住。一时间欢呼声、惊叫声、赞叹声甚至是哭泣声，此起彼伏。

众女都说，九尾这样的美男子，必须请到部族里去。于是不待他回答，一双双或温润或粗粝的手，便争先恐后搭到他的身上，半拉半推，直接将他拖到部族首领的屋外——曾经为祭祀妖王而建的高台，如今是熊部族的祭台，弑神剑依然被封印在巨石之上，只在两侧多雕刻了有着弯曲长角的神羊；而当年妖王宫的大狐狸洞，正是首领的居所。

内里一切，熟悉又陌生。起初遇到的那位少女，名为女祭，最聒噪。她说，姜嫄见多识广，在部族之间流浪的不少俊秀青年、望族子弟，都想要成为她的夫君，"帝喾也曾是姜嫄的裙下之臣。"然而该成婚时，却总是不成。女祭话音才落，又有旁人说起，不久前有一人几乎就要成功了，然而在熊部族战败之后，却因恐惧与高辛为敌，逃离了这个地方。自此，姜嫄也几乎放弃了找寻夫婿。

"我并不是来……"九尾还要解释，女祭又打断他，说他来熊部族的时机也不好，在高辛战败之后，部族内男丁凋零，外面那些流浪的人也不敢来加入。而姜嫄正怀着孕，无力亲自安抚战士。说着对九尾狡黠一笑，说："一旦首领拒绝了你，你可会考虑我吗？"如此直截了当，让九尾也颇为惊奇。他笑道："自当效劳。"

女祭顿时大喜。众人七嘴八舌，走到尽头的主穴时，终于安静下来。四下豁然开朗，足有数丈高，一束光从洞顶投下来，洒落在尽头石台的御座上。这里不再是以往的模样，洞穴扩大了许多，顶部那漏下光的洞，显然也是新挖的。九尾猜想，大约是因为人类比妖更怕黑吧——但下一刻，却有一名幼童，抓住御座上的首领，喊了一句"妈妈"。九尾的狐耳顿时从黑发中警觉竖起，万幸他反应极快，又在其他人发觉之前，将耳朵收了回去。他才发现此处情形，竟同当日羲和困住混沌的昆仑地洞一模一样。高、宽、回声的余韵……他忽然有些分辨不清，自己身处何时、何地——这是什么？是他的命定之地，还是羲和为他造的陷阱？

"妈妈，你看那个人！"幼童说。

大腹便便的女人抬起头，看到九尾，本能地起身，赞叹道："我还是头一次见到这样俊美的人呢！你是谁？"

九尾整理了一下自己凌乱的发丝，回答道："多谢褒奖，我名为九尾，来到青丘，并不是想用美来侍奉你。"

姜嫄抿起嘴，掩饰住失望，"哦？那你是为什么而来呢？"

九尾说道："是为了助你打败高辛。"

姜嫄凄然一笑，"你有这样的勇气，是很好的。但如今我们从哪里去召集勇士，对抗高辛呢？"

九尾说："你恐怕不知，青丘有一宝物，可以号召天下勇士为你而战。"

姜嫄奇道："有这样的事？"

九尾笑道："我原本是想要来询问你将宝物藏于何方，谁知来的路上，已经看到了。"

"就在此处？"姜嫄沉吟道，"九尾可是在说——外面巨石上的那把剑吗？"

"正是！"

女祭在一旁说："那是用神骨铸的剑，从未有人能把剑拔出来！"

"我可以。"九尾说道。

女祭还要说话时,却被姜嫄制止。姜嫄扶住女祭的手臂,缓步走下石台,对九尾说道:"你竟是这样的勇士吗?那就证明给我看吧。"

8.4

众人簇拥着姜嫄和九尾走到洞外。阴霾罩着天地,树木和人都没有影子,仿佛飘荡在迷雾之中的幻影。女祭敲响了缶,于是熊部族的男女老少都围到祭台周遭。这情景让九尾记起他最初成为妖王的时光,但愿他心中仍留有杀上天宫时那不屈的勇气。他仰起头,一步步踏上祭台,随着女祭击缶的声响和他的脚步,鼓噪的风如海浪一般一层层涌出,擦过树丛,扰乱云雾。当九尾一跃跳上巨石的时候,那风也汇聚到天空上,将云撕扯开来,直逼着阳光从天空漏下。直直的、孤独的一束光,由旋转的金色沙尘拧成,落在弑神剑上。九尾踏入那片光里,与之融为一体。

"他到底是什么……"女祭喃喃道。

九尾用双手握住剑柄,那剑纹丝不动。他收敛气息,睁开旱魃眼,剑松动了一瞬,但仍提不起来。他把力量集中在腿部,但直到他的双脚轰然陷入巨石之中,还是无法将剑再移动分毫。击缶声渐渐急迫,天空里投下的光,变成了一条细线,仿佛羲和正嘲弄地眯起眼。九尾大喝一声,白耳竖起,双手变成了狐爪,那巨石又战栗起来。

"不行吗……"女祭失望地说。她并没有看到九尾的变化,这会儿,他仍然背对着众人。

九尾松开剑柄,他忽然亮出指甲,俯下身子,用狐爪一下击碎了两侧的石羊,又去猛刨巨石!这举动让众人都惊呼起来。然而下一刻他们便看不清九尾的动作了,只听见轰然巨响,瞧见碎石横飞。但这粗暴的法子,却比硬拔要更为有效,不多时,九尾竟然生生将弑神剑从石头之中挖了出来。终于,他用爪子抵住剑身,只轻轻一抖,就将整柄剑举了起来。

它是轻的,至少比从前轻。

无人欢呼,击缶声不知何时也停止了,周遭寂静无声。沙尘落下,妖王的身形从残雾中现身,九尾喘着粗气,巨齿从口中龇出来,尾巴扬起飞舞,白毛蓬松炸开。只他的躯体依然是人形。

"妖……"女祭才说出一个字,忽然听到姜嫄一字一顿高声说道:"九尾狐神拔出了神剑,是天佑我!"

"天佑吾主!"女祭反应飞快,匆忙改口。

"天佑吾主!"众人随她高喊。

九尾回身,看向这些蝼蚁一般的人类。他逐一收回耳朵、尾巴,把爪子变成人手,牙也缩回口中。他把身上的残酷魔性都藏到了人类轻柔的衣料与繁复的礼节之下,把骨血里的狂暴兽性藏进人类光洁的皮肤与柔软的神情之中。他就在众目睽睽中这样做了,如此,他就可以从邪恶变为正义,从魔变为神。然后他跳下祭台,走到姜嫄身边,朗声道:"我愿以此剑,助你战胜高辛。"

姜嫄与他对视,但立刻被旱魃眼吓得撇开脸去。她极勉强地微笑,点头。众人都喊:

"战胜高辛!"

云雾合拢。那光消失了。

常仪放下酒壶,却依然握着壶身,浊酒汩汩流淌到地上。帝喾注意到她的失神,问:"仪皇在想什么?"

常仪把酒壶立稳,柔声道:"禅让典礼之前,怎么能称呼我为仪皇呢?"

帝喾笑道:"不差这一两天。极少看到你想事情这样认真。"

常仪答道:"我听闻,有狐妖去了熊部族,拔出了青丘祭台上的神剑,想要以此战胜高辛。"

"妖魔作怪,不足为惧。"帝喾说,"况且,我们有帝俊呢。"

阿俊此刻却率兵去巡逻了,常仪不置可否,宴席上竟无人接下帝喾的赞叹。

女皇蹙眉道:"帝俊再勇猛,毕竟是人。人如何能抵御妖魔呢?"又问常仪:"我倒是没听闻此事,你是从何得知的?"

常仪道:"说来女皇可能不信,我是从卦中推算出来的,消息应当明天就会到。但等我们得了消息,天下的勇士也都去往熊部族了。"

帝喾问:"那该怎么办?"

常仪答道:"有敌人来犯,那就与其一战。有妖魔来犯,那就斩妖除魔。我是不怕他们的。"

帝喾又问:"才说你有了身孕,禅让的典礼不能去恒山,只能在苍梧山办。难道你倒想要上战场吗?况且,你就算去了战场,又能做什么?"

常仪道:"帝喾不必担心,我自有办法。"

9. 禅 让

9.1

典礼前一日,阿俊早早起身,正想告诉常仪外面天气晴朗,回头却见白狐正在床脚端正地坐着。他笑问:"你是何时进来的?"白狐自然不会答,略不耐烦地撇开脸。阿俊又问:"这些日子你去哪里了?都不知道回来看看。"说着,去给它切肉。回来时把肉丢在地上,白狐傲然盯着他,并不去吃。阿俊说:"脾气挺大。"又亲自递到它嘴边去,白狐这才勉为其难地咬住吞下去，用粉红色的舌头舔了舔嘴唇，仍是一副难相处的模样。

阿俊叹道："罢了，我还有事，你好自为之。"出门前，也不忘摸一把白狐的脊背。它抖了抖毛，仿佛要将阿俊的气息甩开。阿俊出门后，白狐跳到常仪耳边，说："你还要装睡！"

常仪反手按住它的脖子，说："吵死了。"转头继续睡。白狐见状，张开嘴一口咬住她的耳朵，但并未发力，温热的呼吸直拱进常仪耳朵里。直到常仪实在耐不住痒，才把白狐推开，然后坐起身。

"你不问我去了哪里吗？"白狐问。

"你不是有了新的主君吗？"常仪并不看它，一面梳头发，一面随意说道。

"主君？她配吗？"白狐反问。

常仪把梳子放在一旁，问："交战在即，你来做什么？"又说："你能不能变成人的样子，这样怎么说话？"

用狐狸的模样说话时，九尾或幼稚，或粗野，但确实直白诚恳。

"我原本就是九尾狐妖，就是兽。"白狐挺立着身子说，"你为何非要让我伪装成人？"

常仪思索了一会儿，回答道："我原本盼着你能统治人的。"

"我不像你，我谁都不想统治！"白狐龇牙道。

常仪摇了摇头，"你要是来这样吵架，我宁可不说话了。"

白狐又觉得自己落了下风，它跳上屋架，居高临下看常仪，"我来，是要告诉你，我要堂堂正正地击败你！"

常仪甚至都不肯抬眼看他，"你？堂堂正正？趁我怀孕的时候起兵，用你的妖力与人类作战。你不如用美色去蛊惑女皇，那样都更堂堂正正！"

她话音未落，白狐已然消失。九尾化为人形，只余一条尾巴把身体倒挂在屋架上。他晃了几下，才跳下来，蹙眉盯着常仪。

"你怀孕了？"

常仪先不言语，顿了顿，又道："消息恐怕已经传到青丘了。"

"是他的……是帝俊的孩子？"

常仪看向他，"不然呢？"

九尾如同困兽一般在屋内转圈，他被屈辱和愤怒罩住，再回过头时，恨得五官都挤在一起，犬齿从唇边漏下来，刺破了男人美好的下巴，"你不肯给我生孩子，你……你杀我的孩子，你居然肯给他生孩子！他只不过是个人，是个人！"

常仪笑道："人是你帮我选的。"

九尾气得亮出利爪，常仪见他这样，暗叹野性难驯，摇头道："你走吧。有本事的话，堂堂正正击败我。"

九尾收敛身上的兽形，抿嘴笑了下，"好，既然你把人的那套鬼规矩当正道，那我也先送你一份礼吧。"说着便衣衫凌乱地摔门而出。两人吵架时，外面早有人听到动静，但都不敢靠近。如今，看一个从未在部族中见过的美男子红着眼睛从常仪房中出来，一时都惊叹起来。有人说："这是谁？"又有人低声问："帝俊去哪里了？"到底是帝誉见多识广，九尾从他身边快步走过时，他闻到男人身上异香，沉吟道："我听说熊部族新得的那位狐妖，就生得十分俊美。"差人去请常仪来询问。常仪并不解释，只说："熊部族得到狐妖，也不过是半月内的事情。我们见见也没什么。"

帝誉道："见自然可以见，只是那毕竟是狐妖，常仪下回还是不要私下见了吧。"

常仪起身告辞，寒声道："明日帝誉见我，就该称'仪皇'了，还是要端正姿态，分清楚什么话能说，什么话不能说才是。"

阿俊回来时，自然也听闻了狐妖之事。禅让在即，琐事繁杂不堪，又有风声说熊部族计划来犯，他不得不在最忙碌的日子里，再抽出半日去卫队巡视。却见军纪涣散，同袍的祝贺也都带着古怪笑意。当时还不明所以，等到晚间听闻传言时，心底顿时犹如烈火烹油，面上却一丁点都不敢露出来。回到家中，见常仪还是惯常的平和，仍旧对着她的星图出神，更是气不打一处来。

"狐妖——就是那白狐吗？"他凑到她身边，压低声音问道。

"那是妖王九尾。"常仪说着，又用刀笔在星图上按下一个点，"他有千年的道行，普天之下都难找敌手。"

"你可知道外面传成了什么？"阿俊贴近常仪耳边，飞快地说道，"他们说，人是不可能让你怀孕的，只有妖可以。"

常仪后退一步，蹙眉看向他，"你在说什么？你可知九尾如今是熊部族的巫祝？你为何不去查查他的过往，去考虑一下该如何保卫高辛？"

"不用你来教我！"阿俊吼道，"你只管回答我，孩子是谁的？"

阿俊此时比九尾更像妖怪，常仪略惊诧地看向他扭曲的面容，道："自然是我的。"

阿俊抓住她的肩膀，"告诉我实话。"

他力气很大，虽然伤不到常仪，但足以让她不悦。常仪无端想起曾经的另一个传言，是阿俊的女友在女皇面前，哭诉他残酷无情，甚至在她怀孕时殴打她。思及此事，常仪的目光中已有了几分冷淡。阿俊对上她的视线，双手本能地垂下。他慌忙撇开脸，幸而常仪也不想看他。她心中闪过千百个想法，但她已看清了阿俊，便选了他能听懂的话，沉声说道："你听听自己在说什么，这几句话传出去，你才是华夏最大的笑话。阿俊，明日你就要成为帝俊了，怎么还沉不住气呢？"她伸出手，抚摸他的面颊，"我的孩子就是我的孩子，你想成为孩子的父亲，要付出相应的努力才行。"

9.2

　　立春这日，苍梧山巅格外寒冷。四岳、十二牧及各路诸侯，从华夏各处聚集于此，只有熊部族推说姜嫄临产，没有前来。众巫祝宰杀牲畜，其血顺着山顶一路涂到山脚，洇出一条暗红色的祭祀之路。

　　阿俊登山时，天只蒙蒙亮，太阳尚未升起，他感觉天地都被包裹在这血腥的气息之中，恐怖又充满生机。两旁吟唱的女巫，将上古时代的祝祷一一带到他面前。当他因欢愉或紧张而喘息时，转脸却发觉常仪神色如常。她似乎就是为了这样庄重的时刻而生的，每一步，都会准确地踏在歌声的节拍上，又或者，那节拍是随着她的步伐而奏响的。清冷的风带来了薄云，两人缓缓穿过雾气，踏上山巅的祭坛。

　　帝喾手持长剑，威严地站在坛中央，女皇则端坐在他身后的高台上。阿俊看到母亲站在狸部族的前列，而舅父伯狸则站在虎部族的首领身侧。人那么多，可阿俊只在自己的母亲和舅父眼中，看到纯粹的喜悦。

　　日出时分，在众人的见证之下，帝喾将玉戈交予俊狸，其上绘有龙纹，从此，他就是高辛氏帝俊。女皇则将凤冠戴在常仪头上，将玉圭放于她手中。当这位华夏新的统治者转过身时，天上层叠的云忽然散开，只在她左右侧留下斜长的两道薄云，被初升太阳的光辉染成灿烂的金色羽翼。这异象让众人都惊叹起来。仪皇将手中玉圭缓缓举高，阳光便准确地穿越山巅的树影，照在玉圭之上，其景象之神圣、隆重，无法用言语描述。众人都为之震撼，四下一时寂静无声，直到群鸟的朝贺打破了安宁。本应在日出之前喧闹的鸟儿，到此刻才发出清脆、喜悦的嘶鸣。它们列队飞翔，以鸟群的聚散，在群山之巅起舞。等鸟儿散去，仪皇才开始祭祀天地的仪式。其后，她并未像以往那样将玉璋送给诸侯,却请人将星图放置于祭坛中央,将历法、节气与星象观测之要义,传授各部族。

"有了知识,你们便可走向文明。"她朗声说道。

太阳西落时,她终于传授完毕,这才将玉璋一一交给诸人,四岳为大璋,十二牧为中璋,其余诸侯为小璋。

从此日月星辰,各归其位;山川安定,各司其职。

因禅让那日的神迹,华夏大地被狐妖笼罩的阴云,终于被仪皇驱散了几分。然而,九尾也是一位高明的外交者。他亲自去往兽联盟的各个部族,探访那里的首领和青年。总有未能觐见仪皇的人,会被他的巧舌迷惑。青年男子有不少选择去往青丘,而部族首领们也往往沉迷于九尾美貌,愿意为他供奉粮草和兵器。到仲春时,熊部族已召集了一只颇为可观的军队。

帝俊听闻此事,便召集鸟部族联盟的首领,商议对策。然而她们立春才来过苍梧山,往返辗转百千里,才回到家中,又被召唤,难免有些不满。有的派了家中的兄弟来,有的干脆就没有回信。帝俊知道是不肯屈从于自己的命令,更为恼火,便以严酷的典刑处罚那些怠慢的部族。有人来找仪皇哭诉,她却以怀有身孕为由,避而不见。不久,华夏诸部族便都已知晓:与先前的女皇不同,仪皇重视历法,参与祭祀,但不问政事。一时之间,又有一些摇摆不定的青年,选择了更可亲的九尾。

到月末时,旌旗与战鼓已迫近高辛。帝俊率兵迎战,然而九尾用兵如鬼魅,还时常在战场掀起飓风,令高辛军士丢盔弃甲,几场交锋,高辛竟节节败退。这日鸣金收兵时,帝俊的手上还中了一箭,正是那九尾狐妖射的。巫医来看,幸而伤得不深,又在左手上,帝俊便说他还能再战。

仪皇听闻此事，也离开聚落，奔波三日，赶来锋线的营帐，关怀众军士和帝俊伤势。她先在外面安抚众人，最后才来到帝俊营帐之中。见他颓丧地缩在锦被里，还要咬牙撑住形象，顿时觉得可怜可爱。巫医说，换药是最痛的，请帝俊忍耐。仪皇便遣散余人，接过巫医手中的伤药，亲自为他敷在伤处，又说："上回你射了九尾一箭，这次，就算扯平了吧。"

帝俊不明所以，"我何时射过他？"

仪皇道："就是冬狩那一回……对了，你中了瘴气，不记得这事。"便将两人在林中遇见狐妖一事，半真半假地同他说了，末了道："九尾的箭术是同后羿学的，能把星星射下来——他这一箭，留手了。"

手上伤口抽着疼。帝俊恍惚记起了一些细节，那狐妖仿佛说过，常仪腹中有一颗蛋，但再要细想前后因果时，却头痛欲裂。帝俊想问她孩子如何了，一张口却变成呻吟。然而接下来仪皇的语气，却比那箭头更深地扎进他的心里——耳边听她又柔声道："九尾的'妖王'可不是虚名。他杀旱魃、屠龙穴，神子都不是他的对手，你输给他，也没什么丢脸的。"

"你想说什么？我的帝位是虚名？还是你早知道我会输？"帝俊提高了声调，但说话用力时难免牵扯伤口，又忍不住痛呼一声，"你要是心心念念想着他，就换一个丈夫好了。"

仪皇把药放在一旁，招呼外面的巫医入内，"帝俊累了，你们为他调些安神的药吧。"起身，走到门口，又说道，"明日，我去见见那狐妖。"

9.3

第二日，仪皇便亲自驾战车前往沙场，帝俊骑马，随侍一旁。但见她未着铠甲，倒穿了一身窄袖礼服，也不顾前锋阻拦，直直来到九尾阵前。狐妖这日穿的，正是双目再见光明那日幻化为人时那身绣金华服，显得丰神俊朗、鹤立鸡群。与仪皇对望时，分明是一对璧人。

两人都没有开口，像是在彼此的眼瞳中找寻某种命定的可能。这一幕他们已经预见了无数次，而直到此刻，才终于发生。女祭站在九尾身侧，高声嬉笑道："仪皇有孕，怎么能到此处来呢？是高辛——没有人了吗？"

熊部族的军士哄笑起来。

仪皇依然在注视狐妖。帝俊喝道："竖子无礼！"

他话音才落，女祭又打断他道："怎么了？帝俊也要——对我用刑吗？"

仪皇这才看了她一眼，拦住正要开口的帝俊，缓缓道："斩妖魔、除逆贼，用刑恐怕不够。应以五雷轰顶，令魂魄灰飞烟灭。"说罢，晴天便劈下一道炸雷，把熊部族军队中央的一棵巨树一轰为二，周遭的马匹兵士，有不少被压在树下，一命呜呼。女祭堪堪躲过，吓得再不敢出声。

高辛部族一片欢呼。这几日，因狐妖掀起飓风而消融的那些士气，靠仪皇一道雷全回来了。等熊部族的窃窃私语声平息，仪皇才对九尾说道："你那日说得对，你原本就是狐妖，是兽，不必伪装成人。堂堂正正，并非你的天性，是我错看你了。"语气既怜悯，又惋惜，竟比咒骂还要让九尾愤怒。他冷笑着抽出弑神剑，道："当日你赐我此剑，倒是没看错人呢。"

谁知一个"赐"字，又让熊部族腾起议论之声。仪皇微微一笑，轻扭缰绳，战车便轻盈掉转方向。帝俊忙令左右上前护卫，然而仪皇的战车前行极快，竟独自闯入了战场。登时便有几名小卒来侵扰，只见仪皇将缰绳一抖，那战车所系四马竟同时一跃而起，如同神鸟一般，从半空中踏着兵卒头颅，呼啸而过。兵卒被马踏车撵，皆筋骨碎裂，血从七窍涌出，坠在沙场上。再看仪皇却毫发无伤。她回到高辛战士之中，巫祝们随即敲响了战鼓，帝俊与前锋亮出兵刃，这一日的战斗开始了。

帝俊自从见了仪皇看九尾的目光，胸口就憋着一口气，竟未受左臂伤势影响，格外神勇。不多时，他脸上、身上，都泼了泥浆一般的血水，舞刀嘶吼时犹如魔怪一般。因他的鼓舞，高辛也士气大涨。而另一边，九尾却立在原地，没有任何指令。

"为何不调度左右翼？"女祭见中军陷入高辛包围，问道。

"她在看着呢。"九尾沉声道。

"谁？"

九尾蹙眉看向天空，"太阳。"

10. 弑　神

10.1

这日，两军战到傍晚日落，方才收兵。然而战场形势相较于前日，已大为不同。虽获大胜，仪皇却没有去看望帝俊，也并未去兵士中巡查。帝俊连续激战，精疲力竭，先前受伤的手臂又一次肿起来，自然顾不上和仪皇置气。忽有巡逻的卫士来报，说熊部族的人夜袭大营,已悉数斩杀,并未造成什么损失。帝俊才放下心来,又随口询问仪皇去向,竟找不到人。忙命众人去寻,自己也背上了弓箭和长刀。有一名在外巡逻的卫士说,见到她独自往森林方向去了。帝俊想了想,避开左右,悄然向林中走去。夜晚的风比白天更冷,远远看去,黑漆漆的森林像是似曾相识的巨怪,在夜风中一呼一吸。帝俊忽然又找到了一些关于冬狩的破碎记忆:一只焦黑的妖狐,与树木一般高,居高临下窥视着他。

踏入林中之后,周遭仿佛更亮了一些,其缘由他也很快明白,是从地上腾起的白雾。湿漉漉的,把树梢的月光一层层晕染到草尖。他只多走了几步,就再也找不到返回营帐的路。四周看去都是灰的,只有一道道伸入天空的树干,把世界衬托得深浅不一,牢笼一般。脚下泥泞,他跌跌撞撞,决定继续向深处走,忽然听到了几声古怪闷响,像是大地在呻吟。

帝俊停步,侧耳倾听。树林随着风发出哨音,一棵树忽然从侧旁倒下,轰然砸在十步之外的地方,雾气卷着泥沙与恐惧迎面扑来,下一刻,白色的狐妖从他头顶一跃而过,九条长尾泛着银色的流光,仿若长云。帝俊屏住呼吸,又听见砰砰几声,原来那闷响是狐妖落地时踩折树木的动静。等声音远了,他才站起身,追着它前行的方向走。所到之处,都是折断的树木,方向不一。这景象却不像是狐妖落脚时踏的,倒像还有另一个巨物,曾在此处与它殊死搏斗。树木倒伏的声响渐渐远去,雾却更浓。他只能顺着断枝走,从横尸的树干上越过去,或是从其下钻过去。才要失去方向,又听到一声巨响,接着是不断的断裂声,像是那狐妖咬住了猎物,正在树丛间疯狂翻滚。声音从极远的地方,一下子就到近前,枝叶从高处纷纷坠落,帝俊狼狈闪躲。仪皇的声音钻进他耳朵里:"你怎么会在这里?"

他回过头,见她就站在一步之外,面色惨白,脖颈汩汩淌着血,那情形是决不能活命的。但下一刻,血就止住了,伤口就在他面前愈合，只留下一条浅浅的印记。如果不是她衣襟上的血迹，帝俊大约以为方才所见是梦。未及回答，他忽然看到九尾从她身后的雾中走出来。狐妖已化为人形，一副优雅又妖娆的姿态，但额上的眼睛圆睁着，透出饥渴和残酷。九尾手中，握着一把漆黑的剑，闪着不祥的寒光。

"是他伤了你？"愤怒带来了勇气，帝俊把仪皇护在身后。他握住她的手，冰凉而柔软，这不该是她的体温。他很早就知道她与常人不同，但就算是今天，他也并不想知道那究竟意味着什么。

狐妖腿上也有一道长而深的伤口。他不慌不忙从地上捡起一片沾血的叶子，伸出长长的舌头，舔舐上面的鲜血。于是他身上的伤口，便同仪皇的伤一样愈合了。

九尾双目看着仪皇，额上的眼却看向帝俊，"呀，咱们打架累了，你还给我准备了吃食？真体贴。"帝俊原本要去拿弓箭的手，顿时就无法动弹。

仪皇微微握紧了帝俊的手，但她没有回答狐妖问话，也没有任何举动。九尾笑眯眯走近，把自己手上的剑用一条尾巴卷高，又用另一条尾巴，把帝俊身上的弓箭卷到手中，"作为人，你也算勇气可嘉，我就赏你个痛快吧。"

九尾说着挽起长弓。箭矢破空而出时，帝俊终于想起当日在林中发生的一切。和那天一样，仪皇的手再次挡在他身前，但这一次箭尖却刺穿了她的手掌，堪堪停在他的甲胄前。仪皇的呼吸一如既往地平稳，她反手在树干上折断箭身，又把余下的箭头抽出来，伤口愈合了。

九尾的目光落在那疤痕上，"原来，这也是你的命门……是哪一处？伏矢？"又沉吟了一会儿，说，"你的七魄，我已经找到了六处，对吗？"

仪皇不语。九尾笑道："如此甚好，就明日战场见吧。"把弓箭一丢，尾巴一收，伸手接住了下坠的弑神剑。他转过身时，云雾和他的黑发一同散开。月光终于穿过残枝，直直洒落在帝俊和仪皇身上。待九尾走远，帝俊扶住仪皇，低声问："你还好吗？"

她缓缓吐出一口气，身体下坠，眼睛也闭上了。帝俊从未见过她如此脆弱的模样，一时有些慌乱，也顾不上弓箭了，忙把她抱起来。

"我回去请巫医。"他看到了营帐的火光，快步前行。

"不……"她把脸埋在他的胸口，"不用。"

那声音仿佛不是从她口中说出来的。帝俊也顾不上分辨这些，靠近营帐时，同袍先摆出防备姿态，待看清是这两人，忙围上来护卫。又有军士来报方才熊部族夜袭的损伤数目。众人见仪皇双目紧闭，一身衣服似是被血水浸透一般，而帝俊只管蹙眉看着她，一脸担忧，都不敢再多说。帝俊护送仪皇到营帐中，剥开血衣，果然除了手心和脖颈以外，肋间、下腹、右膝各有一处浅色疤痕。但狐妖所说的另一处没有找到。外面又骚乱起来，他用锦被裹住仪皇，定了定神，走出去，与将士商议第二日布阵。

10.2

好渴！

九尾饮下一陶壶的水，依然觉得身上升腾着炽热的躁意。方才战斗时，他只想着能通过神血疗伤，却没想到每一次饮下她的血，都会带来更深的渴望。胸腔里偾张的血脉，几乎将他的理智吞噬，只剩下对血更多的向往。如果他不是早就拥有旱魃眼，知道如何与欲望时刻对抗，恐怕已然成魔。但实在太热了。他躲开女祭缠到腰间的手，走到营帐外，身上几乎只披着头发。后厨的水缸很快就被他喝空了，远处溪水汩汩流动的声响，从没有这么动听过。

好渴啊！

他化身为白狐，追逐着水声，只在混杂着冰的溪水入口的那一瞬，燥热才会稍稍减轻。但太渴了，溪水饮尽，九尾就去向更远的地方找寻——水，水！从溪流到江河，华夏在一夜之间大旱。即便这样也无法消解他身体里的热气，毕竟他腹中在燃烧的，是太阳神的血。

　　想到此处，九尾还是忍不住仰天长啸。他自己也没有想到，弑神的计划会如此顺利！在高辛侦查的那些日子，他早就发觉，常仪每到夜晚就精神萎靡，仿佛是要通过睡眠才能恢复精力。而另一种可能的解释，则是她如今的力量源于太阳。在白天与她战斗的胜算远远比不上夜晚。于是，他派人去夜袭高辛，自己则钻进仪皇营帐挑衅。她却像早有准备，竟给他先倒了一杯水。

　　"你渴吗？"这问话现在想起来，仿佛有了别的意味。

　　"我一直在等你。"她这样笑着，又把陶壶递给他，"你已经知道了吧？必须借着夜色，才有可能击败我。"

　　"所以你想在哪里战斗呢？"她问。

　　那笃定又无畏的神色，让九尾慌张又厌恶。然而退路已经没有了。既然两人无论如何都要有一战，在无人处交战的损失，总比在高辛军中要小。仪皇果然依言离开部族。九尾甚至专门选择了树林，因为这里连月光都能隔绝。

　　他们的上一次交锋，还是在昆仑的山洞里，九尾清楚记得自己挡在混沌身前，却无力守护孩子的屈辱和无助。而这一次在林中，形势则完全逆转了。仪皇虽留有羲和的战斗技巧和速度，其肉身竟如同人类一般孱弱。倘若不算伤口自愈的能力，九尾简直要怀疑自己遇到的是否就是一名武技高绝的人类了。仪皇每一次受伤，虽不会立刻致命，却会让她的速度更为迟缓；而她流下的每一滴血，都让九尾更加强大。他也猜到她与旱魃相似，刀枪不入，但有几处致命的命门，需要逐一击穿她的七魄，方能杀她。尽管他不知道这些命门在何处，但一剑剑刺下去，总能找到能够捅破的地方。他喜欢看她奔逃、躲避、抵抗，喜欢见她流血、战栗、抽搐，喜欢她毫无希望地从血泊里挣扎着站起来，再一次摆出战斗的姿态。他唯一不满的就是她的平静，不言、不笑、呼吸均匀而平稳，仿佛这一切她都已经历过无数次，一切都在她的计划之中。

想到那血的滋味，水又无法解渴了。九尾停止饮水，喉咙里登时烫得冒火。为什么越来越渴？他觉得自己的身体热得要沸腾。他抓住飞禽走兽，咬断脖颈，撕开皮肉，饮它们的血。血腥气让他更饥渴了。他找到村落，将熟睡中的男女从床榻上拖出来，也照样啃食他们的骨血。还不够，好渴！

太阳升起来了。他眯起眼睛，想到即将到来的决战，竟有些畏惧上天洒下的光芒。然后他化为人形，强忍饥渴，回到熊部族军中。呆立阵前不久，他又焦躁得变回原形，九条尾巴疯狂拍打地面，掀起漫天尘土。

帝俊这边正在结集兵士，忽见对面沙尘滚滚，巨大的九尾狐妖骤然出现在熊部族军士中间。那妖魔双目已经失去理智，只剩下兽性和贪婪。高辛兵士顿时感到恐怖，都瑟缩着往后退，阵型大乱。然而另一边，狐妖也再不能自控，涎水从它的口角滴下来，砸在女祭身上。她才诧异地开口说了一个"你"字，就被九尾张嘴囫囵吞了下去，甚至都没来得及发出惊呼。于是熊部族的阵型也混乱起来，"妖魔，妖魔！"人们喊着，四散奔逃。

狐妖充耳不闻，额上的眼睛在四处搜寻，终于看向帝俊。这东西实在是碍眼，早就应当杀掉。男人双手握着长刀，强压着惧怕，看似不肯后退，实则动弹不得。身边的卫士早抖得筛糠一般，有一人在狐妖的下一串涎水坠落时，吓得丢弃盾牌，转身就跑。谁知这举动正吸引了狐妖的注意，它伏低身子，从百丈之外跃起，一爪便拍在那人头顶上，头骨如同熟透的果实一般轻易破碎，狐妖便埋下脸去，痛饮鲜血。这举动也给了帝俊时间，让他得以抽出弓箭，接连射向它的眼睛。

中了!

仍是上一回他曾射中的那只右眼。狐妖缓缓转过头,张开血盆大口看向他。帝俊知道自己死期已至,那就不如英勇战死,说不定还能在这大地上留下属于他的传说。刚举起长刀,忽而有一人从身侧按住他的手臂,又坚决地将刀接了过去。

"它的对手是我。"

帝俊诧异看向来人,是仪皇。身形比平日更纤瘦,但眉宇间有一种奇异的安宁。仪皇几乎没有停下脚步,毫不迟疑地举刀向前,只微微抬起手腕,就接住了狐妖从天而降的巨爪!那魔怪又用另一只利爪横扫过来,仪皇轻盈跳起,双手握刀,砍入九尾的掌心。

欢呼声竟是从两个部族同时爆发的。几乎与此同时,那细小的人影以不可思议的角度跳到了九尾的眉弓上,一手拽着它的毛发,另一只手握住帝俊射出的箭矢,连带着狐妖的眼球一起拔了出来。血喷了她一身。妖魔吃痛,疯狂甩头,然而仪皇的声音却钻进它的耳朵里:"是你成了魔,还是旱魃控制了你?"

阳光穿过沙尘,将她的身形勾勒出一道有形的、流动的金边,当她的身体随着狐妖的头颅上下飞舞时,背后仿佛有两只巨大的羽翼,帮助她在半空中维持平衡。众人正震惊于这血腥中的美时,仪皇凑近狐妖前额,单手一拍,旱魃眼骤然从九尾额上突出来。她又俯身一按,那眼球就掉落在她手中。

狐妖凄惨地哀号起来。仪皇翻身,轻飘飘落在地上,羽翼依然在空中舞动。"仪皇,仪皇!"这样的呼喊声响彻九州。但她并不在意这样的鼓舞,只悲悯地看了看那眼睛,于是它就被金色的火焰包裹。狐妖也随着火光惨叫,仿佛旱魃眼依然连在它身上。

"我能给你的,我也能拿走。"仪皇说。

剧烈的疼痛浇灭了饥渴和欲望,九尾的智慧回来了。他在沙尘之中继续翻滚,表演着疼痛的模样。但他要的是阳光被遮住。只要一瞬间就够了,他也看清了她。

借着尾巴舞出的旋风,男人从沙尘中如箭矢一般横飞出来,黑铁铸就的神剑直直向前,竟然分毫不差地刺进仪皇口中。只有寸许,再不能深入。但足够了。

仪皇定住,她看着他,只是看着。躯壳裂开,层层脱落。

"在战斗的时候,你不肯说话。"人形的九尾眯着独眼,他一只手握着剑,另一只手却扶在她的腰际,"因为你最终的命门,是舌头。"

10.3

女人的身影仿佛沙尘,被风卷到半空,又消散无踪迹。帝俊震惊地看着仪皇消失,压在喉咙里的"不"字却无论如何都发不出来。每一个人都本能地感觉到,她的死亡带来的恐怖,远比死亡本身要可怕。

因为天黑了。

是天狗食日?人们恐惧地仰头,试图去找寻骤然消失的太阳。但即便是日食,也不该这样黑的,伸手不见五指。天上无日,无月,无星。只在西方的天边,有一团朦胧雾气,烟瘴一般。九尾发觉自己身体里的燥热消失,只剩下冷,彻骨的冷。他麻木地想象着掌心的余温,然而她已经逝去,化为沙尘。不论那名字是羲和、常羲、常仪或是仪皇,她死了。弑神九尾完成了他命中注定必须要做的事情,哪怕结局是世界与她一同毁灭。

他甚至还没来得及流泪,或是发出所有魔怪都要对天神吼出的宣言——该到达结局的过程都没有完成,她就死去了。他不知道诸神黄昏那日,世界是否也是这样在转瞬之间就陷入了黑暗,而那一天的羲和，是不是也如他这般，在放下剑的一刻猛然发觉，自己成了世界上唯一的怪胎。

九尾空落落的，如同他骤然空洞的眼眶一般。有人点燃了火把，帝俊仇恨的脸在不远处浮现，但这可悲的人类只能在远处龇牙咧嘴，却不敢上前——他们恨他，又怕他。九尾觉得疲惫又无趣。不该这么快的，不该这么简单。这不对。他又抬头去看西方的天边，那烟瘴扩大了一些，像是雾，又不只是雾，白蒙蒙的，似曾相识。它弥漫，伸出无数腕足，把天空罩在一张巨网之中，再迟缓地下沉，带来麻木的恐怖。当它的足触及山峦与大地时，火光也随之熄灭。人们开始窃窃私语，尖叫哭泣。有巫祝开始唱祷词，试图平息天神之怒。但他们难道不知道吗，天帝已经听不到了。

那雾气在找寻着什么，轻柔地旋转，最终停留在羲和消失的地方。

"妈妈……"那是云层摩擦的声音，似雷而非雷。

九尾骇然睁大独眼，"混沌？"

"妈妈？"雷声回答说，雾气向九尾靠拢，在他身边绕了一圈。

九尾又听到人们的惊叹和哭声，但并非因为他们也发觉了混沌。下一刻，耀眼的金光从东方腾起，那光芒驱散了黑暗，也驱散了混沌。凤凰展开广阔的翼，向西飞行。她的翅膀不知有几千里宽，如同帘幕一般覆盖了整个天空。炎炎热气从天而降，让大地骤然从仲春变为盛夏。

他就知道她没死！

"羲和！"九尾对天空中的神鸟高喊道。

凤凰没有停下，甚至没有看他。她在赶着去什么地方？九尾化为白狐，一路追逐他的太阳，没日没夜地奔跑，渴了，就喝黄河与渭河的水，饮干了河水，他就继续找寻大湖，这样，从华夏到昆仑，都陷入大旱之中。在九尾觉得自己会在狂奔中死去时，凤凰终于不再向西,而是向上飞往九天。九尾也跟着她,用最后的力气一跃而上。荒芜的天宫因神的归来而恢复生机,那些化为石雕的神官神将,也苏醒过来。

摇光问天玑:"我们睡了多久?"

"八十一年。"石雕的嘴唇动了,天玑回答说。

摇光面色郑重问道:"是混沌诞生了吗?"

天玑回答说:"不可妄言。"

两人守在北极宫外,转头却见九尾挣扎着爬上来。他用狐尾勾住扶桑树,终于把身体撑到第九重天上。

摇光不顾他狼狈,笑着说道:"妖王九尾,许久不见。"

"你错了,"天玑说,"这是魔王。"

11. 尾　声

11.1

"魔王?"

摇光收了笑,从腰间抽出长剑。

九尾气喘吁吁,他已经无力战斗。

但出乎意料地,天玑却打开北极宫的门。"天帝在等你。"她说。

九尾走了过去,北极宫的门随之变小了,他第一次看到了门上雕刻的全貌:诸神仰望天空,凤凰俯瞰大地,中央是太阳,其下是小小的月。细看时,还能找到在诸神的头顶闪烁的群星。每一颗星也有它们的月亮,月亮上又雕刻着更微小的人和神。他摇了摇头,不允许自己再细看下去,因为他知道那些宇宙之中,还有其他的世界。

他跨过门槛，看见镜中的自己。独眼闪着污浊的光，胸口的大片毛发纠结成一团，脸上和前爪糊着结痂的血，和沙尘鸟涂成一片。抬起头，青玉制成的御座上，有一颗蛋。

完整的、白皙的蛋，有着坚硬的壳。他看到壳里有影子在动，发出雷鸣一般的声响。

"妈妈。"

——这就是羲和在孕育的蛋？

然后，他听到羲和的答案，她的声音从天上落下来："九尾，这是混沌。"

九尾颤声问："这是……我们的孩子？"

"正是。"羲和回答说，"我借着这次有身孕，把混沌注入身体里，让它有了蛋壳。孵化新神要很久，只有之前的膜，是不行的。"

"你没有杀它？"

"它很坚强，我杀不死它，只能把它带在身上。"羲和说，"年迈将死的神，是无法阻挡新神诞生的。这个道理，很多年前我就知道了。古神也知道，所以他们放任我的野心，允许我成长。"

"那我是什么？我算什么！"以九尾的聪慧，从踏进北极宫看见这颗蛋，以及听见混沌说出"妈妈"那一刻，便知自己会被诓去在人类面前表演弑神，都是羲和的计策。她需要自己的生命有一场漂亮的落幕，她需要人类记住她，让她的名字凝固在传说之中，和日月同辉。为此，她需要创造一位妖魔。

九尾想到自己经历的一切苦痛，只不过是为了成为这场戏里的配角，就想要冲上去用爪子把那颗蛋拍碎。

"你是新神的母亲。"羲和说，"你会孵化混沌，并教导它，让它带给世界新的秩序。"

"如果我不肯呢？"

"那我就和你一起，守护新神出世。"羲和从内室走出来，身上还带着甘渊的奶香。她一把揪住白狐的脖子，把它抱在怀中，"但是首先，你要洗个澡。"

"你没死？"九尾气得一口咬在羲和身上。她的血染红了它的嘴，于是九尾被帝俊射瞎的右眼，恢复了原状。

"你又不是新神，怎么可能杀得了我。"羲和说道，"我只不过是要把大地交给人类——他们也该靠自己长大了。"

11.2

黑暗持续了多久，没人知道。

有人说，自己睡着了九次，于是应当是九天九夜。有人说自己吃了二十一顿饭，于是应当是七天七夜。但在所有人都绝望的那个最冷的夜晚之后，黑暗终于被东升的太阳打破了。到了夜间，月亮也照常升起，露出一丝微笑，为行夜路的人指引方向。

巫祝说，那是凤凰涅槃，羲和重生。

人们赞颂太阳与月亮的光辉。唯独狐妖碰触过的祭坛要被砸碎。那一天，青丘的姜嫄生下了一个儿子。人们说，这个孩子是狐妖九尾之子，于是姜嫄害怕了，她把孩子丢弃在尚未化冻的冰河里。羲和听闻此事，派苍鸾用羽翼保护婴儿的体温，于是，人们都知道太阳神宽恕了姜嫄和她的孩子。为了表达感激，姜嫄把这孩子命名为"弃"，弃长大之后，擅长农耕，人们把他称为"后稷"。

帝俊失去了妻子仪皇，但他曾被神选为丈夫，必定可以继续领导华夏子民。他回到高辛部族时，女皇将自己的女儿简狄嫁给了他。但简狄原本是有丈夫和孩子的，她再次怀孕时，帝俊正在南方巡狩。简狄便告诉众人，她吞下了玄鸟的蛋，才生下女契。女契从小不得父母欢心，但她无比聪慧，喜欢观察星象，研究仪皇留下的星图和历法。

在掌握天神留下的书稿之后，人们渐渐发觉，祝祷不再有效力，与其建祭坛、拜鬼神，不如遵从节气、掌握文明。

11.3

混沌出世是几千年之后的事情。这时，九尾也与羲和一般老迈，他们在新神出世后不久就死去了。人虽然不知道这件事，但可以感知到。从此，大地上不单没有了神性，也没有了野性。文明变得抽象而不真实，这正是世界回归混沌的开始。

混沌不喜欢天宫，于是将其毁灭，它也不喜欢人类，但它身负教化人类的重任。于是它将自己变成充满迷雾的网，融化在人的意识之中。终有一天，人们会自己闭上双眼、堵上耳朵、盖上鼻孔、封住嘴巴，永远沉浸在混沌之中。

而这正是人的结局。

虚构之地

本书首发篇目

1

儿子最近迷上了"捏人"。

发现这件事不难。他总会和我提起"孟婆","我又捏了一个孩子,很失败,我想把他送到孟婆那里去。"

我把他一张一合的嘴放到"视域"桌面一角,用最温柔的语气回应:"怎么会失败呢?"

"他走不出新手村的,他太笨了。"儿子说话很快,也不管话语里奔涌而出的信息我是否能够理解。他自顾自地说着,"妈妈,你记得我之前捏的那个孩子吗?我把技能点都给他加到智慧属性上了,但你猜发生了什么?他居然喜欢物理!他只知道在新手村里学物理,结果把自己饿死了。你看,物理一点用都没有。"

——这没什么因果关系吧。

他停顿时,我没有附和。

他只好继续说下去:"所以这一次,我想让新捏的孩子现实一点。"

我看了他一眼,差点笑了,"现实?"

"对,生存技能比智慧更重要,我把技能点都加到这部分了。"儿子回答说。

此刻我真希望这世上能有个"孟婆",把儿子的生存技能也重新"捏"一遍,让他现实一点。当然,就算我有机会当面对儿子说这些话,他也会假装听不到。于是我说:"这很好啊,那你为什么还要把他送去孟婆那里?"

"这个孩子吧……动手能力倒是非常强,他会钻木取火,他可有劲儿了,像个野人一样。"儿子说,"但他都这么大了,还不会说话,更别说社交了!要是再失败,我就没有足够的技能点捏下一个孩子了。不如直接送去孟婆那边——这是最近新手村的特别活动,可以回收技能点。"

我点点头,"是呀,能再捏一个更好的。"

"对,更好的。之前我总想着孩子要与众不同,但现在看来,大家都在用的那几个常规技能点模版,说不定反倒比较好。"他顿了顿,又说,"除非我能在模版之外给他更多的技能点。但那些就得买了……"

终于说到重点了。他想要钱。

我的视线落到对话框上,视域自动放大了他的脸:苍白,眼睛塌陷于眼眶之中,嘴唇干裂,嘴角留有营养液米黄色的残痕。在镜头拍摄的画面之外,我知道他还有一副枯瘦的身体,颤抖的手脚,和贴着头皮的柔软毛发。像所有沉迷于虚拟世界的青年一样。

"你肯定能为新的孩子找到这些技能点的。"我耐心地对他说,"你没问题的。"

"是呀,是呀。"他嘴唇发抖,我可以推断他此刻心跳飞快,"我最近在火星频道设计的恐惧港场景很受欢迎,妈妈。如果这个孩子能走出新手村,那他也可以进入火星频道。然后他就可以去寻找自己的故事线了……要是他能得到大家的关注,我还能多捏几个孩子,在那里建一个家族……"

家族,那是我上个月为火星世界设计的奖励规则,为了吸引更多的玩家来关注这个过时的频道。成效甚微,引来的用户都是儿子这样的人。

"我之前都不知道,原来你也在火星频道。"我对他说,"那边我很熟——我这就登录去看看。"

他还想说什么，但我决定切断通话。视域里的场景自动跳转到火星，一片广袤的荒原，中央是醒目的火星一号公路。它通向风蚀的丘陵地带，和更远处的环形山。人类的城市如同蚁穴一般，在高高低低的岩壁上钻出大小不一的孔洞。我切换到观看模式，频道里主要角色的对话就化为字幕，从那些隐秘的城市洞穴中，如同节日彩带般四散炸开，又从蓝灰色的天空中缓缓飘落——我很满意这个设计，用户由此就可以很快知晓：在空旷的风声之外，无数故事正在火星上演。我正要去查看自己喜爱的角色，视域里忽然出现了一个新的弹窗，闪烁的红色，是天气预警。我只得先离开火星频道，把视域的透明度调高，看向眼前空荡荡的走廊，尽头是一扇窗。

　　我向前走去，世界安静下来。我在窗边停步——我需要应对的不仅仅是儿子的世界、火星频道里的世界，还有真实的世界。

　　预警中的沙暴尚未到来，眼前是无止境的建筑，它们一模一样：高耸、平板、空置。层层叠叠的荒芜，被灰白的天空压在大地上，像是劣质AI生成的场景。但这个世界才是真实的。

　　"你们收到预警了吗？"

　　程飞羽的脸取代了窗外的景物，占据视域一角。她目前是我的队长。我正在执行"清理"任务，和我一起临时组队的，一共有三个人，程飞羽是清理经验最丰富的人，自动成为队长。我从未和她合作过，但她看起来很冷静，条理分明，决策果断，像机器人。

　　"什么预警？我没收到。"斗牛问，他没有用真名，是这支临时队伍里的另一名队员。他那枚喘着粗气的公牛头像和程飞羽罩在滤镜里的漂亮小脸在我的视域桌面上并排放着，组成一个任务群组对话栏。

　　程飞羽把沙暴预警复制到我们的对话栏里，顿时满屏都是红色。

　　"我也收到了。"我简单地回复说，"我们最好赶紧结束任务。"

　　"沙暴？这么倒霉！我这边已经百分之九十五了，马上就好——把任务完成，不要暂停。"斗牛忙说。

程飞羽说:"我也快了,林裊呢?"

我看了一眼进度,"我加快。"

程飞羽点点头,"好,沙暴到这里还有点时间,十分钟后,我们再对一遍进度。"斗牛下线。我正要关闭对话框,程飞羽忽然冷笑一声,"别再聊天了——你在浪费我们的时间。"

我有些惊诧——她为什么能猜到我在做什么?但我还没开口,程飞羽也结束了对话。

2

清理任务很简单,是这些年常见的零工:确认空置的楼栋里没有生物意义上的人类。

这几乎不需要什么技能,只需用自己的双脚走入每一个房间,再用眼睛环顾四周,在视域里的平面图上点击"确定"就好。按理说,这样的工作完全可以交给机器人来做,但出于伦理的考量,协会依然坚持把任务发布到平台上,让人类参与其中。起初,他们只允许用自己的身体报名("想要亲自到无人区探险吗?"),可惜这类工作的回报过于微薄,甚至抵不了长途跋涉的路费。不久,在那些任务描述的文本里,就新增了允许操控仿真人副体来完成的条款。我们可以租用平台提供的副体,将自己的意识投射其中,远程参与清理工作。这些副体与真人十分相似,原本专用于地外行星建设。会提供给清理任务的,通常都是即将淘汰的副体,它们肮脏、陈旧、鲁钝、效率过低。后来,经常接任务的人大多会自己购买一个状态还过得去的二手副体,修整调试之后,寄送到空置楼栋密集的地段——那些"鬼城"——再一单一单去接清理任务。

我们小队里的三人都是这样。在任务平台的讨论区里，有人会分享近期任务集中的经纬度坐标（没有人会在意这些城市的名字），于是，两周前，我把自己的副体也寄送到这里。在千百种零工之中，我尤其喜欢"清理"。对我来说，它是一个近乎放松的散步过程。我尤其喜欢在完成任务之后，在副体里一直等到傍晚时分，趁着夕阳，在远处看楼宇被炸毁。

那些楼在建起来的时候，都曾承载着美好的梦想，但人们给予未来太多梦想了，它们挤在一起，彼此踩踏。最终，有的梦想实现，有的失落。大部分是失落的。无人的城市运营起来太贵，水电断掉后，一些地区成为犯罪的温床，在那些空洞的窗框背后，藏匿了越来越多的秘密。与其任由更多的麻烦在这里生长，不如先让它消失。

我就曾这样对待火星频道里的废弃营地：圈起来，然后删掉。但清理任务里的楼宇存在于真实世界，这过程就更令人快乐了。在一个个破灭的梦想里，我们都已经学会了不去期待未来，但我还想清理掉一些过往，清理掉那些从四面八方涌来的无穷无尽的失望，以及随之而来的毫无意义的情绪。没有什么比爆炸和坍塌更干脆、更彻底。

我停在通往地下室的阶梯前。它扎进黑暗之中，不知道有多长。地下室是清理工作中我唯一不喜欢的部分，但这是最后的百分之五。我让副体打开头灯，小心翼翼向前。很快，窸窸窣窣的细碎声响传来，应当是逃窜的老鼠或者壁虎。它们尖利的脚爪，敲击着裸露的混凝土地面。我顿时想到，它们见过的世界，说不定比儿子的世界还要大。阶梯的尽头是走廊，两侧一共有八个房间。门都锁着，我将它们一一炸开，发现其中七间空空荡荡，最后一间角落里有一摞箱子，上面满是尘土。我正要点击"确定"，忽然从背后传来一阵呜咽声，像婴孩的哭叫，又像是风撕裂了管道。

我转过头，额上的光束照到一团盖着布匹的黑影。它在颤动。我打开红外热像扫描,结果显示布匹下的温度比周围高。

恐怕,我即将发现自己五年清理生涯中的第一个活人了。

我往前走了一步,视域上竟接连弹出十几条信息。看来地下室的信号不好。

"你完成了没有?"斗牛的语音信息听起来很不耐烦。

程飞羽好一点,她的语气不快不慢,"林袅,回复你的进度。沙暴来了,它会毁掉我们的副体。"

"买新副体可比这一单任务给的钱多太多了!"斗牛的声音非常大,"林袅,别拖延了——就算你买得起副体保险,但你考虑过明年的保险费涨幅吗?"

"林袅,回话!"程飞羽命令。

我没有再一条条听下去,打开话筒,"这里可能有个人,队长。"

那影子也听到了我们的对话,它还在战栗。

"我听不清你的语音。"程飞羽回复说,"我点击了'任务完成',还有一分钟爆破,你快出来。"

我骇然睁大眼睛,她收到我发的消息了吗?"这里可能有人!"我重复说。

一分钟倒计时开始在视域上跳动。没时间了。我走近那团东西,又开始讨厌真实的世界,因为你永远都不知道它会带给你什么未经设计的惊喜。在副体的手碰到布料之前,一只脏兮兮的狐狸钻了出来,逃得飞快。"没事。"我松了一口气,对队友说。但在下一刻,我还是决定把那块布掀开。

一个小女孩。她用双手环抱膝盖,眼睛里全是恐惧,瑟瑟发抖。

我抓住她的手,要带她离开,她挣扎着,试图张嘴咬我。"停止爆破!"但网又断了,来不及再发语音消息,我用眼睛操控视域,眨了两次右眼,以拍摄她的影像,并上传信息到任务平台。如果能联系上平台,那么或许还来得及阻止即将发生的一切。

但太晚了。

我拖着她走到楼梯口时,楼宇轰然震动。在清理任务发布的同时,机器人会提前埋好炸药。小女孩吓成了石雕。我把她扛在肩膀上,拼命向上奔跑。台阶裂开、扭曲,出口挛缩,成了窄窄的一条光缝。我用尽所有的力气,把孩子向那道光芒扔出去。然后,自己坠落到黑暗的深渊之中。

墙壁从四面压下来,我的副体断了链接。

3

我睁开眼睛,摸索到手边的眼镜,然后戴到脸上,再次启动视域。这个视域与副体内嵌的那款不同,是小巧的穿戴款。我不喜欢隐形眼镜款,长时间佩戴会不舒服,尤其在"洪季"——当我不得不和所有的流浪者一起向西行,身处于高原的那几个月。

先前的清理任务用了三个小时之久,我后颈的芯片已经微微发热。这些埋在体内的脑机接口,能够让人类和副体有更高的同步率,带来近乎真实的感官体验——这微妙的差异在清理任务中或许不明显,但要是把环境放到地外行星,就会非常大了。拔掉脑机接口后,我用视域登录任务平台。我参与的那项清理任务,被协会标注了"事故"两个字。拍摄的视频虽然没能及时传送到平台,但后续还是上传成功了(而那条"没事"的语音仍躺在我的草稿箱)。情况说明里,不仅附上了任务组里的对话记录、我们各自录制的视频,还有女孩被我扔出去之后的初步医疗报告:活人,受伤昏迷(桡骨骨折、脑震荡),但没死。

也算万幸!

车子颠簸了一下。"搞定了吗?你的任务。"霍然的声音从下面传来。

"出了点麻烦。"我说。

我从房车里的额头床上爬下来,袜子在茶几上踩了一脚水。水杯摔落,咕噜噜滚了几圈才停下。它不该放在这里,至少我上床的时候它不在这。霍然大约中途停过车,然后把车里搞成如今这副混乱的模样。对于这一点,我也非常佩服,不论我怎么收拾,她都有能力把一切在五分钟内恢复成最初的状态。

"能有麻烦?清理任务?"她在驾驶席上侧过脸,透过遮住半张脸的头盔视域看向我。

我坐在卡座上,脱掉湿漉漉的袜子。车子又颠簸起来,我向外看去,我们正处于沙暴之中,一片混沌,能见度很低,碎石拍打车窗。

"要不先停一会儿吧。"我说。

霍然似乎已经在搜索我话语中透露的信息,并找到了答案,"噢,一个小孩。你找到的?"

她是这么年轻,无所畏惧,凌乱毛躁,只有在这种跨越平台权限搜索信息的时刻,我才会想起她是一名"使者"——她有权穿梭于真实世界和虚构之地。每个人在真实世界中的经历,都像虚拟世界里的角色一样,任她查看。

"别提了。"我给自己接了一杯水,咕咚咚喝下去。照顾身体还是要比照顾副体更重要。

风不友善地呼啸着,能见度更低了。她终于把车停在路边。"嘿,林袅。"她从驾驶席上站起来,对我张开双臂,"你是不是,需要安慰?"

她从不会在一个断句里说出超过四个字,这一点倒是很像使者。但我总觉得她在用这种独特的说话方式,强调自己言简意赅。

我没回答她，转而说道："我来开车吧——你还有什么任务吗？"

"没有。"她说，"不用副体，做任务。"

是的，她拒绝把自己的意识投入任何虚拟世界中，包括副体。这一点，也非常"使者"，她们不相信虚拟世界，不相信由人工智能演绎的故事线。霍然生于虚构之地，她依然相信人的叙事能够建构未来。

我是在西宁的营地遇到她的。从每年五月的"洪季"开始，人们就会像候鸟一般，逃离被洪水淹没的东部城市，用自己能找到的任何交通工具向西行，向海拔更高、气候更干燥的地方迁徙。营地是这些旅人的临时中转站，为他们提供住所、食物、水和信息。

如同所有的使者，霍然一身黑衣，头戴泛着锃亮光芒的视域头盔。这东西就像夜空中的月亮，吸引着所有人的目光。她很高，身材纤细，双手抱胸，站在她的越野房车旁边。

"你。"她对我说。

没有人能透过头盔看到她的视线，我能知道这句话是对我说的，是因为她的头像和名字出现在我的视域里。她向我发出了通话申请。

我从彼此推搡的人群中挤出来，走向她。

"虚构之地，你想去？"她问。

"当然。"我说。

"跟我来吧。"她回答说。

使者们穿梭于虚构之地与真实世界之间，据说，每一次她们回到虚构之地前，都要带一名旅人同行。如果男性同行者足够幸运，有机会与使者生儿育女；如果女性同行者足够幸运，则可以接受训练，成为新的使者。在车上霍然告诉我，她十九岁。

"你还是个孩子呢。"我说，心里其实是失望的。十九岁，我要是早点获得生育权限，都能把她生出来了。

"虚构之地，我出生。"她傲然回答说。她想告诉我，她是一名很有经验的使者。

但她的房车就是年轻女孩的房间：碗筷和水杯放在床上，头盔充电线搭在胸罩上，内裤挂在淋浴头上。那房车一旦开动，内里就叮叮咣咣，我不论躲在哪，都能被掉落的物品砸到。最后我忍无可忍，让她把车停在休息区，里里外外收拾了一遍。她则叼着营养液，安静地看着我。

"这行为，没有意义。"她最后这样总结。

我看了她一眼，准备在下一刻把她和儿子归为一类，"意义？"

"东西，就在这里。"她指了指房车的四个角，"你整理，也在这里。"

后来她给了我一个私人链接，据说是"使者"的训练程序，我在视域中下载了那个文件并打开运行。是个粗糙的像素魔方，有六种不同颜色的方块，挤在一个每一面都有 3×3 个格子的正方体里。玩家的任务是让所有的方块以无序的方式在正方体上分布开来。

与常规魔方全然相反的玩法。起初我以为它很容易，然而，一旦你成功了，相应的结果就被记录为你的一个答案。下一次玩的时候，必须和第一次的答案不同。

我很快就放弃，这游戏太无趣了。霍然很得意。

"什么是'道'？"她教育我，"是熵增。"

一切都会从有序走向无序，她的话似乎有道理。但当我在开水壶里发现霍然的营养液牙膏皮时，终于放弃了成为一名使者的愿望。即便熵减是人类徒劳的挣扎，我也不能像她这样活着。

不过，我还是想跟她一起去虚构之地看看。去看看那片与世隔绝的不毛之地，没有任何网络、摄像头、虚拟世界、脑机接口。据说它维持着人类社会原本的样子——人们用语言和目光沟通，而不是语音消息和视域滤镜，因此，它也成功躲过了梦想的坍塌。

那里的人依然相信未来。

4

在休息时段接任务、打零工，几乎是每个在真实世界中讨生活的人都会去做的事情。我们很多年前就知道，一切都会飞速迭代，没有任何技能可以一辈子傍身——任何城市都可能被淹没，任何科技都可能被淘汰，任何世界都可能被遗忘，任何关注也都可能被取代。我曾经借助人工智能创建火星频道，使之成为最引人关注的沉浸式舞台。然而从中收获的成功，也只是让我获得了生育权限，并富足地生活了几年。如今，火星频道早被更新奇的娱乐取代，流量惨不忍睹，我也和其他人一样，过上流浪的生活，每一天都要登录任务平台，去打零工。没有人能追上世界前行的脚步，那些目标、愿景、计划、绩效指标，早晚会把你甩开。我们都被未来抛弃在当下。

沙暴又过了几个小时才停下，天已经黑了，无月之夜，漫天星斗，空气干净得像是对沙暴的嘲讽。我们决定先休息。我爬上额头床，霍然则将卡座上的衣服都堆到副驾座椅上，将茶几上的零碎物品都抱到厨房台面上，才把她的床铺从山一般的杂物里刨出来。她忙这些事情的时候，我已经登录火星频道，去查看这一天发生了什么新的情况。火星上正是日落时分，虚拟世界里的居民们如同土拨鼠一般在观景舱中直立身体，望向天边。这里富庶、庸碌而无趣，甚至连值得报道的绯闻也没有，我最心爱的两位角色已经走过轰轰烈烈的爱，步入婚姻，他们共同建立的火星造船厂也已经进入了稳定的盈利期。频道的观众数量近来增增减减，付费用户人数却断崖式下滑。于是，我在临睡前为他们安排了一场新的沙暴。

沙暴，把他们新造的远航飞船卷走了——那艘船意外地升到天空上，又被火卫一的引力捕获，径直撞上了恐惧港。

我启用管理员权限，在火星频道的故事线里这样描述，标记了故事发生的主要地点，然后心满意足地下线。

临睡前，例行给儿子发语音消息。

"沙暴要来了，妈妈，我得把新捏的孩子送到安全庇护所里。"儿子回复说，"你相信吗，他走出了新手村。我真为他骄傲！"

"快去吧。"我对他说。顺手查看了一下他的新孩子的数据，摇了摇头。一塌糊涂。

第二天再启程，我做房车司机。我和霍然轮流开车、轮流休息，这是搭车的时候就和她说好的。启程不久，天地的尽头出现一片齐整的城市。城市的名字没有意义，都是要拆掉的。等靠近时，我才通过嗡嗡飞舞的警用无人机，注意到这是我副体消失的地方。和霍然说明了一下情况，我把车停下，去和现场负责的警察聊了一会儿。他使用了一具很有钢铁感的副体，用沉重的步伐，饶有兴致地绕着我走了三圈。他说，自从考下警察执照之后，他接了这么多任务，还是第一次在事故现场看到当事人。

他盯着我说："我们刚把你的副体挖出来，就在那边。"

我笑了笑，"把它留给保险公司吧。"

我出现在这里，不符合任何流程，因此他也没有什么其他要对我说的。

"你会在任务平台上收到后续的处理报告。"他对我点点头。

"好。"我回答。

随手查了一下——斗牛已经解除了犯罪嫌疑，但因为不友善发言被扣除了那一趟任务的奖金。我和程飞羽依然被标记为"调查中"，暂时不能接新的清理任务。程飞羽还对我发起了投诉，她请协会调查我的视域档案，认为我并没有把注意力投入任务中。

随她，这不是重点。

我没有去看自己的副体，却还是忍不住去看那栋坍塌的楼。它远远地倒在那里，钢筋从断裂的混凝土中伸出来，像沙土中的新枝。每一座废墟都是动人的，尤其是有故事的那些。我很想知道那个小女孩的故事。但就在这个时候，我收到了儿子发来的账单——该接任务了。就算我们放弃未来，拒绝走入他人虚构的梦想之中，当下依然是琐碎而忙碌的。

回房车的路上，我注意到平台上有一单新发布的营地建设材料运输工作，内容是让我们从这座废弃城市带一些整理好的钢筋，去一百公里之外的地方——它正好在我们去往虚构之地的路线上，只需要绕行十几公里。报酬颇为可观，我毫不犹豫地把它抢下来，然后才注意到，这是一项双人任务。

幸而霍然也很好奇。她不知道什么是钢筋，也不清楚营地为什么需要建设。"我和你去，我们不急，"她顿了一下，又补充说，"我不急。"

"我也不着急，急也没有用。"我回答说。

把房车开到钢筋所在的地方，我才发现虽然任务标注的是"双人"，但那些东西根本不是两个人类能搬动的——我们都没有副体，这会儿预约机器人也已经来不及。幸好，在这座城市之中不会缺副体。于是我从酬劳中预支了一部分，在任务平台上发了一项装卸任务。不久就来了两个刚完成清理任务的副体，它们顺着房车后侧的梯子爬上爬下，很快就把钢筋都牢牢绑在车顶上。其中也有一位是队长，没有对我公开名字，但可以看出是个认真的人，测试了许久绑得是否够结实，又细心地告诉我们，到达目的地后该如何将绳索解开。

"要小心啊，刹车的时候慢一点，不要甩出去啊。"它的头像是一只猫,温柔地对我絮叨,"你们怎么能用自己的身体接这种任务呢?很危险的!"

但"猫"还算专业,只说到这里,没有再浪费大家的时间。两个副体走后,我们再度启程,路况越来越差,坑坑洼洼,我开得很慢,有两次险些陷进泥里,全靠车子性能优越。不久,又到傍晚了。再向前,我跟着视域指引拐进岔路,房车便驶入迂回的山路,没有路灯,万幸路况比先前好了不少。赶着天黑透之前,我们到达营地,形制与西宁那处相似,甚至更大一些。那里早有几个强壮的机器人在等着我们,它们极为利索地将钢筋卸下来。我点击"任务完成",一大笔钱就立刻到账。要分给霍然,她说不用。

"是你在忙。"她对我说。

"是你的车。"我坚持,于是还是分给她一半,剩下的帮儿子付了账单。

我们决定在此地休息一晚。营地可以为房车提供补给,我们需要水、油和食物。把车开到补给中心,却发现与之相邻的地方,竟然还有一处永久建筑。房屋只有两层,但标识我再熟悉不过,那也是通向位于地下的肉体寄存所的入口。不知道这一处会有多大,听说现在一些新建的寄存所,已经可以容纳数万名居民。它专为终日沉浸在虚拟世界的人类而设计,每个在其中生活的居民,都会拥有一间属于自己的舱房——比胶囊旅馆更狭窄,加上设备的空间,每个舱房只有不到两立方米。在接入营养管和导尿管后,在其中生活的人甚至可以一年都不用自主活动。

入口标识上的编号是042,眼前这一处寄存所建造的年代竟然很早。星光下,我注意到寄存所外还聚了很多人,他们把自己从头到脚裹在深棕色廉价睡袋里,彼此挨着,或躺,或坐。远远看去,像是海边岩石上成群的海狮。

"其他营地,没有,这些人。"霍然说。

"他们不是在营地中转的流浪者。"我叹了一口气,"他们在排队,等着进肉体寄存所,里面舱位有限。"

"肉体寄存?为什么?"

"他们不想再照顾自己的身体了。"我回答说,"他们打算放弃真实世界,完全浸入虚拟世界。"

我知道那种诱人的愉悦,不论是作为新世界的建立者、旧世界的观察者、多重世界的穿梭者,或是仅仅捏出一个孩子的创造者。在繁华而绚丽的虚拟世界中,人不需要面对自己的痛苦,也不需要创造真切的快乐。人像神一样超脱地生活。

霍然把手摊开,做出"无法理解"的身体姿态。但她没有对此发表评价,她正在调查,大约想知道我的过往。然而我没有想到的是,她竟然开口说:"你的儿子,他也在——"

"我不想知道。"我打断她。

她把头歪到左边,好奇。但最终她说:"好吧。"

5

把儿子捏出来是一个冲动的决定。建立火星频道的第三年,有一天我忽然发现自己获得了生育权限。打开那封标题加粗的邮件时,所有的路途都已安排好。先前成为频道管理员时填写的道德感测试,显示我的精神状态已经可以为人父母;在肉体寄存所的日常体检中,我的基因信息和细胞也被收集完毕;繁育师提供了冗长的基因分析报告,并在结尾段给出了清晰的建议:我应该允许繁育师使用那些已经被收集起来的口腔内膜细胞,他们会把它转变为诱导多能干细胞,进而分化出性细胞——一枚精子，去和另一个获得生育权限的人类提供的卵子结合。

那份报告里还附上了咨询电话，当我惊诧地走出自己的舱房，用颤抖的声音询问为什么我会成为孩子的"父亲"时，对方温柔地回答说："一位勇敢的女性接了'生育'任务——不是您。"

我也没有这个兴趣。对方仿佛知道我在想什么，继续不紧不慢地说："这正好！您提供一份优秀的基因，她生下一个孩子。这是荣耀，很少有人能获得生育权限。"

仿佛有什么不对。但真实世界是不值得深究的，我急着要回到"火星"，就回复了邮件，把协议打印出来，在文件末尾签上自己的名字，并将扫描件上传。十个月之后他们通知我，是个男孩。

"这不可能！两个女人怎么可能生下男孩！"我记起中学生物课，感觉自己被对方侮辱了，并且拒绝支付后续的抚养金。

很快，我又获得了一份新的调查报告：我的细胞被转化成卵子，是男孩生物学意义上的妈妈，另一位曾经的成功人士（已经破产，沦为流浪者）是他的父亲，接下"生育"任务的女性，则和男孩没有血缘关系。由于那位父亲无法支付后续的养育费用，因此我必须做出决定——是每个月把自己收入的三分之一拨到公共教育基金中抚养这个孩子，还是明天早上在自己生活的肉体寄存所里看到一个男婴。

"很抱歉，我们之前没有把真实的情况跟您解释清楚，"咨询师的声音还是那么温柔，"根据您填写的道德感问卷，如果我们之前就把这个消息告诉您，您可能会拒绝这次繁育。"

"你们骗我？"我问。

"也不能这样说呀，"对方和和气气地说，"在合约的条款里，我们已经备注了相关的可能性……从法律层面，您知道这种情况是有可能发生的。"

我挂掉电话，被愤怒笼罩。没有什么荣耀，也没有什么优秀的基因、道德感、持续的收入，这就是他们为什么会给我生育权限。

我选择了给钱，但是没有放弃和儿子通话的权利。儿子在公共机构长大，我也很快像其他父母一样，学会在平台上发布育儿和教学任务，让人在学校之外帮助他。于是，我有幸见证他平庸地成长，成为我质疑自己人生价值的源泉。他逃避一切——没有渴望，没有野心，甚至我怀疑他是否有尊严。当他完成义务教育，告诉我说他想去肉体寄存所时，我说不清自己是失望至极，还是松了一口气。然后，我决定让自己从那里走了出来——一千个人里也没有一个人能做到这件事——回到真实世界之中。

我通过他看到了自己；为了摆脱他，我改变了自己。

火卫一恐惧港被飞船撞击之后，损失了两处码头。因为保护外壳破损，居民们一度进入了氧气逃生状态，疯狂的哭叫和爆炸绚丽的烟火，让火星频道的关注度一度上升到所有频道中的第一位。多年没有的盛况了。

"她可真干得出来啊！"管理员群组上有人这样评价我。很多角色死去，其中有三名是频道里备受关注的新星。为此我收到了很多付费用户的咒骂私信，他们认为我是一名不负责任的管理者。

"躺在尸体上吸血的孟婆"——他们在我的管理员代号"孟婆"前，加上了新的定语。

我写了一封公开道歉信，把死去角色的技能点返还给背后的人类用户。于是他们又满足了，甚至欣喜若狂，说我是"慷慨的孟婆"，并表示他们早就想要捏新的角色——更适合火星频道的角色。

只有儿子哭得很惨："妈妈，我好不容易送进火星频道的那个孩子，死在了恐惧港。我的恐惧港也完了……"

我差点忘了那是他设计的场景，倒是很适合灾难片。我躺在房车的额头床上，侧脸看了看霍然，她正在拉帘子，准备睡觉。只有在独自一人的时候,她才会摘下头盔,所以我从未见过她的脸。我把儿子一张一合的嘴放到视域一角,好继续通过字幕观看恐惧港上的最新影像。

"孟婆应该把技能点返还给你了呀,去捏一个新的孩子吧。"我对儿子这样说。

"我不想捏了,"他抽抽噎噎地说,"我厌倦了。"

"是吗?"我忽然有了一点期待,看向他,"你有没有试过从肉体寄存所里出来?"

"出去?出去就回不来了……"大约是担忧我不愿再为他支付肉体寄存所的账单,他怕得牙齿打战,"出去……做什么呢?"

"做什么都可以呀。"我笑着结束了通话。

第二天我还在想寄存所的事情。打开车门,那些"海狮"依旧成群结队地躺在屋檐下,只有身体被阳光暴晒的时候,才会缓慢地蠕动到阴影之中。

"为什么?不进去,也不走?"霍然叼着牙刷,在我身边吹着泡沫问。

"他们在排队。"我回答说,"得等里面有人死了,空出一个舱位,才能有下一个人进去。"

我在肉体寄存所里生活那会儿,舱位远没有现在紧俏,有些时候人们甚至还会因为嫌弃一处寄存所服务不周,再长途跋涉换到另一处生活。但现在,供需关系早变了,太多人想进去,在里面的人却几乎不会出来。这些排队的人唯一可以指望的,就是寄存所里的越来越糟糕的服务——在其中生存的人类,会经历一个大概固定的周期便死去。

周期并不短,尤其是那些年轻人更多的新寄存所。我相信门外这些"海狮"正是为了这处寄存所较早的建成年代,才都守在这里的。

即便如此，他们之中或许还是有人要苦等上几年，才能进去。

霍然又不回答了。她在头盔里搜寻什么？我看向她，等待她的下一个问题。

终于，她问道："虚拟世界，美好？"

她从没有去过那些世界。或许她对于虚拟世界的好奇，正如我们对虚构之地的好奇。我脑中闪过自己在故事线里写下的那些字句，那些生成新世界的自然语言，被很多人称为"咒语"。我读中学那会儿，生成式人工智能诞生，人类开始用"咒语"和人工智能沟通——从一张图片，到一段影像，我们用文字告诉人工智能自己想要什么，它就顺从地生成一些可选择的答案。由于输入的文字不一定能指向输出的成果，于是语言变成了咒语。更擅长和人工智能对话的人，则成为新时代传递福音的使者。

就这样，当人工智能的产出成果，从图片和影片升级为虚拟世界时，我忽然找到了自己隐藏的天赋——用"咒语"去生成新世界。从最基础的物理规则：重力、空气构成、气候特点；到最宏大的场景设计：荒漠、环形山、火星城市；再到在那里生活的角色：性格、外貌、家境、信仰。角色们在此成长，找寻属于自己的故事线。由他们演绎的"人生"，占据了人类所有的休憩时间，也让人们失去了对虚构和叙事的向往。

虚拟世界美好吗？我不知道，但"火星"曾是我的一切。

我回答霍然："那要看你怎么定义美好……我只能说，很吸引人——至少每个管理员都希望自己的频道是吸引人的。"

"但你，离开了。"

"我没有放弃我建立的世界。"我不清楚霍然是否知道我就是"火星的孟婆"，但现在，她应该知道了。

"为什么？"她又问。

她在问什么？是我为什么离开，还是为什么没有放弃？这两个问题都太难回答。一旦"火星"变得美好，就失去了戏剧性；没有戏剧性，就没有关注度；没有关注度，频道就会失去算力支持，逐渐衰败，注定走向灭亡。如果要维持它蓬勃的生机，我就要变成一个破坏神，用一条条恶毒的咒语，把灾难强加给生活在那里的角色，只留出一线生机。让他们如同西西弗斯一样，一次次把巨石推到山顶，再等待它下一次滚落。

我也开始厌倦了。

很难向霍然解释这些。幸而她刷完牙，把水杯往茶几上一放，就忘记了自己的问题。我转而问道："虚构之地是美好的吗？"

霍然很随意地回答道："你到了，就知道了。"

6

离开营地之前，我收到了协会对清理事故的鉴定报告：在队员林袅点击"确定"之前，队长程飞羽错误地提交了任务完成信息，导致爆破提前发生、困在楼宇中的人类受伤、队友的副体毁坏。程飞羽应对事故负全责，她会被永久吊销清理执照，任务平台和保险公司会将她标记为"不可靠"的个体，这几乎就意味着她再也接不到任务。而我，不仅获得了保险公司赔偿的全新副体，还因为救了那个女孩，被平台予以嘉奖。

奖励数额只是双倍的清理任务奖金，颇令人失望。但打开任务平台，我忽然发现自己收到了一项特别邀请任务——送获救的女孩去虚构之地。对应的奖金数额令人咋舌，足以让我维持火星频道一年的运营。我顿时开心起来，简直想要像那些付费用户一样，给"慷慨的协会"发一封感谢私信。

这笔钱太有诱惑力了。有一瞬间我甚至改变了对于肉体寄存所的厌恶——如果能回去的话,我说不定可以用这些钱,创造一个新的世界,比如土卫六——泰坦星。然后,让"火星世界"里最优秀的居民,乘坐飞船去往那里。如果我能让两个世界实现并联,这在虚拟世界历史上,会是具有开创意义的大事……

当然,现在想这些还太早。我没有拒绝邀请任务的道理,但要去虚构之地,我必须和霍然商量。她没有直接回答。

"她在哪?"霍然问我。

根据任务上的指引,女孩就在营地的医院。医院位于肉体寄存所楼上,我们小心翼翼走进楼栋的大门,尽量避免踩到那些躺在地上的"海狮"。从走廊左转,顺着楼梯向上,就到达医院——一个很大的开间,两侧摆了十几张病床,其间拉了帘子,让人想起电影里的战地医院。这种简陋的设施已经成为肉体寄存所的固定配套,毕竟,寄存所里的人早晚会死,而死亡总需要有个合法的流程。在枯瘦苍白的垂死者中间,我们很容易就找到那个女孩,她有一张被阳光晒成小麦色的脸,看起来健康又富有生命力,只是情绪还处于惊恐之中,不言不语。我向医生确认她的状况,被告知只需要关注她右手的固定夹板即可。

"脑震荡……"

"没事。"医生甚至没有多看我一眼。我猜她正在用视域观看虚拟世界。

在几张纸上签了名字,医生就把女孩交到我们手里。她名叫陈芷,十二岁,这几年一直由她父亲的副体照顾,他用副体去"鬼城"打零工时,她也跟在一旁。但一周前,她父亲死在了一处遥远的肉体寄存所里,陈芷变成了孤儿。她守在最后见到父亲副体的那个小区里,从一栋楼找到另一栋。

这故事太常见了,霍然却十分感动。她决定带上陈芷一起回虚构之地。

"有点挤。"把女孩带回之后,霍然这样评价房车里的空间。我生怕她要遵循"只带一个人回去"的惯例,赶紧提出让陈芷睡在我的额头床上。

"我和她轮流睡。"我说。

"她的手,爬上爬下,不方便。"霍然说,"我和你,轮流睡——快到了。"

我猜她是在说快到虚构之地了。"还有多远?"我问。

"这个路况,两天。"

这么近吗?我兴奋起来。吃过饭,我们再度启程,霍然驾驶,我在卡座陪着陈芷。女孩很安静,她戴着一副破旧的视域眼镜,右边的镜片是裂的,用透明胶带挂在镜框上,残破程度和她的右臂差不多。我向她发出了共享视域屏幕的邀请。

"想去火星看看吗?"我问她。

她没说话,但同意了。我进入火星频道,切入游览模式,向她展示这个虚拟世界的全景。镜头视角从火卫一的陨石坑边擦过,靠近火星,飞速下坠,沉入乌托邦平原,沿着一号公路钻入城市之中,在孔穴间来回穿梭,最后,镜头停在山崖顶端。随着我的指令,太阳沉入地平线之下,下一刻,狂风便卷着群星呼啸而来。陈芷惊叹起来。我抓住她的手,再调整时间轴,将画面定格在频道历史上那些最激动人心的时空——角色们第一次走出太空船踏上火星,第一个婴儿在火星上诞生,第一座城市人口达到十万,第一架由火星建造的远航飞船起飞……我确信我对她说的话语里充满了造物主的全知和欣喜,对于在这个世界里发生的一切奇迹,我都充满自豪。

"像真的一样。"陈芷感受到我的快乐,她第一次开口了。

霍然忽然在前面问:"那是真的?"

我笑道:"当然是假的——是虚拟世界,你不能看。"

霍然说："如果，是真的呢？"

我怔了一下。霍然又说："你没去过，怎么知道。而且，就算虚构，也是真的。"

"那不是真的。"我收了笑，"我没有改变未来。"

霍然笑了笑，说："未来，早已改变。"

我不想和一名"使者"争论这些，也并不关心未来会是什么样子。霍然对于火星的判断必然是不可能的，但她的话倒是给我提了个醒。我发现，保险公司赔给我的新副体可以从任何仓库调取——那就意味着我可以选择火星仓库。如果用脑机接口加上量子通信，我就能实时控制火星上的副体，在那里接任务。

我查看了一下量子通信的流量费用，比想象中低。又在任务平台里把工作地点调整为火星，同样的工作，那边的奖金竟然比地球多一个零。很划算的买卖。

决定了就行动。我回复邮件，向保险公司说明需求，竟成功了。也顾不上陈芷，我自己先爬回到额头床上去，更新量子通信端口，连上脑机接口。

细微的刺痛，我在火星上睁开眼睛。

7

我的副体正躺在充电基座上，姿势和我在肉体寄存所中一模一样。拔掉接在身上的管子，我从舱房中爬出来。门外是一个中空的环廊，周边都是密密麻麻的副体仓库，仿佛监狱。向下望，竟然看不到底，不知有多深，恐怕能储存数万台副体。抬头，倒是能看到天花板。

侧旁有一个垂直的梯子，我记下门口的编号，再顺着梯子向上，爬了三四十米，才到达顶端的控制层。此处的环廊变为八边形，每一个边上都有一扇门。有一名圆头圆脑的管理员机器人，端坐在其中两扇门之间，似乎已经进入了睡眠状态，对我的出现毫无反应。

"你好。"我对它说。

它头顶的光闪了一下，然后抬起头。

"你好。"它回答说，"要做什么？"

"这个副体现在是我的。"我说。

它点点圆滚滚的头，从耳朵的位置伸出两只机械手臂，"更新，权属信息。"

"什么？"我没听懂。

"更新完毕。"它说完，在面前的屏幕上敲击了一下，然后问我，"还有事？"

我问："怎么出去？"

它问："你要出去？有任务？"

我怀疑这怪模怪样的东西也是个副体，背后是个"使者"在操作。

"只是想出去看看。"

"坏时间。"它看向屏幕上的天气信息，说，"沙暴。"

我没想到火星上也在刮沙暴，问道："沙尘会损坏副体吗？"

"那扇门。"它没回答我的问题，指了指我背后，"别走错。"说完，它头顶一黑，又进入了睡眠模式。

仿佛没有别的选项了。我对沉睡的机器人道了谢，去往它说的方向。门后是走廊，路途却比我想象得要远。通道起初是方形的走廊，但走了大约十分钟，周遭逐渐变为圆形的纯白甬道，甬道尽头是电梯。按钮边上贴了一个草率的纸质标识，上面画了一枚不甚平整的箭头，以及三个手写字"观景台"。

这场景建得还不如儿子……

我咽下吐槽，走进电梯，是四面玻璃的观景梯。但这会儿我大约在地下，外面还都是混凝土。按钮的选项只有表达上和下的两枚三角形。我选择了向上的按钮，电梯门关闭，启动，逐渐加速。它冲出地表，只剩一侧还挂在岩壁上，我猜它应当是紧贴着环形山建的。很快，砂石从四面包裹电梯，能见度太差了，什么景都看不到。继续向上，观景梯终于到达沙暴边缘，我看到了裹在沙雾中的太阳。电梯在山顶停下，我打开门，走入观景台。

空无一人。

观景台果然建在环形山顶。是飞碟般的扁圆形，在人视的高度，有一圈大约四米高的环形玻璃。只在一处断了，是一个挑空的玻璃阳台，从环形山顶向外延伸。阳台是封闭的，踏上去仿佛身处于虚拟世界。我脚下是起伏不定的沙尘云，被落日染成橙色的海洋。群山的巅峰从沙海中偶尔浮出，影影绰绰。

比起我设计的场景，眼前的一切毫无令人惊奇之处。回到观景台中央，我发现环形玻璃其实是连续的科普窗，顺着观景台走一圈，便可以看到视野范围内的火星的建设情况：太空航线、飞船港口、火星实验室、深空造船厂、悬浮轨道、副体仓库、机器人工地……大部分都还没建成，每一个坐标，都藏在沙尘深处。它们所在的位置，被科普窗标记上建设计划和效果图：五年后、十年后、十五年后。未来从四面八方包裹住我，它和夜幕一同降临，让我感到窒息。当太阳完全坠入地平线的那一刻，全息玻璃忽然全暗了，只在黑暗中点出了地球的位置，一个微不足道的光点。

又等了一会儿，沙暴从环形山盆地中弥散开来。我得以看到脚下的城市全貌：没有什么星星点点的人类烟火，副体和机器人正从仓库里蜂拥而出，在荒原中忙忙碌碌，大约是要趁着天气好转，尽快完成今天的任务。科普窗尽职尽责，只要我用手点击玻璃，就可以从观景台查看到它们的工作内容：搬运、建设、挖凿；以及这些工作对应的目标：短期、中期、长期。我看到一个和我型号相同的副体，正在指挥机器人在环形山脚开挖。未来，这里会是火星轨道的停靠站点。

它们一天的工作量，是达成愿景总工作量的万分之一，照这个进度，站点还需要二十七年才能建成。

但人为什么要来火星？为什么要把珍贵的当下，送给这万分之一的愿景，成为巨构的基石？为了那个在过去虚构出的未来，透支所有人的当下，值得吗？

我感到失望，这里远比不上我的火星频道。现实又一次输给了虚拟世界。我开始理解为什么几乎没有人会来火星接任务，这里缺少意义和共情，也没有故事线和戏剧性。它甚至还不如那些"鬼城"，在那里，我起码还能在地下室里发现一个意外——一个女孩。

我忍不住用视域切入了我的火星。一位新的领袖——我在两年前捏的孩子——正在恐惧港发布演讲。她告诉人们，不要抱怨灾难，要团结，要奋进，火星是家园，它必将被重建。泪水聚在她的眼眶里，没有坠落。围着她的幸存者，不少都哭了。在他们不知道的地方，数十万名人类用户正在云端倾听她的话语。我没有写过这些台词，这是人工智能为了完成角色的故事线而生成的内容。但这角色的话语能打动人类，他们为了能从多视角观察和录制这一幕，争相付费，或去忍受冗长的广告，好让自己能够继续停在这里观察。

非人是如何过上人的生活？而人又是如何过上非人的生活？

带着这样的疑问，我把副体送回火星仓库，然后在霍然的房车上睁开眼睛。头痛，并非源于长时间连接脑机接口，而是因为我们所在的高原地区。从额头床的侧窗向外看，霍然应当是把车停在了海拔四千多米的垭口。她和陈芷正裹着外套，站在车外。霍然手里拿着三袋不同的营养液，似乎正在告诉陈芷它们的功能和口味。

我决定加入她们，从额头床上下去的时候，机敏地避开了霍然放在茶几上的水杯。走到房车外面，冷，但也能扛。她们已经选完了营养液，霍然把剩下的那袋递给我。

"谢谢。"我说。她知道我对食物无所谓，每个在肉体寄存所里生活过的人，都不会在意食物口味。

"翻过山，就到了。"霍然指向天边。阳光给山峦勾了边，像是加了锐化效果的滤镜图像。

"虚构之地？"我问她。

"对。"她点点头。

8

陈芷在霍然的床上睡得正香，原先上面堆的杂物都被霍然一股脑扔到了副驾上。我慢慢觉得这也是个不错的主意，只要把东西挪来挪去，生活就还有空间。

或许，问题也可以从当下扔到未来，或者从未来移到过去，只要它不在眼前就好。我一面开车，一面胡乱想着。房车经过一个小镇废墟（这里没有要清理的迹象），之后我的网就断了。我起初以为是量子通信端口带来的视域网络故障，把车停在路边，调试了一会儿，毫无用处，于是干脆就把眼镜摘下来，放到一旁。霍然这时醒了，从额头床上跳下来，把脑袋伸进驾驶舱，告诉我说她认识路，于是堆在副驾上的东西又被她扔到了额头床上。我继续开车。离开小镇不久，霍然指向一条不起眼的夯土公路，通向无人区深处。

"虚构之地。"她说完，又回头看了一眼陈芷，怕吵到她。

眼前只有一条路。看来，只要找到路的开端，就可以去往路的终点。为什么那些向往虚构之地的人，都没能找到这里？

"没网络，他们不敢。"仿佛知道我在想什么一般，霍然在副驾上说，"有视域，你看不到——地图之外。"

我震惊地看了她一眼。这未免太容易了，把路从视域地图上抹去，就不会有人找到虚构之地。只有用自己的眼睛，才能看到路——但一般人又怎么会摘掉视域，往没有网络的世界深处走呢？

路上也没遇见别的人、别的车，只看见平坦的荒漠，没有树，没有河。接近正午，山石和路基的影子都藏到自己身下，让车窗外的世界变为劣质AI生成的二维画作。我们在颠簸的夯土路上又开了一阵，两侧的景象终于有了变化，先是几块孤零零的大石，之后，视野里开始出现起伏的土丘。因为道路没怎么修S型弯，有的路段竟能称得上陡，我换挡，加油上坡。

"这条路有名字吗？"我问。

"一号公路。"霍然说。

"在火星上也有这条路。"我感叹道。

霍然理解错了，"你是说，真的火星？"

我回答："不，不是。真的火星上有一号轨道。"我已经开始用副体去接那条轨道的建设任务了，无聊透顶，但报酬可观。

"哦，火星频道。"她理解了我的话，又指向远处，"你看，俄博梁。"

房车正好驶到高处，接着是一段下坡的路途。俄博梁雅丹在我们面前铺展开来，被风蚀刻的土丘仿佛凝固的海浪，起起落落，奔向远方。公路笔直向前，探进重重山丘深处。场景莫名眼熟。沙砾被风卷起，敲在车窗上，又干燥地弹开，在阳光下泛着金红色的微光。这里曾是地球上最干燥的地方之一，如今，它却成了人类最后的乐土。

"那些故事是真的吗？"我问霍然，"关于虚构之地的故事。"

她笑了，仿佛我问了一个很傻的问题，"你相信，就是真的。"

但我并不知道我相信什么，我只知道我不信什么。没有视域的世界过于单调——没有对周边景物的标注，没有广告，没有频道的信息弹窗，也没有时钟和天气预警。我能做的只有看向眼前的路，甚至连给它罩个滤镜都做不到。房车贴着一座嶙峋的雅丹丘陵驶过，上面水平的层叠线条，是风和水侵蚀的痕迹。谁又能相信，这样的景观最初是因为洪水才形成的呢？

我终于想起来这里眼熟的原因。在设计火星乌托邦平原的时候，我曾经参考过雅丹地貌，当时发给人工智能的参考图片，正是眼前的俄博梁。我小时候读过一套书，是短篇集，不记得名字，但都写的是同一个主题。作家们以青海冷湖为起点，以火星为终点，去找寻未来的不同可能。与一号公路不同的是，尽管起点终点都一样，每一个故事却塑造了全然不同的世界。

我记得那种诱人的愉悦，翻开书页，一个世界终结，另一个世界开始。书和铅字变成了魔法之门。

然后，视域就诞生了。我再也没有买过书。

"还有多远？"我问霍然。

她说："已经到了。"

房车绕过另一座土丘，我看到了虚构之地，分成三个区域：提供给常住者的生活区，提供给旅人的营地，以及位于两者之间的补给区。生活区更大一些，可以算是一座小镇。营地则和其他的很相似，只是供临时居住的集装箱被刷成了白色，其上还留有残破的MARS字样，似乎曾模仿过火星。我把车停在补给区，霍然先下车，说是要去问问管理员该如何安置我们。她走之后，我又戴上眼镜尝试了一下，依然没有网络，只得百无聊赖地等待。

等到傍晚，出去走了一圈。在补给区没看到别的车，我只找到几台冷冰冰的自动贩售机，里面的食物却不是营养液，看起来颇可疑，包装袋里仿佛有毛茸茸的绿。再往营地方向走，也没见到人。倒是有一处肉体寄存所，入口上标着"001冷湖"字样，竟是最初的那座。门上挂着生锈的铁锁，也不知是否还在使用。返回时，远远听见生活区的喧闹，儿童追逐尖叫，屋上炊烟袅袅。当我想要靠近时，发觉通向生活区的围栏需要瞳孔验证。"林袅。"我听到一个柔软的声音在喊我，一回头，是陈芷，有些慌张的模样，大约是醒来发现自己孤身一人，担心被我们抛弃了。我指着远处起伏的丘陵，告诉她那就是雅丹地貌。

她却指着房屋的烟囱问我："那是什么？"

"是烟火，"我说，"他们在做饭呢。"

"很好闻。做饭是为了什么？"

我看了看她，"你平时吃什么？"

"营养液，绿色蔬菜味道的。"她说，"那个最便宜。"

我无言以对——我又多久没吃过"饭"了？仿佛大学毕业之后就再没有了。正是在那个时候，我加入了虚拟世界的内测组，用"咒语"在人工智能上建造火星，赋予它我能找到的所有真实物理参数。"足以乱真"——向大众推荐火星频道的时候，我记得虚拟世界首页上是这样描述它的。

想到这里，我忽然发现自己已经一天多没有登录虚拟世界。我从未离开火星频道这么久过——不知道那里的故事线，是否已经如同脱缰野马一般，奔向我无法控制的方向。

不久，霍然从小镇里走出来，嘴角向下挂着。不大妙。隔着栅栏，她对我说："只能一人。"

只有一个人能随她进入虚构之地。我说不清自己是失望至极，还是松了一口气。"让陈芷去吧。"我说。

霍然说："决定，也是这样。"她们原本就没有计划让我进去。

霍然顿了顿，又说："早就在了，你。"

"什么意思？我早就在虚构之地？"

她打开门，牵起陈芷没受伤的手，把她拉进生活区。陈芷有些犹豫，看向我，我对她点点头，她才顺从地跟着霍然进去。我以为这就是告别了，开始发愁怎么从这里离开。霍然却走出来，把门从身后关上，对我说："这个给你，车也给你。"

霍然说着，把头盔摘下来，连同她的车钥匙一起放在我手里。她有一对细长的眼睛，笑起来像狐狸。脸很清秀，只是鼻子以上肤色过白，和下半张脸晒出的肤色形成鲜明对比，有点滑稽。

我掂量着她的"使者"头盔，"给我？"

"是你的了。"霍然点点头，又回过头，用瞳孔扫开门锁，走到栏杆后。

我问："我也可以把人带到虚构之地吗？"

"你试试。"霍然说，"换个门走。那魔方，每一次，答案不同。"

我回到车上，一头雾水。头盔里照样没有网络。于是只能趁着月光，一路跌跌撞撞开出虚构之地。我把车停在小镇废墟旁，眼镜里的网络恢复，再回头，路消失了。星空之下，是无边的荒芜。

我戴上头盔，它罩住了我的视野，也连上了我的脑机接口。头盔自动识别了我的身份，视野里弹出了很多消息，置顶的是儿子发来的视频："妈妈，我捏了一个新的孩子，她和之前的都不一样。"

送陈芷去虚构之地的奖金到账了，我用其中的一部分为儿子预付了一年的寄存舱费用，然后把他的脸关掉。头盔里只剩下真实世界，初看仿佛和一般的视域也没有什么不同，唯独在视野左侧多了一个管理员界面。我很清楚那是什么，太熟悉了，我可以在里面查询过往的故事线，也可以写下新的故事。

我看向镜子里的自己，头顶上多了"林枭"的名字标记。在管理员界面里，我把日期调整到五天之前，故事线描述只有四个字：

营救陈芷。

我们的相遇是注定的——她才是主角吗？

或许，我不是这个世界中的主角。再往前看，有很长一段日期，我的故事线里只有空白，说明管理员曾经一度放弃对我的关注。但换到我的那些高光年份，界面上却密密麻麻写了很多。翻看时，我越发心惊。虚拟世界曾经面对的最大分歧，就是真人是否可以进入其中。从技术上没有什么难度，只要设定一个虚拟副体，然后让真人把意识投射进去，就可以让人直接参与到故事里。然而，我记得这个升级版在短暂的内测期之后，就宣告失败，因为人类的意识无法始终留在虚拟世界里，当他们离开的时候，会从虚拟世界突兀地消失，从而导致人工智能生成的角色怀疑世界的真实性。这些怀疑累积起来，虚拟世界就会坍塌。

所以我是什么？这个世界又是什么？

我感到恐怖。太阳正从东方升起，给断壁残垣染上一层柔和的粉。我从头盔里切入火星频道，脑机接口传来细微刺痛，我在火星上睁开眼睛。

舱房的样式很熟悉，我拔下身上的管子，扭动着爬出去。外面是环廊，周边都是肉体寄存舱。向下望不到底，向上却能看到天花板。我走了半圈，才找到梯子，爬的时候万分小心，生怕坠落。终于到达顶端的控制层，管理员机器人正在沉睡。

"你好。"我说。

它圆圆的头顶闪过一抹蓝光，看向我，"是孟婆？你醒了？要去哪？"

"有什么选项？"我问它。

"选择，你相信的，现实。"

我想了一会儿，才对它说："火星。"

从它耳朵的位置弹出来两只手，在屏幕上一通敲击，然后指了指环廊的另一边，"那扇门，别走错。"

说完，就又睡着了。我说了句"谢谢"，转身向它指的门走去。门的背后是一个纯白色的小房间，对面还有一扇门，上面是歪歪扭扭的手写体"你即将离开新手村"，侧旁挂了一套宇航服。

我把宇航服穿上，测试密闭性，深吸一口气，然后把门打开。

身体飘浮起来，巨大的火星正悬在我头顶，这里是火卫一的恐惧港。我无数次见过这个视角，只不过此刻，视域边上却没有管理员界面。

警报响起，有人从身边经过，拽了我一把。重力太低，我直接飞到半空中。

"跑啊！"他连接了我的通话，把警报复制到我的视域里——是一艘失控的飞船，即将撞上这座港口。

来不及多想，我手脚并用随着他跳上一艘小型货船，险些没赶上。他一把抓住我的领口，把我塞进船舱里。周围已挤满了人。货船才一离港，火球就从恐惧港升腾而起。我把手放在舷窗上，很快就因为受不了那灼人的热度而缩回来。

"刚从地球来？"男人问我。

我看了一眼他的头像和昵称，斗牛，有点眼熟。

"对。"我大方承认。

"地球人就是笨手笨脚，我在那边有个副体，接任务用的。"他说，"你叫孟婆？名字够怪的。"

"……对。"

他哈哈大笑，"那你还记得自己的前世吗？"

"记那些干吗？"我笑了笑，看向窗外，"活着就行了。"

后　记

2023年4月，我有幸参加了北京大学哲学系与博古睿研究中心组织的一场研讨活动，主题是 Hemispherical Stacks——"半球堆栈"，其中文含义，我到今日也不得其解。活动中有一段对话非常有趣，是大家一起用英文讨论"数据主权"，我因为听不懂，恐惧发言，因此一直躲到最后才开口。此时我已经打定主意，不管别人究竟在聊什么，我只管说我对这个题目的理解就够了。

于是我说："2017年，我去法国学习城市规划，在里尔，当地的官员介绍说，他们的公共交通系统新增了刷卡闸门，以防止逃票。我问：那么你们会不会利用这个闸门，来收集居民上下班的通勤信息？对方非常惊诧，回答说：不会，这是违法的。"

这答案对当时的我来说，是一个非常新奇的信息。直到那时，我才意识到，在一些地方，人的行为可能只属于他们自己，属于具体的现实世界，并不能被随意转化为抽象的数据加以分析。但在2023年的北大，我从"半球堆栈"活动的主旨发言人本杰明·布拉顿（Benjamin Bratton）那里，得到了更有趣的答复，他说：

"从你提及的欧洲案例来看，如果数据无法收集，这个事实就不存在，说明这些数据承载的行为对新的文明毫无价值——这些内容无法被带入新的时代。"

——如果人们上下班刷交通卡的信息无法被收集，那么在数据世界里，这个城市的通勤行为就不存在，他们乘坐公共交通的行为也毫无价值。

——如果现实世界无法被数据化，那么现实在新的时代就失去了意义。

我不确定自己是否正确理解了他的话，但那几天，我一直在回味那句"不存在"，试图找出其中的逻辑破绽，在脑海中进行无声反驳，却总会先被日常所见打败。与人工智能共存的新世界是什么样的？人在其中将扮演什么样的角色？我们的现实生活是否还有意义？

直到一年后，我写完《弑神记》和《虚构之地》，才靠近了我的答案：现实变成了无数个虚拟世界中的选项之一，现实已死。只有通过科幻，我们才能努力接近现实；只有通过未来，我们才能勉强窥见当下；只有通过神话，我们才能听见上古文明的回响——而人类，将会成为新文明中的神话。

在这本书的最后，我想要感谢你们，和我一样尚未找到虚构之地的入口、被未来抛弃在当下的每一个人。到了这个时代，我们竟然还在通过书籍，去记录这个已经不存在的世界，在现实中拼尽全力，去投入这毫无价值的生活。

我们坚守在属于人类的残破战壕里，并会一直坚守下去。